独活

王开 著

德宏民族出版社

图书在版编目（CIP）数据

独活 / 王开著. -- 芒市：德宏民族出版社，2018.11
ISBN 978-7-5558-1106-0

Ⅰ.①独… Ⅱ.①王… Ⅲ.①长篇小说—中国—当代 Ⅳ.①I247.5

中国版本图书馆CIP数据核字（2018）第234223号

书　　名：独活		
作　　者：王开　著		
出版·发行	德宏民族出版社	责 任 编 辑　王稼祥
社　　　址	德宏州芒市勇罕街1号	责 任 校 对　张家本
邮　　　编	678400	封 面 设 计　陈连全
总编室电话	0692-2124877	发行部电话　0692-2112886
汉 文 编 室	0692-2111881	民 文 编 室　0692-2113131
电 子 邮 件	dmpress@163.com	网　　　址　www.dmpress.cn
印　　　刷	昆明龙昇印务有限公司	
开　　　本	787mm×1092mm　1/16	版　　次　2018年11月第1版
印　　　张	20.25	印　　次　2018年11月第1次
书　　　号	ISBN 978-7-5558-1106-0	定　　价　67.00元

目录

第一章　战败 / 1

第二章　千里之外 / 14

第三章　飘摇 / 30

第四章　冰封天地寒 / 39

第五章　死穴相逢 / 52

第六章　激变 / 66

第七章　苦恼的对手 / 74

第八章　校验刚开始 / 87

第九章　算不算隐秘？/ 95

第十章　三十晚上 / 104

第十一章　暗刺 / 115

第十二章　被迫营救 / 129

第十三章　进城 / 138

第十四章　两根打狼的麻秆 / 148

第十五章　春天的疑惑 / 158

第十六章　我和许大哥一家 / 168

第十七章　意外之外 / 178

第十八章　午夜的星星在说话 / 186

第十九章　再进抚顺城 / 197

第二十章　乌记喇嘛糕 / 208

第二十一章　求　证 / 219

第二十二章　高署长的心思 / 231

第二十三章　在矫正辅导院 / 241

第二十四章　小布人 / 249

第二十五章　诡秘的春天 / 258

第二十六章　谁念温情 / 268

第二十七章　真假随你想 / 277

第二十八章　观礼台 / 289

第二十九章　别为我流泪 / 301

第 三十 章　道别夕阳 / 312

第一章 战 败

1

乌梁冈的太阳掺了辣椒粉似的,抹在人身上又毒又辣,把我们蒸成干萝卜条。锯齿狼牙的岩石喷着灼浪,烤蔫缝衣针粗细的茅草,有几蓬冒着青烟,和凝固的鲜血一起燃烧,散发出古怪的味道。热和死亡主宰着苍茫的乌梁岗,我们这些活人弱如蝼蚁,哪怕一根腐朽的草棍,也能置我们于死地。

要将我们赶尽杀绝的并非酷热秋阳,而是强大的日军。是的,我不否认日军的战斗力,甚至心底滋生几分畏惧,我认为这是一个人受到巨大挑战时的自然反应。日军犹如施过蛊咒,疯狂地消耗一支疲惫之师。这场仗不存在指挥错误,也不是我们主动和日军交火,是他们像追赶猎物一样漫山遍野搜寻我们,恨不能每条岩缝都拿笤帚扫一遍,然后把我们一个个摁灭。

我们已经围着乌梁山脉兜了好几圈,数次与日军正面过招,忘了饥饿焦渴——比起肉体的空乏,没有弹药才最令人惊悚。

王一民在数子弹,他从一只弹箱子里一颗颗捡起来,仔细地过完数,再放进另一只空箱子里。王一民数得很认真,左手食指在右掌心里扒拉,喃喃自语:"一、二、三……"他手里握着七颗子弹,可生怕数错,又倒过来数:"七、六、五……"徐德厚被王一民折腾得不耐烦:

"闷棍,你老鸹托生的?"王一民没理他。王一民少言寡语,枪法超准,人称"闷棍",意思是让你防不胜防,给他起这个外号的,是战士张永和。徐德厚跟王一民斗嘴的时候,张永和敞着怀,撕成碎布条的军服像一群蝴蝶似的在胸前乱飞。他的烟瘾犯了,没得抽,耳朵上夹颗子弹壳当烟卷,仰着一张被炮火和太阳蹂躏得五花六道的脸,手指来回搓着胸膛的泥卷。徐德厚见王一民不理他,冲着张永和发牢骚:"锁匠,你还笑,你没看见他那副德行?"张永和愈发哑着嗓子,夸张地笑起来。

"怕死有什么不好!难道非得跟敌人一块完蛋才算英雄?好汉要惜命。"

钟团长半躺半坐倚在石壁边,脸比我们山西的馍还白——他的双腿被炸断了,丢在另一条战壕里,是夹杂在牺牲的战士当中,还是埋在炮弹掀翻的泥土里,我们无从知晓。

钟团长话音一落,稀稀拉拉的笑声响起来。

笑声让大家恢复知觉,确定自己身体的零件还灵活。卫生员姚丽蹲在石坑看着我们,睫毛上抖动的泪珠在阳光下闪烁。起初,她帮我们记着打退敌人的几次攻击,后来再问,她就摇头。我们无法统计打死多少日军,但我们损失了多少人清清楚楚——全团连死带伤,剩下囫囵个儿的,只有十几人了,弹药也即将告罄。

这场仗打得太胶着了,徐德厚感到恼火,不停地咒骂乌梁岗,骂它"秃瓢儿和尚,连根树毛也不长,头上脚下就是热浪,烤得人成了一张干面饼,撅起腚沟能烫开一壶水。"我的情绪也和徐德厚差不多,只是努力克制着。其他人也一样,被战役拖得心焦气躁,所以徐德厚骂骂咧咧的,大家像蔫白菜沾了水似的,青枝绿叶都支棱起来。

又一轮攻击开始了,日军的炮弹跟下饺子一样倾泻在阵地,压得我们喘不过气,耳根子被震得嗡嗡响。一顿铺天盖地的狂轰滥炸之后,步兵蝗虫般爬上来，我们赶紧支起身子，下意识地扣动扳机。

这场战斗整整进行了两天两夜，我们伤亡惨重，日军也没占多少便宜，也很疲惫，想快点搞掉我们，所以这一轮的冲击癫狂至极。其实打我们这几个残兵，用不着架大炮一个劲地猛轰，也用不着压上来那么多人，只要再耗个把时辰，我们就完蛋了。但日军吃不准我们的情况，咬牙切齿地跟我们死磕。眼瞅着就要全团壮烈的工夫，钟团长忽然大声喊我，他喘着气，胸脯剧烈地起伏："熊言顺，熊副团长，我命令你，带领没受伤的同志马上转移！"我惊愕，事情哪有反着来的道理？如果我扔下伤员脱险，上级怎么处置且不论，兄弟部队的唾沫星子也能淹死我，我就和临阵脱逃、贪生怕死一类罪恶的词沾上了。我说："不，要死咱们一起死！""蠢货！"一向温和的钟团长恶狠狠地盯着我，好像我是只斗败的鸡，丢了主人面子，让他万分恼怒，以致要拧断我的脖子泄恨。我往后缩了缩，望着他。他的眼珠子突出来，瞪得血红，慢慢举起枪，我以为他要顶上我的脑袋，威胁我走。谁知，他把枪停在自己的太阳穴上，嘴里骂道："给老子滚，你他妈再不滚，老子死给你看！"我看着他。他骂："看什么看，死人呐？滚！"

我方才缓过神儿，想到他说的好汉惜命的话，原来他早预计好这一步了。我抱定战死之心，但钟团长要大家活着，为了把没受伤的人带出去，我的争辩毫无意义，我也没有权利为虚无的好名声断送其他同志的命。而且我知道，如果我不走，钟团长会玩真格的。可我撇下团长一走了之，不符合我们的作战纪律，也太没人情味了，我怕我侥幸活下来，以后也没有一天好日子过。我犹豫着，不知如何是好。

日军的叫喊声越来越近。钟团长一眼不眨地瞪着我，眼里竟涌起泪光。我心里的那堵墙哗啦一下塌了，我给他跪下，磕了个头，留给他一发子弹，然后招呼同志们撤离。

2

我们迅速离开战场，来不及悲伤，每个人都抱着活下去的念头儿。一定要活着，我们的命，是钟团长和身受重伤的战友们换来的，谁浪费谁他妈的不是人。活，是对死最好的注解，是对死亡最大的抚慰。

那天，我带领十几名同志沿着乌梁冈北坡跑，我想，敌人的主力肯定被压在正面，我们出其不意地斜插出去，总有一线生机。我们一直跑到太阳偏西，炮声和枪声离我们越来越远，才敢停下来。这时，我们所在位置是一条沟壑，宽度足够同志们容身，我一做出停的手势，战士们立即瘫了，靠在山岩上不停地咳嗽，上气不接下气。姚丽倚着一棵拳头粗的灌木，神情呆滞，几近虚脱。"原地休息"我说。命令一下，同志们横七竖八躺在地上。我没有指责他们，一副血肉之躯，体力消耗已超极限，再讲队形就太他妈的废话了。

十几名战士中，我最不放心姚丽。我们躲过一劫，前面不知还横着多少灾难，她要活下来，比别人更难。我朝姚丽走过去，她费劲地往旁边挪，想给我腾出点地方。我示意她别动，她伸手拍拍身边平坦些的岩石，让我坐下。我歪头打量她，她抱着卫生箱，帽子不知去向，头发乱得像草窝，辫子散开一条，有几绺被汗水沾在脸上。

"剪了吧。"我语调柔和。

姚丽仰起头，瞅我半天。

"剪了。"我说。

她没回答，噙着眼泪，打开卫生箱取出剪子，剪套套在手指上，手腕用力，乌黑的发丝随之飘落下来，有几根飘在灌木枝上，微微地颤抖。

"熊团长，女孩子家的，你让她剪什么头发啊？"徐德厚人歇嘴不歇，两手交叉垫着脑后勺，欠起上身，跷着腿，摆出替姚丽申诉的架势。

"喊，你懂个屁，万一被鬼子抓……"

苏大方话没说完，半道儿咽回去。苏大方是侦察排长，脑子里绷着那根警惕的弦，可这时候说这种话，确实不太合适。果然，徐德厚不高兴了，戗苏大方："苏排长，你怎么净说丧气话呢？"苏大方辩解："我是说万一。"两人你一句我一句地顶牛，我没制止，打嘴仗也是愉悦精神的方式，何况苏排长的话也正是我担心的，眼下，别说乌梁冈，就是整个山西都沦为日军炮火的靶子，我们往哪里撤都还不知道，如果半路碰上日军，姚丽是女的，危险性高，作为副团长，我得为她的安全着想。

夕阳给乌梁冈披上一层金色的余晖，险峻的山脉闪闪发亮，傍晚的风也染上金子般的色彩，吹拂着我们及远远近近的景物。姚丽凝视着巍巍的山脊线，低声问我："熊团长，你说，钟团长他们在哪儿呢？"我的心忽地沉下去，深不见底。我说："不要想这些，钟团长唯一的心愿是希望我们活着，姚丽，你要想怎么活下去？"姚丽的眼里溢出泪水。

接下来发生的事情，证明我和苏排长的隐忧是对的。我们稍稍休整，起身下山，刚走不远，就遭遇一群搜山的日军。

"该死的乌梁冈！"我暗暗骂道。

藏是没处藏了，大家疏散开，各找有利地形，与日军短兵相接。我隐在一块兀立的岩石后面，脑子里飞速盘算，我们现在战斗力等于零，日军以逸待劳，若我们硬拼，只能无谓地伤亡。这样就对不起钟团长和留在阵地上掩护我们的同志，让他们白白牺牲了。于是，我下决心保全大家的生命，不管将来人们会不会认为我是一个贪生怕死的军人。我命令身边的王一民："子弹耗尽，停止抵抗。"王一民不吭声。

我以为他没听见,重复一遍。王一民脸色铁青,连射两颗子弹,才重复我的命令:"子弹耗尽,停止抵抗!"

"子弹耗尽,停止抵抗!"

……

我听到的回应,不过十个人,说明又有几名战士饮弹身亡。很快,我们的子弹打光了,日军停止攻击,朝我们喊话,并冲入我方阵地,俘获了我们余下的几个人。

而我们更大的不幸,从那一刻开始了。

3

我们被俘的那一天是1941年9月15日,在秋季"反扫荡"中,我所在的山西决死纵队二一二旅五十六团顽强阻击日军后战败。

那一年,中日战争进入相持阶段,日本人"三月亡华"的叫嚣肥皂泡般破灭,绵延上千公里的战线和日趋匮乏的战略资源使之心力交瘁,为扭转不利战局,日本人不惜血本,调集47万人的军队在华北地区展开攻势,企图一举歼灭中国的抗日有生力量。但它遭到国共两军的抵抗,与此同时,我们也付出沉重代价:国民党军队几乎成建制地被俘,中条山一役,国民党军队以20比1的伤亡比例惨败,成为中国抗战史上最大的耻辱。敌后抗战也进入最困难的时期,日军在华北实行"三光"政策,制造无人区,企图摧毁抗日军民的生存条件,彻底消灭共产党及其领导的抗日队伍,我们五十六团就是在这种情况下失败的。

日军把阎锡山的兵营改成临时集中营,我们和兄弟部队的被俘战友全部被押解到那里。我环视一下周围,心中百感交集。我熟悉阎锡山兵营,在这座大兵营里,我受过军训。决死纵队表面归阎锡山统辖,实际上是共产党领导的抗日队伍，因此，我们在接受军事训练的同时，更多接受了布尔什维克思想的熏陶。

阎锡山兵营面积很大，一排排的窑洞式平房，每一眼窑洞的南北各设一铺火炕，容纳上百名士兵。窑洞和窑洞之间挺拔着大杨树，入秋时节，太阳光晃得树叶子金灿灿，迷乱人眼。由于战俘太多，兵营大院非常拥挤，日军把我们和国军兄弟隔开五米八米不等的距离，分别列队训话。训话之前，还有登记的程序，调查你的姓名、军籍、职务、年龄等基本资料，这个登记等于排查，筛出隐藏在战俘中的军官。为了摸到真实情况，日军安排一些战俘参与登记工作，利用他们指认熟悉的各级军官。刚一排到我们，坐在登记桌后面的一个人就让我怦怦心跳。

苏大方比我眼尖，倾着身子，低声对我说："团长，看见那个人没？"我以沉默作答。苏大方说："团长，咱凶多吉少啊。"我说："别慌，稳住神，到时候听我的。"其实我根本没有办法，刀架在脖子上，只有挨。我一见到那个人的瞬间就想好了，豁出自己，也绝不搭上一名同志的性命。队伍缓慢向前移动，我离那人越来越近，我站在那里，眯着眼睛看他，听见自己急促的心跳声，似乎他也感觉到我朝他投过去的眼神，转向我，视线一寸一寸往上长，然后，在我脸上停下，用一种奇怪的神态注视我。我心脏几乎停止跳动。几秒钟后，他垂下眼皮，埋头做记录。

"这里的，有认识的没有？"我站在他面前的时候，日军问他。他抬起头，做出仔细观察的样子，眼睛在我们身上扫来扫去后说："没有。"日军不相信地盯着他。他收了表情，加重语气："没有！"日军错扭着下巴颏，不甘心地一挥手。

苏大方舒了一口气，一块石头落地样地轻松，团长："他为什么没供出咱们呢？"我说："不到万不得已，谁出卖自己人啊！""那他为什么干这个？"苏大方不解。我说："或许他有别人想不透的打算吧。"

没揭穿我的那个人，叫吕阳民，我们旅五十三团的政治部主任，但他说不认识我，出乎我的意料，一时想不出其中原因。

接下来，我们被粗暴地撕掉胸牌，退到一边等候。这时，挨着我们的国军队伍出现骚动，只见日军拽出一名国军伤兵，强迫他面对战友站好，一个军官走近他，指着队伍说："这里边，谁是你们的长官？"伤兵不答。日军军官往旁边一撇身，上来一个日本兵，举起枪托，朝伤兵的腹部伤口撞去，血立刻流出来，顺着衣襟，雨滴般落到地面，润出一个小坑。日军军官又问："谁的，你们的指挥官？"伤兵拒绝回答。日军军官是个急脾气，咆哮着骂人，日军蜂拥上前，架起伤兵，把他捆在一根柱子上，挥起鞭子噼里啪啦抽打。那根柱子原来是拴马桩，拴马的时候，地上堆着青草，散发着好闻的草香味，现在它成了日军虐待战俘的工具，黏糊糊地沾着血，拴马桩上还有麻的纤维，即使没有风，也神经质地发抖。我注意到，绑伤兵的麻绳也被血浸透，失去麻的天然弹性。几只绿豆蝇子和瞎蒙子嗅着血腥气，围绕着飞舞，等待下嘴的机会。大概日军军官嫌手底下的士兵力道不够，气冲冲地夺过鞭子，胳膊划着圆圈，朝国军伤兵抽下去，抽一鞭子，逼问伤兵队伍里有没有他们的指挥官。伤兵的喉咙"咯"的一声，日军军官以为他想交代，用鞭子杆儿捅了捅他的脸颊，捏开他的下巴，意思叫他开口。这时，伤兵猛一张嘴，一口血痰喷到日军军官脸上，紧接着，伤兵一抬腿，把日军军官踹倒在地。这两个动作一气呵成，太意外，也太突然，日军和我们都愣了。

片刻，战俘队伍中不知谁兴奋地喊道："兄弟，有种！"我们怪笑，有人竟扔帽子、吹响哨喝彩，战俘队伍的秩序顿时大乱。

日军军官当众出丑，气得拔出战刀，朝着国军伤兵的腿刺进去。他故意横穿膝盖刺的，国军伤兵表情极其痛苦，但他没有叫，只是一条腿失去支撑力，身体不由自主地倾斜，若没有绳索捆绑，他会就势倒下去。日军军官并未因此放过他，翻着小眼儿，手底用劲往前探，刀尖一点一点穿透国军伤兵的腿，逐渐宽到看见风槽，薄刃尖凝着寒意和血。国军伤兵浑身颤抖，脖子的青筋绷起老高，把体重转移到另一条腿上，尽可能地减少痛楚。

苏排长低声说："团长，救救他吧。"我说："再等等。"徐德厚急得说："再等没命啦！"我掐了徐德厚一把，他疼得直转脖子。我说："救，火候到了就出手。"我想，国军战俘不会眼睁睁看着兄弟受祸害的，我们应该联合起来，对付凶残的魔鬼。果然，国军战俘中闪出一个人，几步窜到日军军官跟前，挥拳直击他的鼻梁。日军军官没提防，手一松，朝后面仰过去，鼻孔里往外喷血。那名国军战俘跟着又一个下腿绊，将他绊倒在地，冷冷地看着狼狈的日军军官。

几名日军见状，"嗷"的一声扑过去，搀扶起他们的军官。那个军官像只挨宰的鸡，两只手扑棱着，指着那名国军战俘，嘴里一迭声叫骂。日军端着枪，刀尖对准那名国军战俘。队列里的国军战俘一齐拥上去，又把日军围在圈里。别处的日军慌忙跑过来，包围国军战俘。我想，我们必须在气势上取胜，不能让国军兄弟吃眼前亏。于是，我给身边的徐德厚等人暗示一个"上"的动作。我们往前一冲，旁边的战俘也就势拥过去，在我们身后形成一堵人墙。外圈的日军调身试图驱赶我们，反而被我们冲开一道缺口，国军兄弟自动让开一条通道，帮着我们冲开第二层日军，这样，我站到那位日军军官对面。我夺过他的手绢，左右开弓，抹了两把他的鼻血，把他抹成一只血蝴蝶，扔了手绢，一眼不眨地盯着他。我知道，适时的沉默胜于一切吼声。

更多的战俘虽弄不清发生了什么事情，但根据现场判断，一定是双方起了冲突，便群情激昂，使原本的混乱更加混乱。日军军官没想到会出现这样的情形，翻着眼珠子寻思了几分钟，悻悻地摆手，释放尊称满族第一"喔克托西",喔克托西,就是优秀医生的意思。

清军入关后,库尔丹吉举家定居北京,摄政王多尔衮念及他的功绩,下诏奖赏一套大宅院,供他和家人居住。库尔丹吉过上稳定的生活,萌生将多年累积的草药医疗经验写成书的想法,当他和结拜兄弟,也是随军的喔克托西杨古尔谈起这个主意时,杨古尔十分赞成,约定两人一起写。库尔丹吉和杨古尔辛苦记录,写成医书《纳鲁草集》初稿。这部医书成稿之时,赶上清军入山西平叛,开始出师不顺,清军伤亡很大。多尔衮急招库尔丹吉远赴山西,救治受伤的清军。库尔丹吉领命,临行前,将《纳鲁草集》手稿交给杨古尔先修正,等他从山西回来,再一同校改。平定山西后,库尔丹吉和一部分清军暂时留守,想等局势稳定再择期回京,不料库尔丹吉意外患病死亡。

库尔丹吉的儿子闻阿玛噩耗,远赴山西发丧安葬,他本打算背上阿玛骨灰返京,不料由于战争死人太多,尸体掩埋不好,暴发传染病,驻守清军请求他留下,效力军中。库尔丹吉的儿子便住了下来。天长日久,为生活交往方便,改称汉姓,娶妻生子,以医为生。到姚丽祖父一辈,曾救活一身患重症的何姓富户,从此两人成了刎颈之交,胜似亲兄弟。这位何姓富户,就是姚丽认识的那个国军战俘的祖父,那个国军战俘,叫何牧。那时,中国进入民国时代,民不成民,国不像国。何家因富有常被官府打秋风,何家长子不顾父亲反对,执意送儿子何牧念军校,指望家里出个扛枪的,日后免受欺负。不久,战乱迭起,在山东做生意的何家老二卷入军阀混战,连累全家,从此家道败落,人走异乡杳无音讯。

与命运多舛的何家相比,姚家一向安守祖业,悬壶济世,救人于危难中,所以越是乱世,无论穷富官商,还是匪贼流寇,愈发尊敬瞧病的郎中大夫,这个职业反而越重要、安全。何家遭难时,姚丽秉承家业,考取医学院,何家的情况大致听父亲在书信中叙述,姚丽就这样失去幼时玩伴何牧的消息。多年来，这事儿一直搁在她心里，成了莫大遗憾，没想到转来转去，竟在这种地方遇上故人。

我恍然大悟，难怪他夺刀的时候身手敏捷，原来是根正苗红的科班出身。我说："白天我就猜测他的身份，照你这么说，他肯定不是普通士兵。"

"嗯。"

"也许还有机会见到他。"

"熊团长，你说，接下来鬼子会怎么处理我们？"姚丽岔开话题。

"姚丽，不管今后遇到什么事情，都要记住钟团长的话，坚持活下来，活着才有复仇的资本。"

"嗯。"

"我，苏排长他们，会尽力保护你，你要坚定信心。"

"熊团长，只要和你在一起，我什么都不怕。"黑暗中，姚丽伸出手，攥住我的手指，她的手很凉。

"姚丽，睡吧，睡醒了心情就好了。"

姚丽蜷缩着身子，挨着我睡下。那时我还不知道，她刻意瞒下另一段隐情，而她有意隐瞒，则是因为我的缘故。

第二章　千里之外

1

放下武器的我们心底萦绕着惊悚的大雾,这种从每一寸肌肉、每一块骨头里滋长出来的恐怖感,比起战场上的痛快淋漓,很难让人消受。接下来我们去哪里,是死还是活成为战俘最为关心的事情。马守义说:"日本人和俄国人有开战的苗头,双方在黑龙江两岸增派军队,构筑防御工事,或许日军将我们发配到黑龙江修要塞也未可知。"我说:"你为什么这么想?"他说:"据可靠消息,陆续有战俘被押送到黑龙江虎林,在荒芜寒冷的地方为日军修筑要塞,凡去那里的人几乎没有存活的,要么死于饥饿疾病,要么死于日军的屠刀。"我打个寒噤——如果真的去虎林,五十六团的人可能会死得一个不剩,五十六团这面旗就倒了。然而这种死极其屈辱,倒不如像钟团长他们轰轰烈烈,战死疆场干脆。

我和马守义在清晨谈及此事,初升的太阳蓬勃而热烈,普照离乱的人间。我们都不知道,远隔千里的东北抚顺,满铁总裁大村卓和炭矿长梅野在通电话。

梅野如实汇报了本月的煤产量及劳工流失、疾病状况,拉着一张脸诉苦:"大村总裁,中国工人无视我们制定的管理措施,频繁移动致煤矿产量下降,恐长期下去,影响我国的海洋战争。我为此向您道歉！并请您帮助我们！"

大村卓的语速，是历经惊涛骇浪之后的四平八稳："梅野矿长，感谢您对天皇的忠心。请不要为此介意，总部与军方的协议即将签订，您的劳力短缺状况将大大缓解，请您做好一切准备。"

"大村总裁，这消息的确令人兴奋！"

梅野刚撂下电话，王秘书敲门进来，肤色白净的中国人鞠了一躬，飞快地扫了一眼梅野，见他面带微笑，知他心情不错，才说，热河喀喇沁中旗韩旗长在招待所闹得挺凶，吵着要见梅野矿长。梅野的脸色立时蒙上一层阴云，没好气地问："米仓矿长呢？接待的事情，不是交给他了？"

"韩旗长非要见您，他说写了份材料，要和您当面讨论。"

梅野略做沉思："你回复他，说我去大连了。"

"好，我现在就去。"

王秘书转身要走，梅野在后面喊住他，饶有兴趣地问："韩旗长的材料上写了什么？"

王秘书迟疑了："这……呃，他说是给矿长的建议。"

"建议？你见了他，就说我很感激，请他把建议留下。哦，还有，东西备齐没有？"

"备妥了。"

"呃，那按计划办吧。"

"您放心，我一定办好。"

王秘书献上恭顺的笑容，告辞离开。梅野直起身，踱到酒柜边，取出半瓶清酒，倒出一杯，啜饮一口，余下的慢慢摇晃，清酒的浅淡颜色在高脚杯壁挂上痕迹。

一年前，热河喀喇沁中旗与日本抚顺煤矿签订劳务合同，招募来一批工人，合同规定，抚顺煤矿在工资、住房、福利等方面要给予优厚待遇，工人享有探亲、休假等权利。一转眼，半年过去了，韩旗长按合同所定，来矿里巡视本旗工人的状况，因为合同中有一条，如抚顺煤矿不能照章办事，喀喇沁中旗有权单方面解除合同，领走全部工人。

喀喇沁工人在矿现状梅野心知肚明，他无论如何也不能让韩旗长把人领走，在他看来，这绝非走掉一批工人那么简单，而涉及全部在矿工作的中国工人的人心稳定。至于怎么应付韩旗长，梅野做了悉心安排。

韩旗长两天前到的抚顺，副矿长米仓和王秘书亲自迎接，在车站举行了小型但热烈的欢迎仪式，米仓把韩旗长一行请上车，一溜烟儿沿着中央大街，路过煤矿事务所，也就是日本抚顺煤矿的核心办公机构，再向左拐个弯又沿路向南，最后停在永安台半坡地的一处幽静院落里。说幽静，是它四周栽植着油松，油松长得极壮，扭曲的枝干不失沧桑感，乌绿的松针投下荫凉，罩住典型的日式平房和院子。这院落即煤矿招待所，是专门为接待满铁总部人员或日本国内官员来抚顺视察而建的，换言之，它不接待中国人。不过，1937年有一次破例，那时满洲国皇帝溥仪到抚顺视察，为安全起见，也为让溥仪有帝王回乡的归属感，日本人安排他住进煤矿招待所。这次韩旗长来，是第二次向中国人开放，足见梅野对他此行的接待规格之高。

晚上，米仓宴请韩旗长，王秘书主陪，宪兵队长小川也在场，他负责韩旗长在抚顺期间的安全保障以及煤矿方面的几位庶务课长的安全保障。宾主到齐，酒宴正式开始，米仓端起酒杯说了些客套话，一桌人一饮而尽。酒过三巡，王秘书伏在米仓耳边低语几句，米仓不住地点头，然后，米仓站起来，提高声音说了一串夹生汉语，大意是，韩旗长远道而来，作为合作方的抚顺煤矿，理应全力照顾，为了今晚这场酒宴开心，特意安排了艺妓助兴。

米仓扭身击掌，几位白脸红唇的日本艺妓鱼贯而入，随着音乐，撑开花伞跳起舞来，气氛果然抬高几分，米仓频频举杯，庶务课长们也轮番敬酒，哄得韩旗长欢欢喜喜，人一高兴，难免多喝几杯，说话有点儿舌头大，拿眼睛看人时，一对眼珠灌了胶水似的又涩又黏，转到一个穿红衣绣"百合花"的艺妓身上，就凝滞不动，迷失在百合花丛中。王秘书发现韩旗长的异样，瞟了米仓矿长一眼，与米仓的眼神碰个正着，两人心照不宣地笑了。

一桌子人兴致颇高，宪兵队长小川脸色却不大好看，王秘书善于察言观色，端着杯子拎着一瓶酒，起身走到小川座位旁，笑容可掬地说："小川队长，您辛苦了，梅野矿长嘱咐我，代他敬你一杯。"这话是王秘书现编的，让人听着受用。小川不好推辞，由着王秘书斟满酒，两人碰了下杯子，王秘书却不喝，看着小川喝了，他才一饮而尽。之后，借再次倒酒的机会，凑近小川，神秘兮兮地用日语说："怎么了小川队长，您好像不对劲儿？"

小川眼里升起怒气，看着王秘书。

王秘书一副别不识好人心的神态，带点儿调侃的意思："小川队长，您的职责很重要喔。"

小川的呼吸粗了，他控制住自己，一口干了杯中酒。

王秘书嘿嘿一笑，不再说什么，拎着酒瓶子回到自己座位。

酒宴散后，米仓邀请韩旗长去喝茶，他说离招待所不远有家茶馆，那里的清明茶很地道，可以醒酒提神。韩旗长酒劲儿上来，加上一路颠簸，没了那份闲心，婉言谢绝米仓。米仓见状，命人送韩旗长回房间，临分别时，米仓用日语和王秘书对话，王秘书瞅了闷闷不乐的小川一眼："米仓矿长，一切按您的吩咐办。"米仓肥硕的手掌一拍王秘书肩膀，带几位庶务课长走了。

2

韩旗长回到客房,心思还逗留在适才的酒宴上,一朵"百合花"总在他眼前飘来飘去,晃得他魂不守舍。为了让自己稳当些,他泡了杯茶。几分钟后,韩旗长揭开茶盖,啜了几口,茶的苦香浸润肠胃使他清醒一些,回味酒宴的全过程,觉得虽然那"百合花"有种勾人的魔力,但他把持住了,没在日本人面前跌份儿。不过,他又有怪怪的感觉,类似一种痒,钻心刺骨地让他浑身不舒坦。韩旗长一口接一口喝茶,想压制蠢蠢欲动的膨胀感。茶喝一半,外面响起敲门声。

韩旗长以为是服务生,随口一声"请进"。谁知,来人携带一缕香风,钻进韩旗长的鼻子,熏得他连打几声喷嚏。韩旗长掏出手绢,揉酸了鼻子,揉花了眼,模模糊糊看出来,居然是那朵"百合花"。

"你你……你来干什么?"韩旗长实在不知道怎么开口才算礼节。

"百合花"嫣然一笑,双臂抱胸,深施一礼:"我的……来……伺候您。"

"伺……伺候我?"韩旗长懵了,心说这"百合花"真大胆,竟然找上门来了,送上门的没好货,她别是想讹我的钱财吧。转念一想,不对,招待所又不是妓院,她哪能说来就来,一定是谁打发来的,就问:"谁叫你来的?"

"百合花"并不介意韩旗长的盘问,往前迈一步,温柔地说道:"米仓矿长……今晚伺候……吩咐……"

"百合花"的汉语支离破碎,但韩旗长听得明白,原来是米仓矿长安排的特殊宴席,这不禁让他感激万分。既然如此,那我也就不客气了。韩旗长不再矜持,眉开眼笑地拉着"百合花",把她按在床边坐下,自己挨过去抓起她的手,摩挲着,心底有种东西像春日里初融的河水，接连不断地溢出来。

"你叫什么名字？"

"百合花"也不羞涩，另一只手抓挠着韩旗长的大腿："禾子。"

"哦，好，好。"韩旗长不知是说"百合花"的名字好，还是说禾子抓挠他的大腿好。

"旗长，您的……休息……""百合花"的手像小猫的爪子，挠着韩旗长的裆部，声音腻得让韩旗长浑身发颤。

"好，好，禾子，好。"韩旗长确实有些累了，这场酒宴扯得时间太长，他原以为中国人喜欢在宴会上耗时间，原来日本人也没差哪里去。

"百合花"果然乖巧，伸手解韩旗长的衣扣，脱了外衣，替韩旗长解裤带，帮他退下外裤，然后，内衣，内裤，直到韩旗长一干二净，六十岁的身体赤裸在"百合花"面前。韩旗长已经熬不住了，心里的火星子蹭蹭蹿起来，他顾不得斯文，猛然扑向"百合花"，一手搂着她，一手扯她的和服。和服本就相当于几块布幅遮身，哪里经得起韩旗长的扯拽，三下两下，禾子真的像"百合花"一样袒露无余。韩旗长迫不及待地压着她，嘴在她的脸上、肩胛、乳房乱拱。禾子扭动着身体哼哼唧唧，撩拨得韩旗长快昏了，浑身热血涌到那个地方翻江倒海。

事毕，韩旗长搂着禾子，摸着她滑溜溜的脊背，心想，这日本女人和中国女人就是不一样，太够味了，中国女人想不出来、干不出来的事，她都能想得出来、干得出来，这日本女人咋调教的呢？还是她们天生比中国女人会行淫呢？韩旗长的念想，像是被禾子窥视到，刚消停没多久，禾子又手下动作，韩旗长禁不起禾子的摆弄，渐渐膨胀，禾子把他仰面朝上，伸出舌头亲吻，那种麻痒的感觉，让韩旗长简直要爆裂，突然间翻身坐起，嘴里叫喊着："你这女人是妖精！"让那女人要死要活。

第二天吃完早餐，王秘书来接韩旗长，他敲开韩旗长的客房门，见韩旗长坐在沙发上喝着热茶。客气地问候："旗长，昨晚休息得可好？"

韩旗长一夜风流，喝口茶掩饰自己的窘态："多谢王秘书，这招待所很清净。"

王秘书微笑着说："旗长觉得舒服就好。"

韩旗长心里有鬼，王秘书这一笑，让他发毛，放下茶杯："王秘书，咱们走吧？"

王秘书说："好，估计这会儿米仓矿长也到了。"

两人一起出门，果然米仓在院里等着，韩旗长几步走过去，面上浮着笑意。米仓穿一身整洁的格子西装，向韩旗长做出请的手势，让韩旗长上车。本来韩旗长因昨晚的事，见了米仓还有点儿不安，看米仓若无其事，心下坦然，反正是你一手操办的，又不是本旗长抢的劫的，受用也就受用了。再说，我与你们矿里有合作关系，你们小日本精着呢，还不是盘算着把我搞舒服了，多给你招工人来。哼哼，本旗长是你们的财神呢。这样想着，韩旗长挺了挺胸。

韩旗长由米仓和王秘书陪着，去了几大矿——这批为数不少的喀喇沁工人，分布在西露天矿、老虎台矿和龙凤矿，韩旗长先去了龙凤矿采煤区，当然，这是煤矿方面蓄意安排的，他们想让韩旗长见识一下世界第一的大竖井，展示大日本帝国的工业水平。

龙凤矿大竖井是1936年引进德国西门子公司的先进工矿设备，高六十多米，像一只巨大的扁铲子耸入天空，竖井里头安装着两个巨大的绞车、发电机和各种型号的齿轮，绞车上的滑轮吊着两只大罐笼，矿工们每天乘着它上下班，绞车开动的时候，大罐笼忽地一下，瞬间砸进七百多米深的地心。大竖井四周，交叉纵横着复杂的钢铁设施以及高低错落的厂房，一派繁忙景象。韩旗长果然被大矿的气势折服，啧啧赞叹。

但是，他看到作业区的本旗工人时，心陡地一沉：离家时身强体壮的汉子，仅半年光景，变得肌瘦苍老，精神萎靡，走路晃晃悠悠。韩旗长惊呆了，额头冒汗，两腿发软。他想问问米仓矿长，为什么本旗工人变成这样子，可米仓兴致正高，左顾右盼不看他。正在这时，不知从哪里钻出个人来，扑通跪在地上，扯着他裤腿磕头，嘴里嚷嚷着："旗长，旗长，您可怜我，借我点钱吧！"

韩旗长吓得直往后缩，抬起脚，甩蚂蟥似的拼命甩，试图甩掉那只鸡爪子似的手："你，你谁呀？"

"旗长，你不认得我了吗？我是孟大余呀！"那人鼻涕一把泪一把哭嚷着。

"孟大余？是你？"韩旗长矮下身去，低头打量着："真是你？你怎么……"韩旗长忍了又忍，噎回去嘴边的话，他实在害怕孟大余责怪自己，当初要不是你再三鼓动，我们能到这里来吗。

"旗长，你借我点钱吧，我急等用钱！"

韩旗长感到头晕目眩，在家时体格比牛还壮的孟大余，到了抚顺矿非但没挣着钱，居然成了要饭花子。迟疑的工夫，喀喇沁中旗的工人看到旗长来了，都扔下手头的工作，朝旗长走来，受委屈的孩子一样围着他。韩旗长痛心地望着本旗工人，有人告诉他，孟大余染上大烟瘾，戒不掉，体格也抽坏了，干不了太多活，混得生不如死。韩旗长心一抽搐，险些掉下泪来，他弯腰扶起孟大余，掏出一把钱，塞给他。孟大余两眼放光，攥住钱，一个谢字都没有，撒腿就跑。

韩旗长的脸沉了下来，心里像压了块大石头，跟王秘书说了一句，去看看我们旗工人的宿舍吧。王秘书痛快地说，可以，这是视察内容之一，一定满足韩旗长心愿。米仓也溜缝说，是的，韩旗长放心，矿方琢磨琢磨，矿长他能见你吗。米仓满脸堆笑，极尽温和："韩旗长，实在不巧，大连总部召开紧急会议，梅野矿长昨天连夜走了。"

韩旗长不依不饶："他什么时候回来，我在这等！"

米仓骨碌着一双小眼："梅野矿长开完大连的会，直接乘船回日本，什么时候回来，我们不便多问。"

韩旗长火起："我看他是故意躲我，你们煤矿搞欺诈合同，我要把人领走。"

王秘书笑吟吟地说道："韩旗长，您看看，何必动这么大肝火呢，俗话说在家千日好，出门时时难，大家在外做工，自然不像在家那么松快自在。我不是再三和你解释吗，煤矿现在资金困难，有些事心有余力不足。韩旗长，请您体谅矿里的难处，过了这个坎儿，矿里一定安排好工人，给您满意答复。如果矿里条件好了，您的旗民还是现在的待遇，您尽可以按合同办事。"

王秘书一席话颇具人情味，韩旗长的火消了不少，但仍绷着脸郁闷。王秘书又换上商量的口吻："韩旗长，您看，梅野矿长回矿日期未定，要不您先住着，等他回来再说？"

韩旗长气不打一处来："住到猴年马月呀？"

王秘书打着哈哈："瞧您说的，梅野矿长总有回来的时候，只是说不准日期罢了。"

韩旗长说："他没个日子，我在这干耗着干什么！"

王秘书绕山绕水，要的就是这句话，急忙说："那……要不您回去，等梅野矿长回来再说？您别误会，我不是撵您走，是矿里的事情除了梅野矿长谁也定不了。"

韩旗长沉吟不语，王秘书说的没错，梅野一走，跟其他人吵翻天也没用。王秘书看出韩旗长的心思，接着说道："我差点忘了，梅野矿长临走时再三嘱咐，请您留下建议，等他回来仔细研究。"

韩旗长默言不语，米仓知他心里松动，一旁趁热打铁："韩旗长，您的建议已引起煤矿重视。"

韩旗长说："我希望煤矿善待我们的旗民，视他们为合作者，改善他们的生活环境，提高福利待遇。"

米仓眨巴着一双小眼信誓旦旦。

韩旗长无奈地说："既然梅野矿长归期未定，我徒留无益。"

巴不得韩旗长走人的米仓立马说："韩旗长无意逗留，我们悉听尊便。不知韩旗长哪天走，我叫人买票。"

韩旗长说："越早越好吧。"

米仓心里乐开了花，嘴上说："今天下午奉天有一趟发往热河的火车，我马上安排车票。"

韩旗长断然拒绝："米仓矿长，本旗几张车票钱还是有的。"

米仓尴尬地笑道："韩旗长初来本矿，无非一点区区小事，还望别太生分为好。"

王秘书适时递上一只小包："韩旗长，梅野矿长临走时特意托我给你一点礼品，请您笑纳。"

不待韩旗长拒绝，王秘书打开包，露出十根黄澄澄的金条。韩旗长眼睛瞪得溜圆，旋即脸色酱红："王秘书，请你转告梅野矿长，本旗长不取不义之财，这东西让我无地自容！他想封我老头子的嘴吗？"

王秘书不疼不痒地呵呵两声："韩旗长，这就是你的不对了，这可是梅野矿长敬你的。"

韩旗长岂能听不出王秘书的威吓，凛然道："请王秘书转告梅野矿长，不日我将再度来访！"

米仓一脸冷霜，只字不吐，甩手就走。王秘书张巴张巴嘴，随之走了。

王秘书把金条如数交给梅野，他的脸上水波不兴，拿起根金条掂了掂,问王秘书,韩旗长乘几点的火车走。王秘书说下午三点钟。梅野半天不语,王秘书知趣地带上门,回到自己办公室。王秘书一离开,梅野接通宪兵队小川队长的电话。

午后两点多钟,王秘书和米仓把韩旗长一行送到抚顺火车站,在候车室里,王秘书叮嘱韩旗长说,按煤矿惯例,他只能送到此,现在兵荒马乱的,路上安全靠他们自己了。韩旗长哈哈一笑,扬言自己一把老骨头,扔在哪里哪里埋。王秘书无故被呛,丢下一句:"不识抬举。"抬起屁股走人。

4

王秘书和米仓出了火车站,米仓沿中央大街回炭矿事务所,王秘书忙里偷闲,一个人溜达溜达,走进聚乐大舞台看筱麻红演的评剧。聚乐大舞台是抚顺第一大商人邵奉祖开的,邵奉祖早年靠在千金寨做买卖积攒下家业,后来日本人扩建煤矿,把大山坑、东乡坑等与西露天矿合并,形成"大露天",千金寨地区在此次扩建范围内,日本人便强逼千金寨居民悉数迁出。邵奉祖无奈,另在西一番町繁华地段投资兴建一座大戏院,戏院里前面设雅座,免费供应茶水瓜果小点心什么的,后面则是站票,观众多为矿工和街市上的闲杂人等。

在聚乐大舞台唱戏的班子,可不是一般跑江湖的末流货色,而是在东北甚至名扬大江南北的名角,像梆子演员有花筠青、金紫霞,京剧演员有马德龙、李金兰,评剧演员何小培、侯金娃、刘德海等等。演出的剧目从《西游记》《走麦城》《古城会》到《狸猫告状》《空谷兰》等轮番唱。筱麻红唱旦角,扮相优美,嗓音清亮如泉水,征服了东北三省无数观众,不过,筱麻红一卸了妆,脸上几颗榆钱大小的浅皮麻子就无遮无掩地露出来,她的艺名也由此而来。

王秘书不愿意惊动邵老板，掏钱买一张雅座，坐下去听戏。这一天筱麻红唱的一出传统段子《茶瓶记》，她舞着水袖，悠扬婉转的唱腔秋日流云一般：

今天府门外悬灯结彩，
锣鼓喧天吹打起来，
我们老爷他出了府门外，
把这位贵公子迎进书斋，
去花园我给小姐把花采，
在前厅遇见了马金才。
……

王秘书沉浸在筱麻红的唱腔里，两手在膝盖上打着拍子，随着节奏快慢轻声哼唱，如痴如醉间，侧坐两位观众的窃窃私语传入他的耳朵，声音细碎、断续，但在王秘书听来，不啻静夜里的闪电，跟着咔嚓一声脆雷：李石寨车站那边儿有辆火车出事了，车上有人被乱刀扎死，死得可惨了。王秘书心里一惊，算了下时间，这趟火车刚好是韩旗长坐的那一趟，难道死于乱刀的是韩旗长吗？王秘书坐不住了，起身离座，匆忙往外走。没走几步，身后有人喊："哎呀，王秘书，您多会儿来的？"

王秘书停下脚步，转身对来人："邵老板，生意兴隆。"

邵奉祖一抱拳："王秘书吉言。"旋即，似有不解地问道："王秘书，您这……"

"我有点儿事。"

"王秘书，您得空儿再来，雅座我给您留着。您不用老掏钱买票。"邵奉祖笑得热情。

"邵老板，一码是一码。戏我看，票当然也得我买。得了，我走了。"

王秘书大踏步出了戏院，抄近路回炭矿事务所。

梅野稳稳当当坐着看书，他把视线从书本移到王秘书身上，操着一贯舒缓的语调说："有什么急事吗？"

"矿长，我听说，刚有趟火车出事了？"

"警察署已经告诉我了，是韩旗长那趟车。"

"那韩旗长呢？"

"不幸，死于乱刀。"

"矿长，热河那边会不会找我们的麻烦，如果事情传到国民党或共产党耳朵里，利用国际舆论给我们施压呢？在矿的热河工人借机闹事呢？"

"王秘书，韩旗长的人身安全，我们只负责城内，出了城区我们无法控制。至于国民党和共产党，我倒认为，是不是他们下手制造的矛盾。热河籍工人闹事，跟谁闹？嗯？"

"梅野矿长，您这一点拨，我茅塞顿开啊，是我乱了方寸。"

"王秘书，你对煤矿的忠心，我看在眼里，你有功劳。"梅野说。

王秘书得到梅野夸奖，心头灿烂，嘴巴也格外顺溜："多谢梅野矿长！您对我的关照，我铭记在心。中国人有句话，叫知恩图报，我辛苦工作，就是对您最好的报答。"

梅野满意地笑了。

哄死人不偿命的王秘书抻脖子瞅瞅梅野办公桌上摊开的书，好奇的样子："梅野矿长，您看的什么书啊，这么破烂？"

"呵呵，这是民间医书，一个朋友赠予我的，虽破，却可谓之珍宝，据说，它曾盛传于契丹人世界，流传到今天，此乃天意啊。"

"没想到，矿长您喜欢医学。"王秘书羡慕地说。

"我在日本上大学的时候，主攻工学和医学。"梅野无限神往地说。

"您让我想起后藤新平先生，他也是学医学的，却具有非凡的领导才能，看来，学医学的人的确智慧超群。"

王秘书的恭维让梅野十分受用："我是难以割舍啊，真希望早点回日本去，继续我的医学研究。"

王秘书说："矿长，我家里还有本祖传的医书呢，早知道您喜欢，我早给您带来了。改日我回趟家，把它拿来送给您，反正我也看不懂，放着也是放着。"

"王秘书，你真是有心人。"

梅野和王秘书一起笑起来。

第三章 飘摇

1

在东北的笑声中,我们如同骇浪拍扁的船,蜉蝣似的在水里漂浮,任何一种生物只要一张口,我们顷刻丧命。

日军很快对我们实行进一步甄别,盘查所属部队番号,逐一审讯。

审讯的残酷程度,真像张永和说的那样,比死还麻烦。兵营变成地狱,惨叫声日夜不绝,盖过飒飒秋风和杨树叶子舞蹈的声音。日军说不定什么时候闯进集中营,押走活生生的人,送回来的时候遍体鳞伤,完全半死的状态。每送回来一个人,姚丽就失神地看着自己的双手,哆哆嗦嗦地抖。我理解她,作为医生,面对伤痛的战友束手无策,还有什么比这更痛苦的呢?而我也做好心理准备,等着受刑日的到来。

没想到,我们五十六团的幸存者中,第一个被日军提审的居然是姚丽。

那天上午,天空晴朗得像熨平的巨幅蓝绸子,蓝得令人心颤。在集中营里,受过刑的同志说,已经有人承认自己身份,指认同部队的军官和党员,一大批同志遭到刑讯。也有的人承认自己是共产党员,在日军捏造好的文件上签字,博得日军好感,保护同志们。这些信息让我开了窍,想到五十三团的吕阳民主任,他一定是预备牺牲自己才那样做的。苏排长也明白过来,和我说:"以后咱得还他清白。"遗憾的是，我和苏排长食言了，后来吕阳民遭政治审查，等我和苏排长获得消息，寄去证明材料的时候已经晚了，吕阳民冤屈而死。那个骨子浸润着古典英雄气概的战士，侥幸躲过敌人的屠刀，却命丧于他苦苦追求且努力实现的崇高理想上。这些曲折都发生在中华人民共和国成立后，当时我们考虑不了那么远，也不知道将来会怎样，只想着日军的盘查越来越严了，要想通过如同闯鬼门关一样难。

苏排长的话音刚落，日军突然闯进来，冒着绿光的狼眼在每个人身上扫来扫去。缩在人群中的姚丽下意识地往墙角躲，这一挪动，恰好被日军看到，其中一个蹿过去，用枪指着她："你的，出来！"苏排长和张永和几个立马把姚丽挡在身后。日军推搡苏排长和张永和，企图硬拽出姚丽。苏排长和张永和钉子似的钉在地上，纹丝不动。日军恼羞成怒，揪住苏排长和张永和踢打，徐德厚、王一民一使眼色，两人在苏排长和张永和身后并肩站立，护住姚丽。我站起来，插在苏排长几人前头，对日军说："他生病了，我替他去吧。"苏排长和王一民等异口同声："不行，他俩都生病了，我去！"日军不怀好意地盯着苏排长，又看看我和姚丽，一番交头接耳，指点着苏排长和张永和。我说："又不是喝酒唱戏，你们抢什么，我去！"我往前跨一步："走吧。"我怕拖延时间长了，日军再起歹意，我们一个也逃不脱。

日军随手拽出我和张永和，徐德厚和王一民急得跺脚，苏排长紧紧搂住姚丽肩膀，不许她叫出声，她的眼泪簌簌滚落。集中营里鸦雀无声，大家看着我和张永和，目光中充满了担忧。

日军押着我和张永和出了集中营，穿过大院，走到北面拐角，沿着一排房子的墙根走了一段路，在几间窗户极小的平房前停下。那几间房子罩在一棵大杨树的荫凉下，有点儿阴森森的感觉。

屋子内的陈设与我想象中的没什么大区别，五六个日军白衫绿裤，大马猴似的全神贯注地盯着我们，预备着随时扑上来将我们按倒。稀里哗啦的铁链、烧红的烙铁、固定身体的木头架子等刑具，占了大部分空间。一张桌子摆在南面窗下，大杨树把它的枝丫印在墙上，阳光铺在桌子上，又从桌子上跌到地上，形成混浊的光束。桌子旁边蹲着一只狼狗，咧开大嘴，舌头耷拉得一尺长，呼呼地吐纳腥膻气，集中营上空每天盘旋的令人心悸的狗吠，无疑是它制造的。呛人的烟味和焦煳味中，我和张永和依偎在一起，他耳语道："团长，看意思哪个沾上都得褪一层皮啊。"我说："挺着，没别的法子。"张永和朝我扮个滑稽的笑脸："团长，你放心，就是给我扒成一根棍子，我也站到底。"肥胖的日军审讯官听我俩聊天似的说话，耸耸鼻子，一步一摇走过来，边走边撸白色的衬衣袖子，外露的那截胳膊长满粗毛。他在我俩面前站定，抱着肩膀，上下左右打量。我一笑，张永和见我笑，也跟着笑，我们用笑抵消内心的恐惧——在生死不由人的地狱，不存在任何响亮的口号，唯有活着是最后的支撑，活着是意志的较量。

2

大马猴儿日军的心理阴暗，知道如何做对瓦解一个人的意志最有效。他拢着手，冷峻地看着我们，直到认为对手筑起的心堤慢慢崩塌，才耸动着面部肌肉，招呼来其他几个马猴儿，把我俩架到主训官跟前。

审讯官的五官小而紧凑，符合大和民族的特征——精细到极端，衍变成偏执，怀疑一切。他起身绕过桌子，踱到我眼皮底下，扯着我的衣领，念我的编号，突然问道："你的名字？！"

"李二勇。"这是我编造的名字，按组织纪律，我们被俘后要编造个人身份，对付日军的审查。

"不对，你还有另一个名字！"胖审讯官汉语发音不准，但还算流利。

"爹妈就给我起了这一个名字。"

"你的指挥官在哪里？"

"打散啦，遥山没岭地跑，谁知道他现在在哪儿呢？"张永和蔫不唧地插嘴。

"混蛋，闭嘴！"胖审讯官训斥张永和。

"我们真不知道指挥官在哪。"我说。

"不对，你就是指挥官。有人指认你！"胖审讯官继续使诈。

"你叫指认我的人来，我和他当面对质。"

胖审讯官的态度变得更加粗暴："这里是专门惩罚撒谎的地方，我动用任何一种刑具，都能摧垮你的意志！"

"小鬼子，你们在中国用的损招还少吗，你们吓倒中国人了吗？"张永和连讽刺带挖苦地说。

"八嘎！"胖审讯官终于被激怒了，转身坐回审讯桌前，明媚温暖的阳光把他的影子斜拉在地上，扁扁的，细长的，像纸匠铺里扎的引路童子成了精，长了魂儿。

大马猴儿甩掉衬衫，光着上身扑过来，熟练地把我绑在木架子上，举起皮鞭劈头盖脸抽打。另一伙日军反捆张永和的双手，给他套一张浸过水的牛皮缝的衣服，张永和边挣扎边诅咒："小鬼子，我操你八辈子祖宗！"一个日军抡起拳头，照准张永和的脸就是一拳，他的左眼瞬间肿胀，撕裂的眼角流出鲜血。另外几个大马猴儿趁势七手八脚给他套牛皮衣，推到炭火前烤，渐渐地，张永和喊不出声了，扭动的幅度越来越小……

我苏醒的时候，张永和也醒了，我俩像被剜掉脏器的鱼，仰面朝天躺在地上。我使劲抬起手臂抹了一把眼前的血，欠开一道缝看张永和，他艰难地翻过身，趴在我旁边，我用手指捅他，他虚弱地冲我龇牙乐。

我和张永和被拖回集中营，有战俘匀出点秸秆给我们，苏排长和徐德厚、王一民铺好秸秆，把我俩放上去，姚丽半蹲半跪，拉着我和张永和的手，泪流不止。马守义也走过来，揉搓着我沾着汗水和血水的头发，朝我笑笑。他和我说的第一句话是："祝贺你还活着！"我说："可你们这么围着我，就跟向遗体告别一样。"马守义乐了。徐德厚岔着声儿，问张永和："锁匠，你怎么样？"张永和断断续续地说："兄弟，小鬼子真他妈……孝顺，弄……张牛皮袄给我……穿上，就是……是……湿的，越烤越干……箍在……身上，憋得你喘不过气……"

姚丽泣不成声。

"妹子……别哭，哥哥我命硬，小鬼子……害不死我。"张永和忍着疼，宽慰姚丽。

马守义捡掉我头发上的草芥："看来，我也得准备赴小鬼子的特别款待了。"我说："和我们在一起这些天，你也学会幽默了。"我胸腔里一阵疼，边咳嗽边笑，但此时的笑，是疼痛中的轻松，庆贺自己熬过一关，活着，确实成了那时我们的现实追求。只有活着，才意味着走出去。马守义拍拍我的肩膀，又拍拍张永和的肩膀："后面一定有更大的困难，我们唯一要做到的是坚强，争取一个也不缺！"

3

刑审还在继续，苏排长、徐德厚先后过堂，王一民躲过去了，但马守义一直没被提审。他自己打趣说，小日军知我战场上累得够呛，想让我悠闲几天，养足精神和他们继续斗。我们笑了，心却一个劲儿往下沉。

熬过月底，进入十月，山西的太阳虽然还很热，但风已暗藏凉意。这期间，日军停止刑审，集中营恢复了宁静，战俘放风的时间也延长了，我们得以到户外散步，活动活动筋骨、晒晒太阳。每次我们在集中营的院子溜达，姚丽喜欢捡拾杨树叶子，挑出叶柄粗大有韧性的，和徐德厚比赛拉杨树叶柄，谁先断谁输。徐德厚为哄姚丽高兴，故意选叶柄细韧性差的，一拉断为两截，姚丽就像孩子一样兴奋。这种简单的游戏，是我们在集中营里最开心的事，然而毕竟这惬意中漂浮着鬼魅之气，我们，至少我和老马嗅出宁静中掺杂怪异的味道。一天，马守义凝视着枝繁叶茂的大杨树，问我："甄别结束了，下一步日军会干什么？"我说："我有个直觉，日军可能有更大的秘密计划。"马守义说："我也有不好的感觉。"顿了顿，他又说："你听说了吗，近几天日军声称让战俘日光消毒，把体弱生病的战俘拉到集中营外的小庙下脱光了，举起双手放在太阳下暴晒，有的人吃不消，当场倒地，再也没起来。现在小庙那边的战俘弃尸越来越多。"我心里陡然一惊，问他消息来源。他说："放风时听别的战俘讲的，他们当中有人被拉到小庙去，有的没回来。"

我俩说到这儿的时候，一朵乌云飘来，罩在集中营上空，院子里的阳光霎时不见踪影。

我和马守义谈论这番话后没几天，新一轮的劫难来了。

一天上午，天气有点阴郁，要下雨似的，集中营里潮乎乎的，如果把空气拧成一股绳，能拧出几斤水来。出事前，气氛就显得怪异——过了放风时间，日军也没放我们出去，大家感到纳闷，徐德厚倚着窗户，两手插进怀里，自言自语道："狗日的搞什么把戏呢。"张永和说："冒坏水呗，他们不会让咱消停的。"张永和话音未落，徐德厚突然手指窗外，喊了一句："快看！"大家闻声走到窗前，见日军像一窝炸了锅的黄蚂蚁，涌进整个大院，强行搜查伤员、生病的战俘，带到大院集合。不大一会儿，一辆卡车开进院子，日军把伤病战俘推上车，关上车厢，一溜烟驶出我们的视线。

马守义说:"他们再也不会回来了。"

"你是说……"我不忍说出下面的话。

"我预料到这一天了。"马守义说。

徐德厚看看我,又看看马守义,一拳砸在墙上。姚丽的眼里汪起泪水,无声地流下来。

不久,又一批伤病战俘被车运走。大规模的屠杀开始了。

女战俘也到了最难挨的时刻,日军不分昼夜地闯入女战俘营,把她们抓到日军营房发泄兽欲。我们听着她们凄厉的呼叫,心如刀绞,浑身燃烧着灼伤感。姚丽更怕那令人心碎的叫声,夜里,她不敢睡觉,搂着我的胳膊,落网的鸟儿一样瞪着惊恐的眼睛,谁一发出响动,她便激灵一下,撒开浑身的羽毛。白天,苏排长和王一民寸步不离护着她,深恐日军发现她的真实性别遭来厄运。徐德厚不再开玩笑了,郑重地对姚丽说,谁想抓走她,他和谁豁出一条命。可事实上,在那种环境下,如果真有事,我们根本保护不了姚丽。一天夜里,我告诉姚丽这凶狠、令人绝望的话,我说得那么果决,我说:"现在到了凶险边缘,你要做好最坏打算,明白吗?"姚丽用力搂着我的一条胳膊,没有说话。

4

心惊肉跳的时刻终于来了。一队日军来到我们的战俘营,战俘们骤然紧张,有人埋下头,有人挽紧伙伴,以此抵御恐惧。在令人崩溃的压抑中,几名男战俘被拽出来,其中有马守义。我脑子空白了,不自觉地走过去,我一动,苏排长他们也随即跟上。马守义望着我,我颓然停住脚步——马守义的眼神里流动着责备。我站在那里,脑子木胀胀的,目送他离去。

马守义一走出集中营，我们立刻奔到窗前，院子里重现屠杀伤病员的一幕：一辆卡车载走了马守义和其他战俘。

"完了。"徐德厚拖着哭腔说："老马没命了。"

姚丽使劲儿咬着牙，不让眼泪掉下来。

"下一拨儿轮到咱们了。"张永和摆弄着那根用秸秆叶卷的、装着泥土的"旱烟"，放在鼻子底下闻。

"别瞎说，没准儿晚上老马就回来了。"苏排长喏嘘道。

我也希望苏排长的话灵验，我们宁愿白为马守义着急，也不愿他遇难。但我知道，徐德厚的猜测更符合形势。

马守义走后，再也没回来。这使我们相信，他一定牺牲了。陆续地，又有战俘离开，我们的集中营人数越来越少，由一百多人锐减到几十人，起初的拥挤变得稀稀拉拉、空荡、了无生气，大家等待着死亡找上门。

事到此时，我们反而平静了，横竖也是死，早一天晚一天有什么了不起。挨颗枪子死，省去活受罪，倒也痛快。要是真被弄到人烟罕至的地方修工事出苦力，还不如一枪了结呢！这么想着，大家心情好多了，徐德厚恢复往日状态，说话花里胡哨的，逗大家开心。张永和就一个心思：要是能抽根烟再死，做鬼也知足了。王一民整天站在窗口，对日军做出狙击的姿势。姚丽坐在窗边，遥望着远处的一株大杨树，十月下旬了，大杨树的叶子无风自落，在空中翩跹。姚丽说，老家的秋天也是这样子，她要好好记住大杨树，记住这秋天，如同记住她的亲人。我最惦记的人是钟团长，我想，或许我们在另一个世界重逢，继续做亲密的战友，浴血疆场。

终于等来了最后的时刻，那天一大早，日军把我们押上蒙着帆布的卡车，开出很远，才停了下来。我觉得奇怪，刑场一般设在郊外荒凉之处，这处刑场为什么这么吵闹呢？疑惑间，日军踢踢踏踏跑过来，接着，帆布掀开了，我们被日军催促着跳下车。

双脚落地的时候，我发现到了太原火车站。

"挺好，长这么大没见过火车啥样，这回过瘾了。"张永和说。

"让咱坐着火车去会见阎王爷，太他妈稀罕了。"徐德厚说。

"别逗贫，看他们干什么。"我打断他们两个的话。

站台布满荷枪实弹的日军，一列闷罐火车停靠在那里，车厢门开着，押送的日军命令我们排队上车。

第四章　冰封天地寒

1

　　运送我们的那趟火车似乎没有终点,我们不知道是白天还是晚上,也不知道哪里是哪里。轰隆隆的声音听起来那么虚幻,可饥饿和疲劳是真实的,我们挨挨挤挤,一点儿多余的空间都没有,汗酸味混合在一起,充斥着每一个人的鼻息。困急了,我们就站着瞌睡,因为人多太挤,不用怕摔倒。也不允许我们下车,想方便就地在角落的木桶解决,由于容器有限,木桶盛满后,再想撒尿只得随意了。那一路上,我们大男人还好点,可苦了姚丽,起先她不好意思说,拼命忍着,苏排长见她脸色发白,问她哪里不舒服。姚丽摇头,硬撑着说没什么。苏排长和姚丽一对话,徐德厚也注意到了,一看姚丽的样子心里就明白八九分,对我说:"团……哦,姚想方便,怎么办?"

　　我皱起眉头,这确实是个难题,在集中营的时候,好歹有茅房,大伙儿轮流帮她看着外面,防止被人撞上。现在一节无遮无拦的闷罐车,本来已经尿液横流了,哪儿还有供她排解的余地呀。我这里为难着,徐德厚还催:"怎么办呢?"

　　真没别的办法,情急之下,我一横心,提高声音说:"大家请帮个忙,一起向后转!"

　　战俘们不明所以,愣愣地看着我,张永和一旁说:"请大家谅解一下，我们这儿有人不方便。"

话说到根子了，战俘们心里透明，默默转过身。

很久不哭的姚丽再次流下泪水。

我们就这样在黑暗中行驶，几天后，火车嘶喊一声，呼哧呼哧慢下来，终于一动不动。

下车！下车！下车！有人踹开锁死的车厢门，呵斥我们。大家拎着僵硬的双腿，从车上挪下来。踏上地面的一瞬间，突如其来的光亮让我们闭上眼睛，接着，一股寒气扑面而来，刺破单薄的衣服，直入脊骨，激起一身鸡皮疙瘩。

"老天爷，这是什么地方，真他娘地冷！"徐德厚打着哆嗦，嘴里嘟囔。

苏排长两手抱胸："真冷！"

"团长，咱到东北了吧？"张永和反应过来："你看，飘着雪花呢。"

见车站的建筑是日式的，灰色水泥照面，衬着一根根锈蚀的铁轨，出站口、进站口，穿着大衣的日本宪兵和伪警察。我看清车站牌高举着"抚顺"两个字，说："是东北，到抚顺了。"

徐德厚问："天南地北的，小鬼子把咱拉到这干什么？"

说话间，尖利的口哨声再次响起，"集合！集合！"一名军官模样的人走过来吆喝我们："你们的，快点！"

运来的战俘太多，加上宪兵、伪警察、车站的工作人员等等，什么都乱哄哄的，但战俘出于素质本能，很快集合列队。就在这时候，我忽然发现，另一列火车下来的战俘中，闪过一个似曾相识的身影，不待细看，人流马上淹没了他。我想，那是谁呢？

心中带着疑惑，我和战俘们上了一辆卡车，离开抚顺站，在宪兵和警察看押下，穿过市中心，朝城市西部开去。一路上，根据我的观察，感觉这是座特殊的城市，第一日本人多，第二日本店铺多，男男女女的日本人，花花绿绿的日本货比比皆是，混杂在中国人和中国店铺中，很难分清孰多孰寡。日本式的楼房目空一切地竖起尖顶，临街的日本商店播放着日本音乐，歌者像被掐着脖子似的哼哼唧唧。我心想，日本人统治东北几十年，把满洲国从骨子里改造了，正因满洲国这个成功的范例，日本人胃口大开，做起三个月亡华的黄粱梦，大举入侵中国。

卡车一路向西，越走越人烟稀少，目之所及越开阔，一条大河便在眼前延展。这条河的宽阔甚于汾河，虽然这时节河面结冰，但亮而薄的冰层下，是窝卷的水流。行驶二十分钟左右，驶过一座桥，一道巨大平坦的山冈像一具死尸，上面零零星星地长着几棵小树。我有点纳闷，传说东北森林密布，这山为什么不长树呢。我还看见山冈下耸立着一根根大烟筒，吐着浓重的烟雾，显然，那里建有许多大工厂。

路过陌生的景物，卡车拐向南，地势渐高，旷野的风也更硬朗，上游又一条河流蜿蜒而下，越过成排的房屋。周遭变得乌漆麻黑，房子、树木看不清本来面目，火车轨道增多，交叉纵横。徐德厚低声说："团长，咱上哪去呀，咋看着这车往地狱开呢。"

苏排长说："差不离儿，黑乎乎的，估摸着，是地狱咱也在十八层。"

我已经明白过来，我们正在接近一座煤矿："日军把咱送矿里了，大概就是传说中的抚顺煤矿。"

徐德厚"啊！"的一声叫起来："他妈的，原来不毙咱们，是想榨干咱血汗呀！"

张永和说："完了，这回咱不死也得扒一层皮。"

说话间，卡车驶进一个大院，"嘎吱"一声停下，等候多时的宪兵立刻迎围上来，连喊带叫轰我们下车。接着，又是集合、排队、点名。我们早没有名字了，在山西集中营时，我们就只剩下编号。点完名，核对好人数，送我们来的日军把记录本递给参加交接的日本人，礼貌地握手，我们一句也听不懂，不过看他们的表情，好像顺利完成了移交。

"看样子，日军把咱们交给这里了。"嘴唇冻得乌紫的姚丽说。

我点点头。此刻，我心里布满忧虑，实在想不出以后的日子将如何。

参加交接的日本人没穿军服，应该是煤矿方面的人。和他们站在一起的，还有几名锦帽貂裘的中国把头，他们之间的大多对话，由一名翻译模样的人转达。很快地，把头们招呼来一伙人，发给我们一套棉衣，领着我们去宿舍。

2

我们的"宿舍"非常简陋，墙角结着白霜，墙壁是秸秆黄泥抹的，四处透风，棚顶是草苫子，漏了几个洞，雪花就从洞中飘下来，落在潮湿的地上。我伸手摸摸青砖炕，又硬又凉，对面炕上摆放着麻袋包裹的砖头，一块挨一块，还有洋灰袋子什么的，估计是把砖头、洋灰袋子当作枕头和被褥了，看起来，这屋里有不少人住。

"我说着了，这活着是不比死还麻烦？"张永和穿好棉衣，用力抻衣襟，他那套棉衣有点小，袖子、裤腿都短了一截。

"出了虎穴进狼窝啊。"徐德厚边套棉裤边说。

"奶奶的，发套带记号的棉衣，怕老子跑吗？"张永和发现棉衣画着标记。

煤矿给我们的棉衣在左胸印着刺眼的红字"特"，以示与普通华工有所区别，一穿上特殊标志的衣服，确实如徐德厚所说，日军的根本目的是防止我们逃跑，同时也暗含对战败的中国军队的羞辱，让我们时刻背负着沮丧感，在日军和自己同胞面前抬不起头，甚至没有资格谈尊严。

那时候，我还想象不到等待我们的残酷究竟到何种程度。初来乍到，我最担心姚丽，她总不能长期混杂在一大帮男人中，生活上不方便，矿上的体力劳动她干不了，一旦日本人发现她是女的，后果更可怕。姚丽看出我的心思，说："你们干什么，我就干什么。"苏排长他们围过来说："姚丽你不能去，煤矿哪有女人干的活呀。"这话他们也知道没底气，假如姚丽不去干活，她能去哪？姚丽摇摇头："我不能再拖累你们。再说，我不去矿上干活，日军也不允许。"姚丽说出事实，苏排长他们没了主意，一齐把目光转向我。

"让她去吧，在没有更好的办法之前，捱一天算一天。"

"团长，能行吗？"苏排长问我。

徐德厚说："咱们帮她多干点。"

王一民想得细："有日军监视呢，她干得少日军能让吗？"

我说："先这样吧，回头大家想办法。"

其实我什么办法也没有。

到矿一整天日本人没给我们食物，又经长途跋涉，胃里空得咕咕响，饿得人直冒虚汗。又累又饿的我们蜷缩在炕上，凉气钻透肌肤，吸走身体里仅存的热量，大家情不自禁地发抖。姚丽像只猫仔一样缩着，嘴唇青紫，我起身划拉一些破水泥袋子，垫在她身下，让她好受一点。然后，我脱下棉袄，要盖在她身上，姚丽说什么也不让，用力往外推，她说东北不比山西，这么冷的天不穿棉衣会冻出病。推辞间，苏排长他们也爬起来，要脱掉自己的棉衣给姚丽。我见大家抢着脱棉袄，就说，谁也不许脱，大家起来跑步，活动开就不冷了。于是，苏排长、王一民、徐德厚、张永和，姚丽和我，六个人排成一排，像在部队训练那样，绕着屋地转圈跑。我跑在最前头，喊着"一二一"，跑着跑着，眼前出现幻觉，仿佛决死纵队的同志们迈着整齐的步伐，领着我们跑，大声唱歌。钟团长也在队伍里，朝我挤眼逗我，像是在说，喂，伙计，加油啊！我眼中一热，跟上他……

挨到天黑，外面响起脚步声和呵斥声。我想，一定是先于我们到来的战俘收工了。果然，一会儿工夫，门开了，一队衣衫褴褛的战俘鱼贯而入。他们发现宿舍来了新人，平静地打招呼，好像早知道我们来似的。有人不知从哪里摸出一盏油灯，点燃了，微弱的火苗跳跃，影子跌在破桌子上面。有人用偷回的一点煤生了火，火苗蓝莹莹的，映亮了初冬的战俘宿舍，寒气逼人的屋里漾起一点暖意。干活回来的战俘把我们拉近煤火，问我们从哪个战场下来，怎么来的，现在战局怎么样。我们说了山西战场情况，以及被俘后的遭遇，说到后来，大家沉默了——我们对中国军队的未来一无所知。

一屋子的人鸦雀无声，唯有煤火偶尔"啪"的一声响。

过了一阵，又一拨人回来，在这一人群中，有一个人让我们又惊又喜。

3

刚进门的战俘疲乏到木然状态，油灯和煤火照着落满煤灰的脸庞，看不清他们的本来相貌。我们离开火堆，腾出位置想让他们烤一烤，这时，眼尖的苏排长捅捅我："团长，团长，你看。"

我说："什么？"

苏排长指着最后进门的人说："老马。"

我顺着苏排长的方向看去，失声叫道："老马，真是老马！"

苏排长拨开人群，几步奔过去，一把抱住他："老马！"

老马愣了片刻，认出苏排长，狠狠地与他拥抱。

"老马，我们来了。"苏排长说。

马守义几步走过来，双臂箍紧我，红着眼圈说："我们都活着！"

我说："是的，我们活着。"

从生死重逢的亢奋中平静下来后，老马讲述了他到抚顺的经过：离开太原后，他被离奇地押解到北京颐和园。在那座美丽的皇家花园里，他每天隔着铁网，眼看着被虐待致死的战俘给人抬走，有时日军牵来大狼狗，掏吃死去战俘的内脏，其惨状目不忍睹。老马在惊心动魄中接受完审查，由北京押往抚顺，分配到西露天矿干活。老马向我们介绍了抚顺煤矿的情况，他说，由于劳动力紧缺，满铁与日军签了一份肮脏的劳务合同——贩卖大批战俘做苦力。煤矿怕战俘逃跑或闹事，管得非常严，除日本宪兵，矿里另有还乡军人组成的巡逻队，城里驻扎着日本宪兵和警备队、伪警察，能逃跑的概率微乎其微。就在我们来的前几天，一伙战俘泅渡浑河逃跑，也就是我们见到的那条大河，结果，宪兵和警备队追上去，把他们打死在河里。

"大家不了解东北的气候，这时的河水虽未封冻但已冰凉刺骨，人游不了多远，腿就抽筋了。往前游不动，后头日军放乱枪，哪有得活呀。"老马痛惜地说。

老马的话一下把我噎住了，因为我心里也存在逃跑的念头，我想，矿区再严密监视，和封闭的集中营也不一样，总有逃出去的机会。可老马这一句话，让我心头蒙上阴影，看来，我轻视了矿区的防守，东北的特殊气候也将是我们的另一个敌人。

"老马，工人在这干活有工资，咱们有没？"王一民没头没脑地问了一句。

老马肯定地说："没有。战俘的行动限制比普通工人严多了，你没见咱们住的地方都和普通工人隔开吗？周围还有岗哨。上班时押着去，押着回，基本上没有自由。"

老马还说:"普通华工的工资也很低,累死累活干一个月,仅够维持吃饭,若有点病耽误几个工,就要饿肚子,所以他们日子只比我们稍好一点,反日情绪很大。"我心里一动,说:"将来可以团结普通华工,和日军斗争。"老马说:"我来的这段时间,和普通华工也有接触,他们在心理和感情上挺依赖咱们的。"我顺着他的话题,接着说:"毕竟这里不是久留之地,华工信任我们,我们也要依靠他们,寻找时机逃出去。"话一出口,大家一片赞成。老马说:"跑是得跑,不过事先得做充分准备。"我说:"好吧,这件事从长计议。"说到这里,老马附在我耳边问:"她怎么办?"

"你是说?"

"是啊,这地方不是她该来的。"

"除此之外她能去哪?"

"战争让人失去本来角色。"

"坦白地说,现在我没有好办法。"

"随机应变吧。"

"到了这种地方,走一步看一步。"

"对了,我叫马守义,临汾战区三分区政治部书记,以后,大家还叫我老马吧。"

老马的真诚感动了我,共同历练生与死的考验,我们放下提防,互相信赖。我说:"我是决死纵队五十六团的副团长熊言顺,他是侦察排长苏大方,狙击手王一民,战士徐德厚、张永和,她是团里的卫生员姚丽。"大家重新认识过,握手,心里暖暖的,忘记了身处的险境。

"照例,他们明天给新来的战俘训话,你将见到矿长梅野、副矿长米仓、宪兵队长小川等等。接下来,你们就上班了。"老马说。

有人喊吃饭,地中央的长条破桌子很快摆满碗筷,送饭的人提来两只桶，一把卷边的长把饭勺，往每只碗里舀一勺汤，另一只碗里盛一勺饭。分完饭，把木桶倒过来，咣咣敲两勺，刮净桶壁的饭粒，倒进碗里，木偶似的转身走了。我看看汤，上面飘着几片黑乎乎的土豆片，饭是发霉的糙高粱米。老马端起饭碗，对我说："吃吧，嗓子要粗一点。"

我笑了："这饭跟集中营一样，咱们品尝过。"

第二天，果然如老马所说，煤矿、宪兵队双方召集开会，给新来的战俘训话。那个小川队长，居然就是在车站呵斥我们的日本军官。小川面目很凶，阴着一张刀条脸，语气霸道，恨不得每个字音嚼一遍才肯吐出来。煤矿方面的人与凶恶的小川相反，两个矿长西装革履，文质彬彬，特别是矿长梅野，完全一副知识分子的做派，鼻梁架着金丝眼镜，头发油亮，脖子下系一条银色领带，看上去整洁严谨。他说，煤矿需要和谐的劳动关系，他将竭尽全力关照我们，希望我们为煤矿生产做出贡献，大日本帝国不会忘记我们的辛苦努力。梅野讲话的时候，徐德厚在下面撇嘴，做出"屁"的意思，大家偷偷发笑。梅野讲完，米仓讲，米仓话不多，然后轮到小川。小川讲话的主要内容，由一名姓王的翻译转译，就是我们报到登记时看见的那个翻译，没几天我们知道，姓王的翻译身任梅野的秘书，煤矿和我们之间的许多事由他传递。

散了会，庶务课长模样的人大声念着煤矿重新为我们编制的号码，按工作性质，隔人点名，分工区，分组，发劳动工具。我担心起来，生怕姚丽给分到别的组去。徐德厚有点儿着急，和王一民耳语："哎，万一把医生分出去咋办？"

王一民嗔怪地瞟他一眼："你那嘴怎么跟个呱嗒板儿似的，歇歇不行吗？"

苏排长轻咳一声，示意他俩别招祸，两人闭了嘴。姚丽已经从大家的神态中有所觉察，她挺直身体，对我说："我能行。"

我说："先别急，等等看。"

大家被点名，分编小组，前面的人越来越少，我的心怦怦直跳。姚丽伸手拉着我，另一只手拉着张永和。我感觉到她的手心沁出了汗，心头弥漫着怜爱，脑海里闪过被俘前她活泼的样子，她给我们包扎伤口的认真。曾几何时，娇小的她是五十六团的上帝，把我们从伤痛和死亡边缘解救出来，可现在，我们是她的守护神。我握紧她的手，用拇指揩干她湿漉漉的手心，把我的能量传给她。

所幸，我们几个人被编到一组，我心里舒了一口气，苏排长他们投来庆幸的眼神。

更让大家高兴的是，日本人居然把我们增派到老马那里去了。老马见我们来，每人擂一拳表达内心的兴奋。他告诉我，我们的矿区叫西露天，这个矿和其他矿不一样，采煤是露天作业，因此没有井下冒水、漏顶、塌方等恶性事故，也算我们不幸中的幸运吧。

4

到了工作区，我才知道这个露天矿有多大，来时看见的平坦山冈，其实是矿坑边缘堆积的废矸石和地表土，我目测一下，整个作业区呈椭圆形，周长足有十几公里，坑壁修着盘旋上升的小道，来回有小火车运煤，那么多人在坑里采煤，像蚂蚁似的爬动。

那天，我们干的零活，每人发一把铁锹或镐头、土筐什么的，修整运煤车道。我们尽量让姚丽少干一点，即使这样，姚丽也吃不消这么繁重的体力劳动，晚上收工的时候，累得筋疲力尽，拖着两条腿走路。老马认为这样下去不行，就和我商量，设法让姚丽解脱出来，否则一天至少十小时的超强度劳动，她会出大问题的。再说，她一个女的混迹男宿舍不是长久之计——为防止战俘逃跑，煤矿方面规定，晚上上厕所不准穿衣服，不准两人结伴，她一女孩子家，怎么回避光溜溜的大男人呀。

我比大家都急，因为我是团长，有责任有义务保护好自己的同志，更因为钟团长对我的重托。我心想，一定要尽快给姚丽找个安身之所。在这期间，机会来了。一天干活的时候，一名战俘突然摔倒在地，监视的日军举起枪托猛砸那名战俘，嘴里哇啦哇啦叫骂。我们急忙放下工具，扶起他，他说，他生病了，拉肚子拉得头晕眼花。老马叹口气，告诉我，战俘大多来自关内，不适应东北的气候水土，加上环境异常艰苦，营养不足，食物不卫生，已经有不少战俘患病。我灵机一动："老马，我有个主意，咱们晚上商量！"

没有了日光的照耀，没有煤取暖，宿舍里哈气都是白的，碰哪哪冰凉。特别是那铺青砖的炕，永远没有热乎气，能拔掉人的腚肠。大家围坐在灯影下，我说了白天酝酿的想法，老马他们认为是好主意。我说，主意虽好，但需要演一场戏。徐德厚说，演什么戏？我说，装病。徐德厚高兴了，连说我来。王一民抽冷子说了一句，闹不好要挨打，你还演吗。徐德厚满不在乎，我皮粗肉厚，抗打。苏排长他们也说由自己装病号，徐德厚说，小事我上，大事你们上。我做主说，大家别争了，就徐德厚吧。徐德厚憨笑。

第二天干活的时候，徐德厚瞅准时机，铁锹一扔，捂着肚子"哎哟！哎哟！"叫。日本监工闻声过来，使劲踢他，拽他起来干活。我们搀扶起徐德厚，我说，他病了，需要医生。宪兵蛮横地一摆手，意思是不行。我们和监工争执，要求把情况汇报给煤矿，监工举枪要动武。碰巧，王秘书，也就是王翻译陪着矿长梅野、米仓和宪兵队长小川走过来。梅野不放心新到矿的战俘，领着属下亲自来巡视。见我们争吵，小川急步蹿过来，对我们大骂："一群残兵败将，本该处死！大日本帝国给你们生路，竟敢得寸进尺提条件，统统地杀掉！"梅野矿长拍拍小川肩膀，又对我们微微颔首，一副谦逊的君子相。我趁机说了战俘的现状，并抬出梅野那句竭尽全力关照我们的原话堵他的嘴。王秘书两手在胸前拧个麻花，上上下下瞅我半天："你以为来矿里当大爷呀？事儿还不少。"小川则暴怒，"噌"地一下抽出战刀，挥舞着，刀尖指点我们。梅野对他做个手势，扭头对我们说："你们的意见，容我考虑一下。"

梅野和小川走了，王秘书急忙跟上，走出老远，回头瞪我们，嘴里不停地嘟哝："他妈的，比老百姓爱炸刺儿。"

"原来梅野这老日军懂汉语啊。"梅野三人走后，徐德厚说。

戏演完了，效果如何未可知，我的心像揣了只小兔子，七抓八挠不消停。大家也议论事成的概率多大，姚丽却横下一条心，情愿跟我们一起受罪，她对我这么说的时候，眼里流露着女孩子特有的温情，令我怦然心动。我懂她一直以来的心思，但作为团长，我岂能在恶劣环境中与一个爱慕我的女子卿卿我我？我只有雪藏她向我投掷来的火，在深夜的寂静中才敢让自己沐浴着那团热烈。

一天后，王秘书来煤场找我们："该你们走运，梅野矿长说了，为了照顾你们，可以建个诊疗所，但是，矿里不给医药和医生。"

大家喜出望外，你看我，我看你。老马假装着急："没医生没药的，诊疗所不是空名吗，王秘书，矿里有小医院，您能不能和梅野矿长再通融通融，允许我们去小医院看病。"

王秘书不悦："嘿，蹬鼻子上脸是不？"

我急忙打圆场："王秘书，就依你的，医生我们自己找，我有位小兄弟，家传的中医，我们就用他，行吗？药呢，我们用中药，允许买回来就行。"

王秘书说："这还像句人话，买药的人矿里安排，所有药物必须检查。"

我们不再争取更多，对王秘书点头哈腰表示感谢。

战俘诊疗所成立了，地点在我们宿舍附近，姚丽顺利地去诊疗所当医生，大家松了口气。

我们高兴没多久就出事了。

有一天，苏排长趁干活休息时，溜到矿坑北部上茅房，谁料被监视宪兵发觉，叫喊着冲过去，按住苏排长拳打脚踢，带走了他。我们紧张地站起来，张永和、王一民和徐德厚捡起工具，拔脚朝苏排长那边奔去，我低吼："都给我站住！"三个人待在原地。老马投给我询问的目光："怎么回事？"我环顾左右，蹲下身去，其他人也蹲了下来。

苏排长执行了一项特殊任务——趁休息和干活之际，侦察四周地形，为日后逃跑做准备。这项任务是我交给他的，因为姚丽的事，没来得及和老马他们说。

"苏排长机灵，相信他能应付得了，你们一上，很可能帮了他的倒忙。"

老马安慰大家："听熊团长的，等等再说。"

第五章　死穴相逢

1

苏排长一走，大家情绪很低落，不论在工地，还是在宿舍里，几乎没人多说话。我心里如压千钧重石，一方面惦记苏排长下落，一方面考虑逃跑受阻的事。老马一直宽慰我，他说苏排长不交代，日军没证据，拿他也没辙，或许给苏排长换地方干别的活去了也未可知，这种情况以前有过。事已至此，我唯有暂且相信老马，等待苏排长的消息。

沉闷的气氛中，我们意外地见到了何牧。

那天中午，北风夹杂着几朵雪花嗖嗖地刮，吹透我们身上的硬棉袄。我们冷得拼命干活，因为你稍怠慢，北风就旋进你的骨头里去，把你也变成一股风，吹走了。我们奋力劳作着，对抗冬寒，期间，运煤传输带出了点故障，临时抽调人手，往卡车上装煤，运到选煤厂。就这样，在运输传送带那儿，我们相遇了。

当时，何牧正挥锹撮煤，我凝视他的背影，想起火车站那个一晃而过的人，心想，究竟是不是他呢？我狐疑着凑过去，假装碰了他一下，他抬起头，脸上露出惊讶的表情，继而转换成惊喜。

我说："咱们又见面了。"

他把一锹煤扬上车："缘分不浅！"

我笑了，活着离开集中营，跑了几千里，在这地方相聚，缘分一定是前世定下的。我开门见山："你叫何牧？"

何牧大为惊诧："嗯？"

"我知道你叫何牧。"

何牧做出有趣的表情："信息够灵的，好吧，我叫何牧，国军某师五十五团团长。"

"够坦率，不怕我告发你领赏？"

何牧笑了："你的眼睛告诉我，你不会。"

"太自信了。"

"不是自信，是相信。相信是一种宝贵的品质。"

我俩都笑了。我问何牧什么时候到的，为什么前些天没见他。何牧的回答证实了我的猜测，他说，下火车那天他就看见我了，但一晃之间，来不及搭话。我们分配到西露天矿，他们去老虎台矿下井，何牧说，老虎台矿真他妈的苦，一天干十二三个小时，两头不见太阳，宪兵怕战俘领头闹事，把普通工人和他们隔离开，周围圈着铁丝网。昨天，煤矿可能为增加这边的人手，突然调他们过来，一来就遇上我，真是高兴。接着，何牧向我道出心里话，他觉得西露天比老虎台那边方便逃跑，干脆一起跑算了。我给他讲了西露天矿的大致情况和城里的情况，我说条件不成熟，过一段再说。

"对了，交代一下，如何淘到我的名字？"他岔开话题，反问我。

我神秘地说："你的同学。"

何牧晕了："我同学？"

我正要继续说，监视宪兵豆包似的眼珠子盯着我和何牧，我俩只好停止谈话，低下头撮煤。

再次见到何牧，知道他的真实身份，我和老马他们都挺高兴。晚上熄灯后，大家凑在一块议论，我说了何牧要跑的事，老马让我阻止他，我说他打定主意了。老马说，明天我劝劝他吧。

第二天趁干活的时候，老马主动介绍自己，告诫何牧千万别冒险。何牧坚持自己的原则，他说他天天梦见死在阵地的兄弟，他要替死去的兄弟拿起枪，重返战场。老马劝他冷静，摸清煤矿及城里情况，做出详尽计划，再领着大家逃出去，如果可能，一起带上愿意随我们走的普通华工。在老马劝导下，何牧答应再等几天，背地里却和副官陈校准备带领五十五团士兵逃跑。

我后来才知道，何牧想逃跑是有些道理的。日本人看守国军战俘宽松一点，有人运气好，到矿几天就遇到当普通工人的老乡，由他们帮忙联系当地百姓，伺机逃走了。何牧他们虽没那么幸运，但副官陈校天生的交际本领，没几天和那老工人混得极熟，一来二去的，陈校透露点自己的打算，开始也没敢说跑，谎称奉天有亲戚，想去探望探望。老工人说小伙子探什么亲呐，想跑就跑吧，这地方比阎罗殿还黑三分，我是被逼无奈在这挣俩断头的钱，不然早走了。陈校就跟何牧汇报，何牧非常上心，预备约我们一块逃。

2

不过，何牧的计划因一件突然发生的事搁浅了，无意中挽救了他和五十五团的士兵。

出事的时候，天空飘下疏浅的小雪，点染着西露天。我们正在干活，日军突然吹响集合哨，矿警巡逻队驱赶各个工作区的战俘到选煤场。我们不知出了什么事情，心里忐忑，徐德厚说："别是日军要行凶吧。"我说："至少现在不会，它需要咱们的力气。"

我们刚站定，梅野领着王秘书和小川来了。一队宪兵紧随其后，中间的两名宪兵拖着一个血肉模糊的人，走到我们面前，把他摔到地上。

"都站好都站好，梅野矿长和小川队长给大家开会！"王秘书小丑似的咋咋呼呼。

梅野往手腕处拽一拽皮手套，带着厌恶的表情扫视我们，深吸一口气，缓缓说道："不遵守纪律的人，永远不会讨上司喜欢，永远也不会有优秀的工作成绩。近一段时间以来，总有胆大妄为者，违反煤矿规定，擅自脱离岗位，破坏管理秩序，严重影响正常生产。作为矿长，我非常痛心发生这种事情！"

梅野说完，小川跨前一步，凌空戳着昏迷在雪地中的战俘，语速极快地一通哇啦。王秘书同步翻译，小川队长说了，谁再敢逃跑，和他同样下场！小川想杀鸡给猴看，一扬手，几名宪兵轮番殴打逃跑战俘，把他抬到空中，直接扔下去，摔得他骨骼松散，如果没有筋连着，那些骨头会七七八八掉下来，他就没个人形了。那名战俘失去叫的气力，一动不动，鲜血染红身下的积雪和煤渣，我们低下头，不忍看他的惨状。宪兵变着法折腾他，直到打累了，达到他们认为的杀一儆百的恐吓效果了，才像拖着一捆烂稻草一样拖走他，留下一行深深浅浅的血印。

一股寒气从我们脚底蹿上来，逼入肺腑。我看看相隔不远的何牧，他似乎按捺不住，眼里喷着火，我朝他摇摇头。他看看我，点点头。瞬时间，我们读懂彼此的眼神。我说："千万别蛮干，会连累更多人。"他说："我明白。"我说："看到了吗，这么跑损失太大。"他说："我采纳你的意见。"

随着节气变化，东北的冬天愈发寒冷，摧残我们这群缺吃少穿的战俘。肉体的受虐，连带着环境的死气沉沉，西露天矿本无什么景致，入冬以后，更加枯燥单调，一览无余的大矿坑，给予我们的只有压抑、压抑、压抑！

我格外担心苏排长，后悔派他侦察地形，害得他下落不明。苏排长没跟我死在战场，若因我的鲁莽死在煤矿，将来连个烈士也算不上，我怎么对得起他，对得起钟团长！老马是最懂我心事的人，每当我痴呆发愣，他一刻不离陪着我，一声不响地干活。休息的时候，他在我旁边坐着，我俩望着黛色的远山，想着千里之外的山西，陷入回忆之中。也是在那些时候，老马给我讲了他被俘的经过。

1941年夏，日军发动夏季大扫荡，老马他们于潞泷河一带与日军交火，为保存实力，将其甩开后分散撤退。老马和战区司令张清友等人为机关营，带着其他两个营一起走。起初几天，撤得较为顺利，没发现敌情。后来被日军侦察到行踪，也可能是内奸告密，日军的飞机跟了上来，地面的日军也步步紧逼，距离最近时，连日军的太阳旗都看到了。但那时日军只是集结兵力，并未发动进攻。

有一天，老马他们走进一条山沟，张司令命令部队隐蔽休息，抓紧时间做饭吃。饭还没煮熟，张司令就带着几名警卫员急匆匆地边走边喊，一营在前，二营、三营在后，马上出发。大家又累又饿，一人盛了一小碗饭，边走边吃。没走多远，先头部队就与日军接上火。当时部队所在的那条山沟狭窄，四周长满树丛，老马他们借着树木的掩护还击。不久，四五架敌机超低空飞行，机翼刮着树梢，向山沟里投弹。部队顿时乱了，大家分散隐蔽。老马带一部分人爬到山顶，发现日军围上来，只得返身折回山沟。日军冲到山顶，架起机枪朝山沟扫射，来不及隐蔽的同志纷纷中弹。混乱中，老马隐藏在半山腰一个雨水冲刷的小沟里。过一会儿，他听到下面有说话声，知道是自己同志，便顺着沟滑下去，一看，居然是张司令。张司令说，摆在我们面前的有三条路，第一种非常简单，冲上去跟敌人拼死；第二是等天黑后找机会突围，但现在看，这种可能性不大；第三，做好被活捉的准备。所以大家认真检查一下，凡是证明干部身份的东西一律销毁。于是，他们扔掉携带的东西，换上战士服装。

　　枪声停止，日军开始搜山，把被俘人员集中到一起，强行脱掉鞋子，用绑腿的绷带一个接一个捆绑在一起，押解着下山。当天，日军用大卡车把老马他们拉到武安监狱，在那里，日军对他们进行了单独审讯，老马他们用假名字、假经历蒙混过关。武安监狱人满为患，每天只能吃到两顿饭，淡水紧缺，下雨时大家用罐头盒接雨水喝。即使这样，日军还强迫他们每天出操跑步，跑得慢的，跑不动的，惨遭毒打。张司令胃病严重，很快犯了病，尽管大家千方百计地照顾他，怎奈他实在坚持不住，一天跑步时跟不上，被日军一铁锹拍倒，当晚就死在老马怀里。

　　后来，老马和武安监狱的被俘人员全部被押到太原集中营，遇到了我们。

　　老马说到张司令的死时，眼中湿润。我心里沉甸甸的，我问他："其他同志呢？"老马说："不知道，大家失散了。"我抚着他的手背安慰他说："五十六团的人都是你的战友兄弟，你不孤单。"老马用力点头。

　　那段时间，我去看过姚丽两次，第一次我告诉她，何牧也来了。她抑制不住激动地问他的情况，我说他很好，是国军某师五十五团团长，不过我们不在一个工作区，以后的一些联系，恐怕需要通过诊疗所。姚丽很高兴，说他是个胸怀抱负的人。我说你们可以常见面了。姚丽用一种奇怪的眼神看着我，问我怎么了，我说替你高兴啊，她说你有嫉妒的意思，我说怎么可能呢，你们老同学重逢我嫉妒什么。姚丽不再作声。姚丽还问有没有苏排长的消息，一听说没有，她就难过。她还告诉我，由于食物低劣，营养不良，许多人患肠道疾病，诊疗所药物不足，病情得不到有效控制，正在蔓延发展。我忧心忡忡——现在不算是最冷的天气，只恐进入寒冬腊月，体质弱的人挺不过去。想到此，我暗下决心，尽早带同志们脱险，回关内找部队去。

我的担心很快成为事实，三九天来临，在西露天劳动的我们，真正领略到什么叫数九严寒。那时的抚顺，气温低达零下三十多度，地面冻得裂缝，雪深盈尺，北风整天摇着树枝和电线，呜呜号啕，卷起煤灰煤渣子漫天扬。恶劣的天气中，我们犹如一架破旧的机器，艰难地转动着生产。休息的时候，我就坐在冷风冷地里发呆，那比雪还白的阳光让我想起乌梁冈，我怀疑，东北的太阳和山西的太阳不是一回事，天上一定有两颗太阳，不然抚顺的太阳为什么一点热乎气儿没有呢？

3

持续低温，各个战俘宿舍死亡人数陆续增加。在夜里，或清晨悄无声息死去。更可恨的是，小川不许我们埋葬死去的战俘，逼我们把战友的身体像堆柴垛一样，堆在宿舍的墙根。活人与死人一墙之隔，我们对死亡的恐惧远甚于战场，心里燃烧着对日本人的仇恨。

大家在忧患与痛恨中苦熬，有的孤注一掷，相约着逃跑，但大部分没跑多远即被发现，遭到严厉的惩罚。有的人被狼狗咬得像血葫芦一样，绑在我们上下班的路上，柱子上写着"违反纪律者的下场！"矿警、宪兵对我们的监视也更加严密，在这种情况下，我们唯有以静制动，等待时机。

煤矿管理层也得到战俘死亡数量增加的报告。一天，小川、王秘书和庶务课的人到战俘宿舍检查。小川的装扮十分滑稽——头顶黑皮帽子，戴着白口罩，遮住大半张脸，罩了件散发着药水味的白大褂，浑身缟素，像死了爹娘似的。王秘书穿一件棉皮袄，系一条格子围巾，进了门，用力往上拉围巾，堵住嘴和鼻孔，说话腔调瓮声瓮气："你们宿舍有没有病的死的，赶紧报上来统计！"没人搭理他。王秘书继续瞎掰："梅野矿长听说战俘病情严重，感到很震惊，也很痛心，特派我来慰问，同时希望能够报上数，统一治疗。另外，小川队长对此事也格外关心，不惜冒着严寒来看望你们，大家要感谢他。"王秘书红口白牙地鼓噪，小川鹞鹰搜寻猎物似的，南炕北炕踅摸一圈，到底还是发现了一名奄奄一息的战俘，手一指，宪兵朝他扑去，使劲搬弄他，用日语汇报小川。小川低声和王秘书咕哝些什么，之后，王秘书对我们转述，无非是这名病员挺不了多长时间，死了要及时报告。

小川和王秘书张牙舞爪一阵子，前脚一出门，徐德厚开骂："不知羞耻的东西，认错祖宗了。"王一民举起左手，对着门，做出开枪的姿势。其他战俘看不惯王秘书的做派，七嘴八舌骂小川比阎王可恶十倍百倍。

除了诅咒，我们无可奈何。

第二天清晨，病重的战俘死了，宪兵命令我们抬着他，扔在宿舍西墙角。隔几天，又死一个，照样扔在那儿。日夜相伴的死亡气息弥漫每个人的心头，人人感到死亡的威胁，逃跑的事被再次提起。然而，我们被内外封堵，跑，谈何容易。

严寒还在持续，在露天地里干活的我们破衣烂衫，腰间捆根草绳，脚趾露在鞋外，更有没鞋子的人，用草绳把脚一圈圈捆起来，那情景比叫花子还惨。我们就那样一天干十几个小时，很多人被冻伤，我的大脚趾也冻肿了。王一民他们催着我去诊疗所让姚丽给诊治。我心里也清楚，如果不及时治疗，会丢掉大脚趾，甚至丢掉整只脚，到那时，一条命真的搭在该死的煤矿了。

我瘸着脚，去诊疗所治冻伤。

刚一进门，姚丽拉住我："你来啦？"

我朝她笑笑："这些天还好吗？"

"挺好的，就是想你们。大家都好吧？"

我说："都好。你帮我看看脚吧。"

姚丽愕然道："你的脚怎么啦？"

姚丽把我按坐在破凳子上，蹲下身，抬起我的脚检查。我的脚趾肿胀变形，有的地方皮肤破裂，里头渗出脓水。姚丽一声惊呼："你怎么才来呀！"急忙打来一盆温热的药汁，把我的脚泡进去。药汁渐渐浸入皮肤，我觉得很舒服，缓解了麻木和胀痛感。我这边泡着药水，姚丽捣药，等泡的时间差不多，姚丽蹲下来要帮我擦脚，我推脱，坚持自己来，姚丽没好气地责备："逞什么能啊。"擦干了脚，姚丽找块布条，给我的冻脚趾裹上药，缠结实，系好。我玩笑似的跺两跺，说，没事啦。姚丽望了我一眼："你也别大意，过几天还得换药。""一定谨遵医嘱。"姚丽扑哧一下乐了，娇嗔的样子让我怦然心动，她觉出我的异常，羞涩的样子："你盯着人家干吗？"

我做无赖状："你还怕人看呐？这倒奇怪了，我们的姚医生什么时候胆小了？"

姚丽挥手打我一掌："你怎么跟徐德厚他们似的皮啦？"

"有吗？那我改正！"

姚丽又笑，顿了顿，她说："对了，你猜，我见到谁啦？"

"何牧？"

"不，苏排长！"

"苏大方？"我简直不敢相信，头皮一阵发麻。

"苏排长活着！"

姚丽从草药堆里取出一张纸，递给我，我问是什么，她不答。我迟疑着展开，瞬时间，我惊喜得无法形容！苏大方竟然搞到抚顺地图！我抓着姚丽，追问她，怎么见到的苏排长，他在哪里，他在干什么。姚丽小声说："你抓疼我啦！"我不好意思地放开她。姚丽说，苏排长那天在矿里遭到审讯，苏排长一口咬定自己刚到矿，有些规定不清楚，他去封禁区就是撒尿。宪兵和矿警审不出结果，一查他的档案，确实是新来的战俘，刚好厨房那边缺人，顺便将他弄去帮厨。苏排长在厨房表现乖顺，骗取监视宪兵好感，私下和大厨师也相处得非常好。事也凑巧，平日里进城买菜的一个当地杂役辞工了，大厨师在中间说好话，请求允许苏排长顶替杂役进城采买。于是，苏排长借此机会，摸了一下城里及煤矿周围的情况，还弄到一张抚顺地图。苏排长让姚丽转告我，根据这些天摸到的情况，抚顺城南通向其他矿区，等于是条死路，东面革命力量薄弱，即使跑到那边，失去依靠也难以存活，西面通往沈阳，一马平川，无遮无拦，硬来的话也是条死路。唯有北面，有河、有山，只要渡过浑河，沿着山脊再折向西，可达沈阳，到了大城市，设法找满洲省委，总会脱离危险。

"好你个苏大方，干得漂亮！"我高兴坏了。

"苏排长真能干，他说和一个卖菜的老乡处得挺近，等时机成熟，有什么事情请老乡帮忙。"

我兴冲冲回到宿舍，给老马他们讲苏排长的传奇，大家情绪高涨，连夜商议什么时候跑，怎么跑，需要哪些必备的东西等等。最后，大家一致认为，时间定在新年晚上妥当，那天晚上是下弦月，月光不亮，而且日军沉浸在新年的喜庆中，利于我们行动。剩下的，就是尽快联系何牧，确定好具体行动方案，一起逃出牢笼。但是怎么通知何牧他们却成了新问题，因为我们已经回到自己的工作区，与何牧他们隔着一段距离，煤矿监视又严，彼此难接近。大家合计半天，一时没什么好主意。

4

没想到，第二天运气就来了。

翌日早晨，天阴得厉害，北风嗖嗖地刮，黑乌鸦原先还蹲在电杆顶上，蹲一阵就蹲不住了，翅膀一张，呱啊呱地飞得不知去向。我们不能像乌鸦一样飞，只能捆紧腰间的草绳，裤腿也用草绳绑上，排着队出工了。

下午，天愈发阴得锅底一般，空中飘风扬雪。我们冷得支持不住，但矿里不给下班，只得在工地磨蹭。忽然间，嘈杂的工地静了下来，我们愣了，闹不清咋回事。这时，只听日本监工和小把头们喊，发生什么事情？停电了。为什么停电？风雪太大，电线刮断了。我们幸灾乐祸。徐德厚笑道："老天爷睁眼啦！"王一民接茬说："人作孽，天在看，小鬼子快作到头儿了。"我们知道，突然断电，运转的机电设备什么的可能会损坏，矿里难免有损失，想着这些，大家忘了冷，在风雪中看热闹，等着提前收工。

不出所料，日本监工吹响集合哨，我们赶紧排队，兴高采烈地回宿舍。路上，有人竟唱起歌，开始一个人唱，后来几个人唱，再后来一群人唱："起来，不愿做奴隶的人们，把我们的血肉筑城我们新的长城……"宪兵冷得脑袋缩进棉大衣里，听到有人唱歌，闷声闷气地吆喝："不许唱，不许唱！"可是他们也管不住谁了，只顾躲避着风雪。趁大家唱歌，老马说："我有预感，能碰上他。"我说："这场风雪对我们有大恩。"老马笑了："等会儿看吧。"大概是我们的歌声吸引了战俘，大家从各工区会合到路上，也一起唱起来。也是巧，走着走着，我们真的发现何牧在前面一队灰蒙蒙的队伍中。我拍了一下老马，"快，那家伙出现了！"老马二话没说，几步蹿了出去，追赶何牧。

老马归队的时候,眼里全是兴奋,"成了。"我点点头,挽起他的胳膊向前走。

我们在抚顺的时间进入倒计时,大家想方设法偷扎枪、铁棍什么的,带回宿舍藏起来。何牧那边更厉害,陈校那小子不知从哪里疏通的关系,竟然搞到白面饼、铅笔等稀罕物。可以说,我们备齐所有该备的东西,平时议论最多的,也是这件事。有天晚上,徐德厚满怀憧憬,想象重新穿上军装,奔赴战场的情景。王一民喜欢抱着根棍子,做出狙击的姿势。张永和挂在嘴边的话是,"回到部队,我先抽上它一天,过足烟瘾,再上前线打小鬼子去,给团长报仇。"我问老马,"你呢?"老马说:"我的部队打散了,番号在不在还两说着,我要找到上级首长才好决定。"徐德厚探头插言,"老马你上我们团来吧,给我们当书记。"老马风趣地逗他:"只怕熊团长不收留我呀。"徐德厚大包大揽:"没事儿,他不让你来,我们给他免了,你当团长。"我佯怒,敲徐德厚的脑袋,"你小子有反骨啊。"大家捂着嘴乐。

在期待和盼望中,新年一天天临近,我们的准备工作已经就绪,只等着那个令人激动的夜晚。然而,有一天放工后,苏排长突然出现在我们面前,随他一起来的,还有一个人,他的到来,让我们又悲又喜。

苏排长冒险领来的人是刘营长,他俩借口给诊疗所送草药,半道费了好大劲儿才拐进来。

几个月前的乌梁冈战役中,刘营长身受重伤,和钟团长留下来掩护我们,我们以为他牺牲了,做梦也没想到他还活着。大家攒了一肚子的话想说,但身处险境,没时间叙旧。刘营长简明扼要,说我们走后,他被一发炮弹掀进土里,日军上来时,以为他死了。战斗结束,上山搜救的老乡发现他,把他藏起来疗伤,护送他回大部队。刘营长伤愈,欲返回前线时,上级派人找他,要求他远赴东北,执行一项特殊任务。刘营长到达东北,由满洲省委负责与抚顺县委对接,又调动关系,化装成给厨房送菜的伙计,冒险潜入煤矿。而负责内外联系的抚顺县委也不知道,苏排长就是刘营长急于找到的人,因此两人一见疑为幻梦。

刘营长带来的特殊任务是,数月前,日本发动太平洋战争,随着战争逐步升级,日本对煤炭、石油、铝、钢铁的需求急剧增加。据我们截获的一份秘密日电称,日本将派出一批军政两界组成的高级视察团,在满铁陪同下,前往抚顺视察煤炭、石油等行业,制订增产计划,尤其是铝和特种钢,日本要加紧制造战斗机、新型坦克投入战场服役。因此,要打掉日军视察团,破坏他们的太平洋战争计划。但视察团保护措施严密,路上无法下手,唯一的可能,是进入矿区后行动,将他们全部炸死。上级领导通过内线调查,得知我们关押在抚顺煤矿劳役,特派刘营长来接头,落实这项任务。

我们感动得眼含热泪——按照规定,与部队失散的同志重新启用前必须接受审查,因为在那样残酷的环境中,头一天还是自家人,睡一宿觉可能就变成敌人。倘若疏忽大意,会造成不可想象的损失甚至灾难。我们没想到,离开部队这么久,部队领导还惦念着我们,信任我们,许多天来的忧郁和屈辱,在那一时刻,都是有意义的。

我当即表态:"刘营长,我们保证克服一切困难,完成这次任务!"

徐德厚说:"刘营长,我们就是掉了脑袋,也要炸死狗日的小鬼子!"

刘营长说:"不,领导说了,你们最大的保证,是活着离开这里!"

我说:"刘营长,请转告上级,我一定把同志们安全带出去!"

刘营长环视着大家:"同志们,下面我宣布,上级决定由熊言顺同志接替钟义同志,任五十六团团长!"

大家轻轻鼓掌。我心情激动,两眼潮湿,我还能说什么呢,我们五十六团还在，我们的旗帜还在！

时间紧迫，刘营长言归正传，他说，上级定名这次暗杀行动为"猎日"，希望大家发扬决死纵队勇往直前的斗争精神，粉碎日军在太平洋战场的美梦，在后方拖住他们，直到拖垮他们的整个战线。刘营长又说，根据上级组织掌握的情报，目前尚无日本高级视察团到抚顺的确切时间。行动前的这段时间，他在城里的福康药铺地下联络点等我们，和抚顺的地下党组织筹划配合暗杀行动，任务完成后，大家一起走。另外，苏排长是内外联系的唯一一个人，不到万不得已，千万不能暴露身份，即使对福康药铺也要保密，以防不测。

苏排长和刘营长不敢多停留，交代完任务，隐遁在夜幕之中。

苏排长和刘营长一走，张永和念叨开了，"这名儿好，咱们呐，是专打小日本的猎手。"

"永和，这事儿是天大的秘密，千万不要泄露。徐德厚，你碎嘴子，尤其得留神。"我郑重地叮嘱他俩。王一民附和道："对，别没心没肺地瞎唠唠。"徐德厚扮个怪相。

老马说："这事绝不能麻痹大意。还有，通知何牧撤销原计划。"

我说："明天，越快越好。"

然而，就在这节骨眼上，何牧出事了。

第六章 激 变

1

事情起因于何牧的副官陈校。

数九寒天的西露天，冷和疾病、饥饿一起发威，夺去许多人的性命。陈校性子急，死去的兄弟暴尸风雪的惨状让他忍无可忍，瞒着何牧，发动几个弟兄找炭矿庶务课长交涉，要求埋葬死难战友，结果被扣押。

何牧岂肯部下吃亏，况且他早因宿舍旁摞满死去的兄弟咬牙切齿，便组织人前往庶务课要人，与矿警发生冲突。西露天的矿警清一色还乡军人，经过专业训练，一定程度上比宪兵更具格斗能力。何牧他们也是军人出身，但长期的体能消耗，已大大减损了反击力量，何况他们手无寸铁，矿警又是警棍，又是刀枪，一交手，难免吃亏。

何牧及陈校等人均被打伤，煤矿方面把他们关押起来，蹲禁闭，饥饿惩罚。

何牧与陈校为埋葬死去战俘交涉受伤的消息传遍战俘营，仇恨犹如地下暗火蔓延。我和老马他们经过商量一致同意，反正不跑了，时间也来得及，干脆争取埋葬死去的战友，伺机通知何牧撤销逃跑计划。打定主意，我们串联战俘举行罢工，声援何牧。

罢工如期开始，矿坑里的战俘们扔了工具，不管日本监工怎么吓唬，没一个人干活。梅野和小川很快来了，屁股后跟着王秘书和副矿长米仓、几名庶务课长，再后边是巡逻矿警及开着卡车来的宪兵。

矿警和宪兵包围了我们，现场气氛像只鼓胀的气球，一针扎下去就会砰然爆裂。天空中飘起大朵的雪花，纷纷扬扬洒下来，落在我们头顶和破烂衣服上面。在西露天矿，所有东西都是黑色的，唯有雪花，白得纯净，白得迷人。

我们与煤矿僵持着。梅野不愠不怒，来回徘徊，少顷，说道："作为男人，我理解你们的心情，假如是我，我也和你们一样，因此，我敬佩你们的精神。但是，请你们站在煤矿角度考虑问题，煤矿需要你们的合作，而不是敌对……"

小川竭力控制着自己，恶声恶气憋出一句："梅野矿长，请不要跟他们讲合作，他们没有资格！"

"小川队长，请息怒。"梅野打断小川："要尊重生命，尊重中国男人的感情，这是我们大日本帝国的风度。"

战俘中有人讥讽："狗屁风度，你就说怎么办吧。"所有人跟着高喊。宪兵和矿警队将枪口对准我们，战俘群情激昂，小川暴跳如雷，调来机枪手，预备屠杀。梅野按按小川，说："你们派代表和我谈，这样谈得清楚。"

我看火候到了，对老马他们说，我去应付他。

老马拉住我说："不行，他们玩花招呢，回头就枪打出头鸟。咱俩一块去。"徐德厚、王一民和张永和也上前一步，其他战俘们紧跟上来，和我们站在一起。

我说："梅野矿长，我们只有三个要求，一、释放所有被扣押战俘。二、准许2771号和2752号到诊疗所治伤，你也知道，诊疗所医疗设备简陋，所以，麻烦你特批一些治疗红伤的药品。三、准许埋葬死亡战俘，让他们的灵魂归天。如果三个条件不答应，你看到了，我们是不会开工的。"

梅野沉吟不语的当儿，小川怒火冲天，拔出腰里的手枪，预备下令开枪射杀我们。我蔑视地一笑。战俘们长久以来的屈辱感在那一刻爆发，这种力量震撼了梅野，他制止道："小川君，请不要冲动！"

在全体战俘的声援下，煤矿终于同意埋葬死去的兄弟们，同意何牧和陈校到诊疗所治伤。

阔别多年，何牧与姚丽在这样的背景下重逢了。

2

诊疗所只有一张破桌子、一只凳子、一张有些腐朽的木床和堆放着的各种草药，刚进门的何牧呆了呆，扑过去抱住姚丽，久久没有松开。姚丽泪眼模糊，伏在何牧肩头："我们活着，我们都活着……"

何牧柔声说："我们永远在一起，这些年，我的心从未离开你，你不知道我有多想你，在炮火中，在睡梦中，在一切的时间里。"

"自从失去你们的消息，我们一直在寻找你们，我父亲一再嘱咐我，如果找到你或何伯伯，你们在外面过得不好，让你们务必回去。"姚丽想到幼年时在何家玩耍的情景，簌簌泪下。

"家父家母……已经死于战火……何家……家破人亡。"何牧道出家中变故，眉头深深皱着，抑制着内心的痛楚。

姚丽闻故人离世，伤心不已。

"姚叔叔呢，他们还好吗？"

"中国无处不焚烧，哪里谈得上好。倒是得病的人格外多了，爸爸一天天忙碌，头发早就白了。"

"姚叔叔他心地善良啊！"

"爸爸给百姓看病，拿家里的钱买药，救治负伤的抗日军人，我们家也入不敷出，勉强维持呢。"

"若国人和姚叔叔一样的有勇气，何愁赶不走日军。"

两个久别重逢的人，哀伤地述说家事。这战胜死亡的重逢，只有我们亲身经历的人，才懂得是一种怎样的爱，它涵盖了骨肉同胞的牵挂和关怀，是一个时代的特性，也是我们对爱的独特感受。

姚丽解开何牧被血染红的外衣，由于时间长了，有的地方与血污粘连，姚丽皱着眉，往破毛巾上倒了点热水，拧一拧，借着温湿和热气滋润凝结的血衣，一点一点揭，脱掉何牧的破棉衣，后背前胸的伤痕赫然入目。姚丽眼里涌起怜惜，何牧捕捉到了，握一下姚丽的手安慰她，姚丽轻声叹息，给何牧擦伤口上药。

何牧不想让姚丽看出他的疼，故作轻松地提起我，"那个家伙跟我打埋伏，只告诉我有同学在这里，却不说是你。我要知道你在这儿，早来看你了。不过，多亏那家伙，救我两次了，看在救命的份上，这事儿我不跟他计较。"何牧背对着姚丽，面对小木窗，窗外屋檐垂下晶莹的冰凌，再稍远一些，戳着战俘宿舍，披着厚厚的白雪，他自顾自说着，不知道姚丽脸上复杂的表情，更不知此时此刻，她怀着别样的心思。

"熊团长让我转告你，暴动计划撤销。"姚丽换了话题。

"撤销?！为什么？"何牧变了脸色，忘记自己在敷药，"噌"地一下转过身，不料用力过猛，扯动创伤，疼得"哒"的一声。

姚丽扭正何牧坐好："来了新任务。"

"什么新任务？"

姚丽没有直接回答他，暂停敷药，从褥子底下摸出一个小纸团，那是我让姚丽转交何牧的，上面简要说了取消暴动计划的原因。何牧看完，把纸揉成团，塞进火炉里，那团纸瞬间化为灰烬。

"姚丽，告诉他，我必须参加！"何牧语气坚决得不容回驳。

"这个我无权决定。"姚丽说。

"那好，我和那家伙说。你帮我约他。"

"日军盯得紧，他也不常来。"

"你给他捎口信，说我要见他。"

"你们两个一副牛脾气。"姚丽无奈地说。

"嗯？"何牧敏感地反问一声。

姚丽呵斥何牧端正身子，配合上药。

何牧敷完药，姚丽取出些消炎药，小心地包在小纸包里，塞给何牧，叮嘱他说，日本人根本不给西药，这东西是苏排长千辛万苦从城里搞回来的，只有一点点，里头有说明，让何牧和陈校按时吃。何牧十分感激，请姚丽代他向我们致谢，姚丽说，谢什么谢，这种情况下大家互相团结是应该的。何牧有感而发，"要是国人都作此想，日本人何以猖狂如此啊。"姚丽白他一眼，说："又像国君似的啦。"何牧俊朗的面庞露出笑容，想起小时候两人玩耍，天真的何牧总扮演胸怀天下的国王，小手一挥，用稚嫩的童音说："苟利国家生死以，岂因祸福避趋之。"姚丽本随口一说，见何牧的神态，知他忆起幼年趣事，便也笑了，嘴里却赶他走。何牧没有走的意思，不舍地望着姚丽，突然问："姚丽，你的脸为什么黑中泛黄？营养不良吗？害得我刚进来时差点没认出你。"

姚丽立即紧张起来："嘘，我故意弄的。"

"明白了。姚丽，一定要多加小心，为我，也为你自己！"

"快走吧，他们已经朝这边看了。"姚丽一努嘴，何牧顺势看去，果然监视宪兵盯着诊疗所。

"我走了，过几天再来。记着，我要见那家伙！"

姚丽追到窗口，注视着何牧远去的背影，心中百感交集。

3

姚丽给何牧治伤的时候，我们在露天矿西南方一条叫青草沟的山沟里拢火挖坑，埋葬死去的战友。埋葬地点是矿里指定的，也就是平时扔死矿工的乱坟岗子，人横死的地方阴气格外重，树林乌黑，乌鸦蹲在树枝上，仿佛树身上突出的结疤。野狗游来荡去，嘴巴插进雪里，长嗥低吠，雪地上印满饥饿的脚印。见我们来，树上的飞禽，地上的走兽，一哄而散。

东北的冬天里，想挖个坑太难，土地冻得硬邦邦的，一镐头下去，弹脑崩一样磕一个白点，我们刨了半天，才刨开地皮，脚上的烂鞋早已透湿，皱裂的手脚也冻得跟胡萝卜似的红肿，裂口子溃烂的地方被野雪一激，反而木得不疼了。我们向宪兵提出，拢火把冻土烤热，再挖坑。天气太冷，宪兵也想早点结束苦差，同意了我们的要求。我们找来干树枝，折些野蒿子，堆在浅坑上，又跟宪兵借了火，点燃树枝和蒿子，再加些木棒填进去，木棒的雪吱吱啦啦地融化，木棒也噼噼啪啪燃旺了，红彤彤的，映红我们没有血色的脸。许久以来，我们在极度的寒冷中苦撑苦熬，这时有了一团火，感觉到久违的温暖。我们围着火堆烤火，胸膛热烘烘的，有人把脚抬起来搁在火上，燎着皮肉了也不挪开。那种对热的渴望，我一辈子不曾忘记。

戴着棉帽子，裹着棉大衣，穿着大头棉鞋的宪兵也凑近火堆取暖。挨着我的那个日本士兵很年轻，上唇刚冒胡子茬，像春天里的嫩草。他端着枪，迟疑着向火堆靠拢，我看了看他，往旁边让一让。他挤进来，低声用汉语说："谢谢。"竟是标准的东北腔。我暗吃一惊。他看出我的意思，继续说："我是在抚顺出生的日本人，我父亲在我们日本刚开发抚顺煤矿的时候就来了。我在这里念的书。"

"你父亲也是军人？"

"不，我父亲是个工程师，一个出色的机械工程师，他会造各种各样的机器，他本来也想让我当一名工程师的。"

"你呢？为什么不念书了？"

"战争啊，你们和我们日本国打仗了，国家号召我们青年人参军。"

"错了，不是我们要和你们打仗，是你们占领了我们的土地。"

"反正都是打仗。"

年轻的日本兵嘟囔一句。接着，他继续说道："其实，我们日本人为你们做了很多有益的事，比如这座城市，就是我们建设起来的，而之前，它一片荒凉。可你们为什么非要和我们对立呢？"

"你又错了，你所谓的建设城市，为谁而建呢？为什么目的建呢？还不是残害我们的人民，盗用我们的资源，为你们自己打算盘？"

年轻日本兵不服气，却又语塞。

"这些死去的人，如果不是为了你们的什么建设，会死在这里吗？死得这么惨？"

"我不管那么多，我就是希望这场战争不牵涉我，我只想当父亲那样的工程师。"

我不想再跟一个半大孩子辩论，这是徒劳的，而且在那样的时刻，逞口舌之快又有多大意义？年轻日本兵也就此打住，闷闷地烤火。

梅野和小川正在宪兵队召集相关人员紧急开会。日本关东军总部得到消息，近日，共产党方面有人携带一份"猎日"计划潜入抚顺，给即将来抚顺视察的高级视察团造成生命威胁。日本关东军总部命令，抚顺煤矿、驻抚宪兵、警备队等各单位，即刻起进入高度戒备状态，破获携带计划者，将参与行动者彻底消灭，确保视察团安全。

小川宣读完密令，梅野习惯性地扶了扶眼镜："高级视察团来抚顺的事情，我们刚知道不久，共产党竟然也知道了，甚至比我们行动还快，真是不可思议。"

小川恨恨言道："梅野君，共产党无孔不入，担忧是没有用的，我们还是研究一下，尽快抓获嫌疑人员。"

梅野征询："那么，小川君，你有什么好办法。"

小川挺了挺腰板，端正坐姿："共产党派来传达计划的人，一定与抚顺地下党接头，但是，共产党也知道，他们的抚顺地下党组织屡屡被我们查获，已经元气大伤，由他们执行这项计划，风险太大，所以，我判断，必定另外有人……"

副矿长米仓打断小川的话："小川君，你认为……共产党有可能利用土匪？"

"不！"小川坚决地一摆手。

"战俘?!"

梅野和米仓同时脱口。

"共产党做事诡秘，我想他们一定会利用战俘。"

梅野十指交叉，抖动两根细长白皙的食指："这样的话，太麻烦了，矿里几万名战俘，逐个排查岂不是大海捞针。"

会场陷入一片沉默。

"小川君，我想……"

梅野和盘托出的他思路。

日本抚顺炭矿这次特别会议散会时，我们挖好一个很大的坑，放进去死去的战友，不分政党，不分军籍，那些僵硬的生命，都是我们亲爱的弟兄。他们的名字被胸牌号码剥夺，竖个墓碑的机会也没有，我们削平一块木头，潦草地刻上："死难战友之墓"。最后，我们站在高高隆起的大土丘前，深鞠一躬，与他们告别。

大的事情。"

米仓有些后悔："现在看来，对于购进这些战俘的决定正确与否，是值得商榷的。"

"米仓君，这不是你我有权评论的，我们的目标是管理好战俘。"梅野说道。

"梅野矿长，米仓矿长，我认为，必须采取非常手段惩罚他们！"小川说。

"噢，小川队长，那边进行得怎么样了？"梅野由小川的话拓宽思路。

"正在抓紧建设。"

"喔。"梅野意味深长地应答。

"梅野矿长，我还有个办法。"

梅野和米仓看着小川。

小川用日语咕噜了一句，米仓恍然大悟的样子："用中国人的发明对付中国人，借中国古语说，叫'以其人之道还治其人之身'。"梅野也支持这个诡诈之计："一切拜托小川队长！"

会议结束，小川回到宪兵队，给伪警察署长高林茂打电话。

高林茂办公室，电话铃响了半天，才有人"喂"了一声。小川心底漾起怒意："高署长，你的，为什么不接电话？"接电话的警察一听是小川，急忙解释，他不是高林茂。小川的怒意又加几分，没好气地问："高的，哪里去了？"接电话的警察不会撒谎，结结巴巴老实兜底，"高队长去日荣书馆了。"小川差点摔了话筒，操着生硬的汉语怒吼："马上让他来见我！"

2

　　日荣书馆，是位于平康里的一家日本妓院，平康里建在抚顺最繁华的街区，周围集中着千金大戏院、老君庙、赌场、大烟馆、百货商场、挂幌儿的小买卖铺子等等，说书的，唱评戏的，吹糖人的，抽大烟的，暗娼，杂七杂八无所不包。日本妓院坐落深巷中，比中国妓院和朝鲜人开的妓院幽静，小楼挑着日式纸灯笼，歌舞音乐透过纱窗和高挺的树木，隐隐约约传到街上。日本妓院里头的妓女全是日本女人，专供日本人和朝鲜人玩乐，偶尔，有钱有势的中国人也偷偷摸摸去尝一回鲜。说偷偷摸摸，是日本人绝对禁止中国人玩日本妓女，再有钱再有权势也不行。不过，世上的事情就是怪，你越堵，他欲望越大，难免有艺高人胆大者，铤而走险一回，高林茂是其中之一。

　　一开始，高林茂仅出于好奇，心里核计日本娘们儿咋那么金贵，中国人碰一指头都不行，这个念头让高林茂一天到晚心里跟猫抓似的，到底熬不过，揣着钱去了。高林茂特意挑了比较高等的日荣书馆，心想老子今晚非震住小矮子不可，一进店，他就一把一把往外掏钱，日本老鸨唬得眼珠子差点冒出眼眶，赶着给他安排书馆里最好的妓女，她就是让韩旗长神魂颠倒的禾子。当然，高林茂当时也不知道这个禾子与小川队长还有一手，到后来害得他人不人、鬼不鬼，丢尽脸面。

　　禾子长得漂亮，床上功夫也出奇地好，高林茂一上手，再也收不住了，成天想方设法找机会往日荣书馆溜，日荣的老板趁机敲诈他，赚了不少钱。高林茂呢，为了裆下的快活，情愿当冤大头。

　　结巴警察是高林茂的妻外甥老述子，他放下小川电话，飞也似的朝日荣书馆跑去。老述子连跑带颠，气喘吁吁跑进平康里，平康里外围集中着中国人开的妓院，高中低档全有，妓女等级也不一样，模样好的，在屋子里等客上门；年纪大的，长得丑的，在胡同里拦客人；也有暗娼，看似闲来无事溜达，过路人一到身边，就蹭过去亮鞋底，鞋底上写着一回多少钱，三十、二十的，十块八块的都有。老述子经过一家妓院门口，冷不防被人扯住，老述子收住脚，见一个肥胖的下等妓女，嗲声嗲气招呼："大爷，进来玩会儿呗。"老述子一甩袖子，拔腿又跑，嘴里骂道："去你妈的，没见大爷……我忙着啊！"胖妓女嚅动鲜红的嘴唇回骂："看你就是个跑卵子。"

老述子寻找高林茂的时候，他和日本妓女正黏糊得起劲。

在日荣书馆一间装饰简约的房间里，日式榻榻米上面搁一小方桌，桌上一瓶清酒，几碟小菜，几样干鲜果品。高林茂欲火攻心，搂着禾子，在她身上蹭来蹭去，心肝宝贝地叫。禾子满脸媚笑，诱惑得高林茂浑身酥软，借势欲上。禾子推脱，高林茂自裤兜摸出一枚金戒指，逗弄禾子："禾子，你看看，我给你买什么了？"禾子不太懂中国话，但她跟金戒指不陌生，两眼放光，举手去夺。高林茂胳臂往后一扬，禾子扭身噘嘴，高林茂嬉笑着，扒开禾子的外衣，把戒指塞进禾子胸部，手也趁机伸进去。禾子半推半就，娇声呻吟，高林茂受不住岛国式的淫荡，翻身骑上去，剥禾子的衣服，禾子雪白的上身赤裸在高林茂眼前，高林茂浑身血液倒流……

老述子门也没敲闯进来，撞上不堪入目的一幕，慌忙收住脚，往后一退，后脑勺磕在门框上，咚的一声，疼得他捂着脑袋，闭上眼睛，心里骂道，他妈的，倒霉催的，怎么遇上这种事了！禾子卖笑人生，不在乎尴尬情景，扯过衣服，从容地盖在身上。高林茂好歹是个署长，要脸面，何况这脱裤子的事是最见不得人的，心里分外恼火，便要开骂。定睛一看，见是外甥，气得脸绿："老述子，你爹死啦？顾头不顾腚的！"

"姨夫，姨夫……"老述子憋得脸通红。

"对啦，你爹早他妈死了，把你这累赘扔给我。"高林茂见老述子一副熊样，气恼地说。

"……小川队长急着见你！"老述子瞪眼看着瘦骨嶙峋的姨夫骑在女人身上，憋出话来。

高林茂一骨碌从禾子身上滚下来，忙不迭地穿衣服："什么事？"

"没，没说呀，就急呲白咧要见你。"

"他妈的，阎王爷半夜叫门都得去！"

高林茂悻悻地穿戴整齐，走了几步，回头奔向禾子，捏捏她的脸蛋："别急啊，哥有空儿再来。"禾子飘着暧昧的眼神，目视高林茂离去。下楼时，老述子抽冷子来一句："姨夫，姨夫，日本娘们浪不？"高林茂睃了外甥一眼："你眼馋啦？"老述子做羡慕状："姨夫，就兴他日本……人祸害咱中国女人，不兴……咱弄弄他日本女人……啊，啊……一还一报呗。"高林茂斥外甥："你以为日本娘们谁都能弄？没钱没势，弄得起吗？"

3

高林茂到小川办公室的时候，脑门沁着一层汗珠，他抬手抹了抹，道歉来晚了。小川眼珠都不转地盯着高林茂，盯得他浑身汗毛竖起来，心里暗骂，你姥姥的，仰脸嚎天的装什么爷。宪兵队于翻译站在小川旁边，高林茂瞄了瞄于翻译，于翻译眼珠转两转，高林茂愈发没底。终于，死盯着高林茂的小川开了尊口，问他去哪儿了。高林茂按路上编好的词儿，说去街上巡查。小川听了，一拍桌子，厉声喝骂，骂得高林茂直翻眼睛——小川有个毛病，平时用汉语讲话，一着急，日语就顺嘴溜达出来。高林茂被骂得狗血喷头，又一头雾水，瞅瞅于翻译，于翻译小声说，队长说，你在日荣书馆，你侮辱了大日本帝国的女人。

高林茂撒谎穿帮，不敢多言，只怕小川盛怒之下，把自个儿给处理了。

小川骂得吐沫星子飞溅，于翻译在一旁凑火："高署长，你真没脑子，日荣书馆是你该去的吗？警察署那么一大摊子事还不够忙的？现下土匪猖獗，'共党'余孽伺机作乱，地方治安不好，啊，等等吧，你还有心思逗闷子？你难道没想想，警察署离了你就玩不转吗？啊？"

高林茂鸡啄米似的点头，心说你个死眼镜，老子白跟你处了，关键时刻竟给我上眼药。

小川越骂，于翻译越凑火，直到骂够了，消了火，才布置高林茂，近一段时期内，增派力量，加强抚顺城里的检查防护，特别是一些可疑店铺、可疑人员，发现情况立即汇报。

布置完了，小川一挥手。高林茂点头哈腰，倒退着出门，因为心慌，退到门槛儿时忘了抬脚，险些坐个腚蹲。于翻译一捂嘴，硬憋住笑。高林茂瞪他一眼，窝了一肚子火下楼。走到宪兵队院里，高林茂发动挎斗摩托车，踹了半天，摩托车就是不启动。高林茂踢了摩托车一脚，推出大院。

于翻译从后面赶上来，一语双关打趣他："没油了吧？"

高林茂一脸丧气，朝地面啐了一口："一天到晚地，净挨狗屁味了。"

于翻译笑道："喝杯酒去，驱驱邪火。"

高林茂也不拒绝，和于翻译走进鸿铭泰酒馆。

两人坐进二楼靠窗的雅间，点了几样菜，一瓶千台春白酒，吱溜吱溜对饮。高林茂本是喝闷酒，醉得快，几杯下肚，酒意醺醺："我又没抱他妈下苦井，成天当我三孙子，吆来喝去的，凭什么啊？不为俩遭钱儿，老子还不伺候他呢。"

于翻译和颜悦色地劝解："高队长，别上火，咱现在不是搬人家下巴颏儿吗，该低头得低头。"

高林茂的气一下就被勾上来："哎，我说老于，你可不对劲呀，咱哥俩交情不浅，你怎么紧要关头往火坑里推我呢？"

于翻译啜口酒："我那是坑你吗？我那是救你，那都是反话！"

高林茂一咂摸，于翻译确实话里有话，抱歉地给他斟杯酒："老于，兄弟我一着急，话也不分倒正了，你别怪我。"

于翻译摇头一笑："怪什么怪，咱哥们都是刀尖上蹚道的，能帮就互相帮衬着吧。"

一句话感动了高林茂，举起杯和于翻译碰一下，深闷一口。于翻译揩一揩嘴边的残酒，四下撒目，接着说："……这阵儿你可别捅娄子，那个小川吧，最近有件大活儿，心里烦着呢。"

"啥大活儿？"

"过些天，日本国内有一个高级视察团来咱抚顺视察，说什么为制订增产计划，支持太平洋战争。"

高林茂张大嘴巴："这事儿你怎么知道的？"

"小川以为他是精妈养的，可他瞒不过我。再者说，过几天他要用上咱们，想瞒也瞒不了。"

高林茂恍然大悟："他妈的，怪不得他这么大方地饶了我。"又说："哎，老于，你刚才说什么？小鬼子要来搞什么？"

于翻译强调："增产，支持太平洋战争。"

"他妈个巴子的，还增产，催母鸡下蛋呐？抚顺地皮都给刮薄了。"

"可不咋地，小鬼子真不是东西，这些年咱抚顺的煤黑天白夜地往外拉，还拿来炼石油，炼钢炼铝，没准儿日本国死人都用咱抚顺煤炼呢。"

高林茂咬牙切齿："炸死那些王八羔子。哎！不对呀，那视察团来，小川着哪门子急？"

于翻译一招手，高林茂身子倾向他，于翻译压低声音说："共产党王子祥说:"高署长,这是我表弟,打关里老家来,不怕您笑话,老家日子过不下去,投奔我混碗饭吃。"

高林茂摆出公务的架势:"王老板,警察署有规定,家里来了外地人口要登记。"

"是是是,高署长,我下午就过去办。"

高林茂对王子祥的回答显然不满意,眼上眼下打量新店伙计,盘问他家住哪个省哪个县哪个村,家中几口人,家里发生了什么事到抚顺来。店伙计不慌不忙,一一对答。店伙计回答完毕,他突然问道:"你说老家在山东临沂,那你应该从临沂上火车的喽?车票呢,车票给我瞅瞅。"

谁也没料到高林茂竟问出这话来,一时愣在那里。小伙计满仓目不转睛看着高林茂,不知他葫芦里卖的什么药。王子祥和豆腐李面面相觑,店伙计低头包药,像没听着似的。高林茂又追问一遍。

店伙计包好了药,细心用纸捻绳捆扎着,仿佛不曾见高林茂向他掷来的石块,要把他砸个头破血流。高林茂转向王子祥催促:"王老板,怎么的,你表弟坐火车不花钱呐?"

王子祥赔笑道:"高署长,您太抬举他了,他……"

店伙计捆好了药包,搁在柜台上,拿起抹布抹净药渣,慢吞吞说:"高署长,车票我有。"说着,里里外外翻衣兜,高林茂的脖子随着店伙计翻兜的动作一抻一缩,末了,店伙计抬起头,两手一摊:"高署长,真对不住,车票丢了。"高林茂肌肉抽搐,茶杯往柜台一放,喝剩的茶溅出来,在木板台面漾开:"你他妈诚心逗我玩儿是不?"

店伙计一副委屈的样子:"高署长,您给我斗大的胆子,也不敢逗您呀。您想想,车票就一小溜窄纸片,我这衣裳翻来倒过去的,没准儿什么时候掉掉了。再说,人到地方心自安,哪还在乎车票呀。"

豆腐李也打圆场,说可不,那玩意就是随手扔的东西,要知道署长有用，掉脑袋也留着。王子祥笑脸陪着，再三保证。高林茂挑不出刺儿，又磨蹭着不走。王子祥知他心思，从柜子拿出些钱来，背对着豆腐李，塞给高林茂："高署长，您看，眼前就要过年了，我多少是个心思，您收下。"高林茂立马换上笑脸，钱收入囊中："王老板，这扯不扯的，老让你破费。"王子祥笑道："高署长肯给面子，常来我这小铺转转，给我长脸呐，我生意越做越旺，孝敬高署长应该的。"

高林茂哈哈大笑，迈着牛逼步走出福康药铺。

小伙计满仓把他喝剩的茶冲他的背影泼去，啐道："什么东西！"

高林茂一走，王子祥和豆腐李齐夸店伙计机智，王子祥说："老刘一掏兜，可吓死我，让他看车票，那不露馅了。"豆腐李也道："老刘啊，差点连我也被你蒙了。"满仓搂着刘营长的腰央求："老刘，赶明儿教教我吧，我好多长几个心眼。"刘营长拍了下满仓的头："你再长心眼成精了。"众人哄笑。

王子祥派满仓去门外放哨，防备高林茂杀回马枪，他和豆腐李、刘营长三人在店里议事。豆腐李的实际身份，是隐蔽在地下的抚顺县委范书记，他介绍了中共抚顺县委近年的情况，刘营长听得皱紧眉头——范书记说，我党自1927年就开始派遣优秀共产党员到抚顺煤矿开展地下工作，如杨靖宇同志，他是较早潜入抚顺展开革命工作的，但日军牢牢掌控着抚顺，每有风吹草动，即搜捕杀害抚顺地下党员。杨靖宇同志多次被捕入狱，屡受酷刑，坚贞不屈，经我党多方营救总算逃离鬼门关。后来，满洲省委考虑他已经无法在抚顺奉天继续工作，派他去收编被关东军打散的辽宁民众自卫军，组成党领导的抗联队伍，辗转白山黑水间与日本关东军作战。而抚顺地下党的工作，每隔一段时间就遭到日本人的毁灭性破坏，最多的一次，中共抚顺县委被抓捕20多人，13人被枪杀，其他人被判处不同程度的徒刑。正因如此，中共抚顺县委一直处于隐蔽状态，以前大家潜入抚顺煤矿，在工人中间宣传抗日，发展党员等等，到范书记这一届，上级组织吸取经验教训，让范书记和一名女党外积极分子李四姐假扮夫妻，经营一家李记豆腐坊，掩饰真实身份，长期与上级组织保持联络。

听完范书记介绍，刘营长认为，他和范书记尽量减少见面，不到万不得已，第二个联络地点李记豆腐坊绝不能启用。三个人就这样商定好了，但是，后来三个人全出事了。当时他们也不知道，高林茂离开福康药铺，叮嘱跟在屁股后的老述子说："给我盯紧点。"老述子瞅瞅高林茂衣兜，不解地望着他。高林茂训斥外甥："榆木疙瘩脑袋，我瞅那新伙计不是什么善茬儿，懂不？"

第八章　校验刚开始

1

不久，我们的宿舍实行调整，新调来七八个人，原数抽走七八个人。新来的战俘说，他们来自晋西南游击队，其中藏着一个副队长，叫伍元。伍元为人低调，对谁都一团和气，白天劳动再怎么累，回宿舍也不偷懒，帮着大家干这干那的。晋西南游击队的同志说，他在游击队里挺有威信，与日军作战勇敢，谁受了伤，他尽心尽力照顾；谁鞋子漏了，谁的衣裳破了，主动帮忙缝补；转移到后方，驻地百姓有什么困难就帮着解决什么困难。几个月前，他们被扫荡的日军堵在一个村庄，在队长战死的情况下，伍队长下死命让大家撤离，他带着少数人断后，最后被日军抓获。到集中营受审时，也是伍队长拼力保护队员，终于全体活着离开，来到抚顺煤矿。

游击队的同志数出伍队长一大堆好，也给我们留下不错的印象，大家亲热地喊他老伍，他也乐于大家这么喊，以我们山西人特有的憨笑回复。在宿舍里，和他最热络的人，是话痨徐德厚，这两人凑到一起说得口干舌燥，没完没了。

过了几天，刘营长托苏排长捎口信来，暂时还没有日本高级视察团的启程日期和到达日期，我们商议一下，觉得应该抓紧时间，做好一切准备工作。要炸掉视察团，首先是弄到炸药，这个问题难度非常大，甚至可能做不到。第一，在矿区，我们受到严格监视；第二，我们根本不知道偌大矿区哪里有炸药。据苏排长提供的消息，西露天矿不远有一座生产炸药的工厂，但日本人设置了岗哨，雇用的工人全是当地百姓，上下班要搜身，一点漏洞也没有。如何搞到炸药很伤脑筋，范书记命令党委委员王子祥花钱疏通了一个炸药厂的"骡子"，希望他值班的时间睁只眼闭只眼，让几个可靠的工人携带出炸药。"骡子"是统称，包括工厂的流动监工和值守人员，因为平时欺负工人，就得了不雅的外号。范书记他们买通的那个"骡子"，把守工厂大门，管着工人们上下班登记搜身。本来一切计划好了，可炸药厂突然加强检查，"骡子"由单人值守加派为二人，要命的是，新增的居然是从车间抽调的日本监工。我们分析，日军已经想到暗杀小组会预备搞炸药，一定会提前防范。

　　炸药厂的事情流产了，不过我们没觉得惋惜，因为它风险太大。也是天无绝人之路，我们正为弄炸药一事一筹莫展时，何牧给了大家一个惊喜：煤矿半山腰存放生产工具的仓库里有炸药。这一发现也属偶然，那天何牧干活的时候，矿区巡逻队的人到仓库和看守宪兵嘀嘀咕咕，之后，巡逻队的人夹着一包东西出来，何牧凭经验断定，巡逻队拿走的是炸药。老马怕何牧判断有误，让姚丽再问问何牧，何牧声称绝不会错。他还写张纸条，委托姚丽转交我们，上面写着他的下一步计划：由他设法偷出仓库里的炸药。我第一个不同意何牧的计划，认为他这个行动等于自杀。我问老马的意见，老马说，可以让何牧试试。如果有炸药，正好弄来，若没炸药，另寻他路。我说："仓库有日军昼夜值班看守，万一行动失败，后果不堪设想。"老马说："让何牧试试吧，我相信他的智慧。"看来只好如此了，但我们要为他减轻点压力，进入仓库的钥匙由我们来搞。大家商议怎么搞到钥匙的时候，老马提出，苏排长在厨房，接触日军机会多，鬼点子也多，可由他搞。

王一民说:"这事儿硬来行不通,得走旁门左道。"我以为王一民说的有道理,老马也点点头。张永和鼓励王一民继续,王一民却卡住了:"我就是这么想的,到底怎么办,我不知道。"

张永和又转向徐德厚:"平时像说快板似的,这会儿咋哑巴啦?"

徐德厚一直在旁边专心听,张永和一说,来劲了:"谁说我没话?我早想好了。"

"好哇,你把想好地讲给我们听听。"

"讲就讲!"徐德厚被逼上梁山似的,"我去偷!"

张永和憋不住,"扑哧"一声乐了。王一民抿着嘴。我觉得徐德厚不是开玩笑,示意他说下去。谁知,徐德厚忸怩起来,老马见他的样子,也忍不住笑了,往徐德厚身边挪了挪:"德厚,不用掖藏,一切为了完成任务。"

徐德厚张了好几次嘴,下了老大决心,到底没说出来。

张永和急得催促:"快说呀!"

徐德厚腮帮子鼓得老大,使劲儿呼口气:"那我说了啊,其实吧,我在老家时,是小偷。"

"扑哧。"张永和和王一民两人同时乐了。

"团长,你看他俩!"徐德厚跟我告状。

我也没想到,粗粗拉拉的徐德厚居然擅长那种精细活,但作为团长,要维持严肃秩序,故意绷着脸,用眼色制止张永和和王一民。两人止住乐,徐德厚接着说:"我在老家确实偷东西,可我专偷有钱人家的。"怕我们不相信,末了强调一句:"我是义盗啊!"

我说:"行,你是义盗。你说说吧,怎么个偷法儿。"

"我想这样……"

2

几天后的傍晚，我们在北风中瑟缩着身子，排队离开工作区。走到仓库附近，另一队战俘从上面的工作区下来，与我们并肩前行，本不宽敞的矿坑盘旋路一时颇显拥挤，张永和不经意地与一名战俘撞到一起，两人你一句我一句吵嘴。那名跟张永和吵嘴的国军战俘是何牧属下，我们事先商定，何牧他们借故晚走，等我们一到就寻事打架，伺机下手。张永和和国军战俘吵了几句，两人开始动武，监视我们的宪兵企图分开他俩，但正值收工时间，很多人围观，监工和宪兵挤不进去，跳着脚在外面骂，拉枪栓威吓也没人理睬。

不一会儿，单打独斗变成群殴，战俘们嗷嗷叫着，起哄的、帮腔的，乱成一锅粥。我和何牧领着各自的人打来打去簇拥到仓库跟前。守库房的宪兵本来观看我们打架取乐，等我们厮打着靠近，他警惕了，叫骂着让我们离远点。可是没人听他的，国共战俘揪成一团，守仓库宪兵被当成挡箭牌，转过来，扭过去，气得七窍生烟。趁着这份乱，徐德厚瞅准宪兵屁股后的钥匙，神不知鬼不觉用软煤泥按了一下，鱼一样游开。我和何牧立即暗示大家停止纠缠，免得拖延久了节外生枝。

回到宿舍，徐德厚从怀里掏出他的"战利品"，向我们展示他用软煤泥取的仓库钥匙模型。我们都乐，夸这小子是神偷，徐德厚不免得意，嘿嘿傻笑。但我心疼徐德厚，他为了煤泥块儿不冻硬失去弹性，一整天贴在胸口捂着，直到他掏出来给我们看，煤泥块儿还热乎乎的。

老伍走过来问："什么事儿呀，这么乐呵？"徐德厚刚要张嘴，老马搪塞说："大伙儿闹着玩，这种地方只能苦中作乐。"老伍也不多问，做自己的事去了。老伍一转身，我和老马互看一眼，大家心领神会，不再作声。

晚饭仍是冻土豆汤，糙高粱米掺沙子，我们不敢细嚼慢咽，也来不及品味，即使是沙子，也权且当成食物，填充空荡荡的肠胃。吃完了饭，我和老马研究，光有模具也不行，还得有必要的工具，比如锯条或者锉刀，锯条或许能搞到，锉刀恐怕很难，我俩合计，锯条让徐德厚想办法。

徐德厚果然身手不凡，不出三天，弄回一截小锯条来。现在，锯条和钥匙模型都有了，我们还缺最重要的东西——钥匙料和锉刀。这两样东西，只能从城里弄来，于是，任务落在苏排长和刘营长身上。

我们聚在一起研究事情的时候，有一个人总是离我们不远不近，似听非听的，这个人就是伍元。

经过一段时间的相处，伍元和徐德厚越来越亲热，伍元说他喜欢徐德厚直肠子，办事说话痛快，他不叫徐德厚的大名，或像老马那样亲切地叫德厚，伍元从来都叫"徐兄弟"，徐兄弟长，徐兄弟短。徐德厚也愿意跟伍元来往，他说伍元人好，憨实，标准的山西人。徐德厚评判的山西人标准，是爱恨分明，心热直肠子。伍元和徐德厚亲近，自然和我们凑在一起的时候也比别人多，但我一直有种感觉，伍元不单单是他给人的表面现象，我觉得他还有一些深藏不露的东西。这事儿搁在我心里反复发酵，一天，我和老马谈起彼此对伍元的印象。

那仍然是寒冷的夜晚，战俘们盖着破被子，靠体内的一点热量取暖沉入梦境。外头黑漆漆的，哨所亮着灯，天空飘着雪花，在幽暗的灯光下飞舞，间或几朵飘入我们宿舍，瞬息融化。我和老马冻得睡不着，凑到一块儿耳语，我说："老马，你怎么看伍队长这个人？"

老马裹了裹破棉袄，抵挡凉风："你怎么看？"

"我有种直觉，伍队长很复杂。"

黑暗中，老马叹口气："不见硝烟的战斗比阵地战更残酷，我们打阵地战，胜与败立见分晓，死与活一颗枪子儿定。到了后方，形势复杂多了，最难受的是酷刑的摧残，我们的肉体，远没有意志坚强啊。"

老马的一番感慨引起我的深思，一个人在阵地战中能做一名勇敢的战士，但是，当肉体长期遭受损耗时，意志将会被拖垮，直至崩溃。

"熊团长，你睡了吗？"老马以为我睡着了。

我说："老马，我觉着，有些事小心为好。"

"我也是这个意思。"

3

后来的事实证明，伍元确实是叛徒。在"反扫荡"中，他随着晋西南游击队战败被俘虏，抵不住日军的酷刑，投敌变节。小川把他塞进我们宿舍，充当奸细，负责监督他的人是王秘书。也就是说，狡诈的小川怕伍元露马脚，不准他直接与日本人联系，而是搬梅野出面，让王秘书做他的临时上司，伍元有什么事情向王秘书汇报。

伍元很会邀功，把我们和国军战俘发生冲突的事篡改成他从中挑拨的，添油加醋地给王秘书讲了一遍，无意间掩盖了我们打架的真实意图。王秘书大大表扬了他，赏给他二十块日本金币。一天，王秘书一身皮装，牛皮哄哄地进矿区工作区巡视，他一来，我们就知道是寻茬子找事儿的，因为以他的身份，不必一趟一趟亲自往矿里跑。"野猫又来了。"徐德厚一边用铁锹划拉碎煤块，一边说。"不理他，"张永和骂道："他爹前世造孽，生他个二杆子！"张永和说的是我们山西方言，意思王秘书缺心眼，甘愿给日本人卖命。也难怪张永和痛恨王秘书，他嘴上不说，我知道他心里疼着。放眼一望，西露天真是煤的世界，这个无与伦比的大坑里，除了头顶那块天，剩下的全是煤，似乎永远也采不完，如果日本人不滚蛋，他们就占着煤矿，中国人得永远为日本人采煤，拿中国的资源给日本人换财富，换飞机大炮打我们。

说话间，王秘书近在咫尺，话带着挑衅："别磨洋工啊，好好干，干好了有赏！"

伍元往手心里吐口吐沫，搓了搓，握住铁锹，把碎煤往一堆儿攒，没好气地嘀咕："赏？赏挨冻受饿，还是赏脚链子铐？"

王秘书抬腿踹伍元一脚："你他妈脾气不小，敢顶撞我？"

伍元停下活计，一手拄着锹，一手在破棉裤上拍打："大白天的，让驴踢了。"

"你他妈今早吃的枪药吧？"

王秘书摘下皮手套，往外衣兜里一塞，做出动手的架势。伍元不服气，攥紧铁锹怒目而视。徐德厚见状，默不作声地挨近伍元，准备帮他揍王秘书。王秘书大概怕群起而攻之，吃眼前亏犯不上，眨巴眨巴眼睛，一扬手，监视宪兵走过来，王秘书指指伍元，监视宪兵凶神恶煞般地扑向他，拉伍元走。徐德厚拼命往回拽，监视宪兵往前拉，双方拉锯似的，扯得伍元龇牙咧嘴。徐德厚见扯疼了伍元，一松手，回头去抄铁锹，其他几名战俘也作势往上冲，要抢回伍元。这时，由于徐德厚突然撒手，伍元和日军一块跌倒在地，王秘书见战俘要群殴，急忙喊来附近的宪兵。一场敌我殴斗即将发生，老马握紧徐德厚的手腕，我伸臂拦住大家，叫大家千万别冲动。

伍元被抓走了，王秘书也走了，他头顶的大皮帽子掉下来一只耳朵，一步一忽闪。

徐德厚埋怨老马，不救伍元是何道理。老马说，没什么大不了的事，顶多给伍元几个拳脚，用不了多大工夫，王秘书会放他回来。尽管老马说的在理，徐德厚仍不舒服。我对徐德厚说，我们现在不比以前了，别忘了我们有更重要的事情，不可因小失大！徐德厚挠挠脑袋，抱歉地说："唉，都是我脾气不好，一急，险些犯错误。可是，我担心王秘书不放人。我让他放心，假如伍元不回来，想办法救回伍元也不迟。"

我和老马的谨慎无疑是正确的，伍元和王秘书打架，确实是有心而为，借着这件事，王秘书把伍元找到煤矿庶务课的办公室里秘密问话。王秘书首先训导伍元一番，让他安心为煤矿服务，如怀有二心，定落得生不如死的下场。伍元听得鬓角淌汗，他不怕速死，他怕活受罪，日本人的刑罚之残忍，是他一辈子的噩梦，那比地狱还阴暗的地方，他再也不想去了。王秘书的敲打，让伍元两腿颤颤，对我们这几个人的观察如实反映。王秘书追问他，有什么具体的事情，伍元说，那倒没有，就是总看见我们几个嘀嘀咕咕的。伍元没头没脑的汇报毫无价值，王秘书训斥了伍元，让他想法从战俘中，尤其是我们几个人当中掏干货，如果确实没什么事，也别在我们身上瞎耽误工夫。伍元有点委屈地为自己申辩，他说几次差点从徐德厚那儿淘到有用的东西，可每次都阴差阳错被打断。王秘书反过来宽慰伍元，鼓励他别泄劲，如果我们这伙人有问题，迟早会露馅。王秘书一鼓励，伍元突然想起一件事，就一五一十地和王翻译说了。

第九章 算不算隐秘？

1

伍元跟王秘书汇报的事情，对姚丽非常不利。

前些日子，伍元患了肠炎病，去诊疗所讨止泻的药。他对姚丽的怀疑，也在此期间产生：伍元喝完药，抬起袖子，抹干净嘴角的残汁，说："姚大夫，没有你，或许我的小命就报销了。"姚丽被俘后，一直报姚宇廷的假名，虽然在日军那里我们只有编号，但战俘中间还是喜欢称呼姓氏。姚丽说："别客气，老伍，咱们都是自己人。"姚丽往墙角的破口袋里倒药渣，顺便说一句："老伍，桌子上有凉开水，漱漱口吧。"伍元端起水碗，就在那一瞬间，他猛然发现一黑色描红边的扁盒子，伍元惊讶，用身体挡住姚丽视线，另一只手伸过去，大拇指一用力，撬开盒盖，瞄一眼迅速合上。之后，小盒子一直在他眼前晃，他翻来覆去琢磨，姚大夫桌上为什么有小盒子呢？哪里来的？小盒子的原物没了，底部尚存一圈红色膏状物，像是胭脂，里头装着一只紫色的嘎拉哈，他一个男人，怎么喜欢这东西？

伍元心里揣着疑问，百思不得其解，再去诊疗所的时候，他假装好奇，拾起小盒子摆弄，问姚丽怎会有胭脂扣。姚丽推说一个国军战俘落在这里的，想还给他，但他一直没来，也许病重了，也可能人已经没了。伍元见姚丽说着说着伤感起来，不便再问，但也没全信。

王秘书指责他情报没有价值时，索性将此事说出来，果然，王秘书来了兴致，追问伍元东西还在不在，伍元点点头。王秘书乐了，夸奖伍元心细，伍元讨好地说："多亏王秘书教导。"王秘书笑了。就在这当儿，王秘书突然冲着伍元的腮帮子就是一拳，不待伍元反应过来，反手又给伍元一耳光，这一掌很重，伍元眼冒金星，捂着半张脸，望着王秘书。王秘书笑得极灿烂："伍队长，对不住，进来容易出去难，你离开这里，必须挂彩。"

伍元心里窝囊，嘴上欢喜："王秘书，我明白，我明白。"

姚丽哪里来的描红扁盒子和嘎拉哈呢？

这两样东西是苏排长给她的。事情起因于苏排长去城里买菜，那天，他在常买菜的摊子上，看见一只小扁铁胭脂盒，里头装着一只染成紫色的嘎拉哈，心里一动，装作跟摊主开玩笑："许大哥，你玩这东西呀？"苏排长通过一段时间接触，知道了卖菜的老乡姓许，管他叫许大哥，那时候，苏排长和我们都没想到，许大哥有着传奇的经历，且在我们实施"猎日"的计划中给予很大的帮助。苏排长和许大哥开玩笑，他却说："嗨，我哪有那闲工夫，是我小孙女，玩够了扔在这旮旯儿的。""噢，许大哥，这是什么骨头啊？"苏排长拾起来端详，他真没看出来，秀气小巧的骨头是什么动物骨骼的一部分。许大哥告诉苏排长，它是狍子的拐骨，用蓝靛加朱砂混合染的，就成了一种特别的紫色。许大哥还说："所有动物的拐骨，第一漂亮的是獐子，第二要数狍子，再往下是羊的，猪啊牛啊什么的大动物差远了，它们身体壮，骨骼太大，拐骨粗笨。"

苏排长爱不释手地把玩着嘎拉哈，许大哥倒也痛快："老苏啊，你稀罕只管拿去。"苏排长不好意思收："那哪好，回头你小孙女要咋办。"许大哥边称菜边说："我小孙女有二十来个呢，不少这一个。"苏排长非常高兴，谢过许大哥，抻直衣袖，擦干净嘎拉哈上面粘的泥土，小心地揣进兜里。许大哥看着苏排长的认真劲儿，打趣他："老苏，你挺稀罕这玩意啊。"苏排长有点儿不好意思："不瞒大哥，我送人。""噢，明白了。"许大哥哈哈笑两声。说话间，称完了菜，宪兵催促苏排长快走。苏排长同许大哥告别，扛着菜走了。路上，苏排长心想，这个许大哥，知道什么呀。

苏排长借着送草药的工夫，把胭脂盒和嘎拉哈送给姚丽。毕竟女孩子家，生活条件再艰苦，也有女孩子喜欢美的天性，姚丽有了嘎拉哈，多个玩伴，寂寞的时候，她总要拿出来玩玩。然而，苏排长和姚丽没想到，一只小盒子，一只漂亮的狍子嘎拉哈，惹出了大麻烦。

2

王秘书和伍元的秘密谈话结束后，骑着摩托车从矿区回到城里的炭矿事务所，径直上楼回办公室，脱掉外衣，摘下帽子手套，挂在门后的衣架上。然后，他给小川打电话，讲了国共两军战俘打起来的事情，小川很是得意，以为自己的离间计初步成功。王秘书不无讽刺，小川队长高兴了，我格外多了差事。小川自然明白王秘书的意思，道了声："王秘书辛苦。"王秘书也不谦虚，嬉笑着接受了。小川挂断电话，骂了一声刁滑的家伙。

王秘书拎起铁壳的暖水壶晃了晃，拔掉木塞，往杯子里续半杯热水，坐回椅子上，顺手端起水杯喝了一口，不料水太烫，王秘书伸长着舌头。挨了烫的王秘书想等水凉一凉再喝，趁着这点空隙，他踱到窗前，从楼上往外看。炭矿事务所对面是炭矿医院，中间隔一条中央大街，向北连接火车站，因此，中央大街是抚顺最繁华的一条街，行人来往穿梭，小摊贩在医院路边兜售水果香烟，两边延伸开去，有摊煎饼的、压饸饹的小铺子，也有满洲中央银行、大阪朝日新闻抚顺贩卖所、依田洋行等等。王秘书抱着肩膀，看着这些景象，脸上浮现若有所思的表情。

王秘书留个心眼，他不想过早地把什么都告诉那个脾气暴躁的宪兵队长，但是他脑子里一直转悠着伍元的话，同时，他再三推敲姚丽——一个国军战俘，从被俘到下矿，随身物品早被搜得精光无二，他哪里藏着胭脂盒，此外，山西战场下来的军人，怎么可能有东北女孩玩的东西。他琢磨着，想办法一试究竟。

一辆电轨车从炭矿事务所楼下驶过，噪音吵醒沉思中的王秘书，他坐回办公桌，重又端起水杯。

此时，伍元已被押回我们的作业区。徐德厚见伍元鼻青脸肿，替他捡起铁锹，问他："伍大哥，日军揍你了？"

伍元指着自己的脸："日军下手狠着呢，老子活着离开这鬼地方，回头拿枪突突死他们！"

"伍大哥，咱们一定活着出去！"

"唉，我就盼着啊，早点儿逃出虎狼窝。"伍元叹息。

"不用急，咱……"

徐德厚正要往下说，我凑到他俩近旁："盯着你俩呢。"

徐德厚和伍元停止交谈，弯腰干活。

我始终惦记钥匙料的事，中午休息时，老马问我："这几天见到苏排长没有？"我说："他通过姚丽捎口信，刘营长一时半会儿就办。"老马说："但愿一切顺利。"我说："抚顺这块地被日本人种熟了，咱们想在自己一亩三分地上撒粒种子，一冒头就得让他们斩断，难怪国共两党的势力在这里难以扎根。"老马说："可不是吗，小鬼子在这里近四十年了，一块石头一棵草都记得滚瓜烂熟，咱连皮毛还不知道呢。这种情况下要搞掉他们的视察团，难呐。"

我和老马说话的工夫，城里传来燃放爆竹的声音。老马仰起头，天空中太阳苍白，几朵云彩无精打采。

"快过年了。"老马说。

我说："是啊，掐着指头算也没几天了。"

"在老家，这会儿忙着蒸馒头、贴窗花呢。"

老马一句话勾起我的思念，我想起有一年年底打了胜仗，钟团长犒赏全团，年三十儿晚上，大家在驻地院子摆开宴席，喝酒吃肉，兴高采烈，钟团长还即兴为我们唱了一首民间小调，那五音不全的粗嗓门，差点笑死我们。如今又到过年的时候，而我再也见不到钟团长，五十六团的人再也不能一个不少地聚在一起喝酒唱歌，想到这里，我的心情黯淡下来。

"又想钟团长了吧？"

老马见我神色阴郁，问我。我最佩服老马这一点，他永远知道我的心思，堪称我的知己。

"战争免不了死人，也会有人活下来。死的，不是为自己死；活着的，也不是一个人在活。"老马的目光落在远处苍苍茫茫的山脉，那些山脉的背后，还是无穷无尽的山脉。

"老马，那个事放在哪天办好？"我扭转略显沉重的话题。

"年三十晚上怎么样？"

"行！"

"同他们统一一下，看那边有什么意见。"

"好！"

我和老马说的那件事，就是偷炸药，时间初步定在年三十晚上，不过要进一步与何牧沟通，看他有没有别的意见。

何牧十分赞成偷炸药行动定在三十晚上，认为这个时间选得恰到好处，一是三十晚上忙着过年，看守相对松懈；二是三十晚上没有月光，利于行动；三是城里城外爆竹声不断，易于掩盖雪地行走的脚步声。同时，何牧也把他的计划告诉我们，我们都为他的计划叫绝，老马说："这家伙是天才，太聪明了。"徐德厚笑道："这个扣老西儿，居然想得出来！"

3

刘营长一身店伙计打扮，上街买钥匙料。

刘营长出了福康药铺，穿小巷，走到西三番町，再到西三条通附近抚顺最发达的商业街，这条街统称"欢乐园"，聚集着各种各样的买卖生意，有鹤立鸡群的三盛东百货商店，还有南味观馄饨馆、二台永烧卖铺，杂货铺、小药铺、点心铺、鱼行、米行，卖大碗茶的、吹糖人的、卖凉糕切糕的，等等。平常日子，欢乐园一带嘈杂热闹，一到年关，更加摩肩接踵，人流如梭。刘营长上街的这天，巧逢腊月二十八赶庙会，因为是年前最后一个集市，有钱没钱的人都往一块挤，又比前几日喧闹许多。刘营长走进一家小百货店，店老板见客人来，热情地招徕生意："客官，您要点什么？"

刘营长说："我想要一把钥匙料，您有吗？"

"哟，来我这您算挑对地方了，您稍等，就给您拿。"

店老板拿出几把钥匙料，供刘营长选，刘营长从中挑一个，又问："锉刀您有吗？"老板说："客官您要多大号的？""小的。"老板拿出几把小锉刀，刘营长选好，付了钱，走出百货店。刘营长前脚迈到大街上，一个人迎面撞过来，刘营长往旁一闪，只听来人骂道："你他妈眼睛长后脑勺了？"

"对不起，对不起。"刘营长急忙道歉。

"哎！我怎么看你眼熟啊？"

听说眼熟，刘营长定睛一看，险些和他撞个满怀的人，是高林茂！

"高署长，是您啊？我是福康药铺王老板的表弟。"

"我他妈看着像你小子。哎，大过年的，你不好好在药铺照顾生意，跑出来干什么？"高林茂瞅瞅刘营长，又瞅瞅小百货店。

"您别提了，昨儿下晚，我表哥喝醉酒，开门把钥匙拧坏了，我这不赶着来配一个。"刘营长本不想说买什么东西，转念一想，怕高林茂找后账，进店查问店老板，自己反而被动，不如直截了当告诉他。

"你表哥挺有闲心，别是跟婊子起劲喝大了吧。"高林茂讥讽。

"嘿嘿，我表哥一个单身汉，找女人也正常么，您说是不？"刘营长来个顺竿爬。

"倒也是，一大老爷们不找女人，裆里的玩意肯定不中用。哎，你表哥玩女人挺上心，人情礼往的事可不咋地呀。"

"高署长，上午我表哥还念叨着，过晌腾出空去您那儿一趟呢。"刘营长见高林茂有所指，给他吃颗定心丸。

刘营长的话像一针强心剂，扎在高林茂敏感的神经上："难得王老板有心，啊，哈哈。"

"高署长，那您忙着，我先回店里。"刘营长借机脱身。

高林茂掉过头来，望着刘营长离去的背影，脸上不阴不阳的。

刘营长无心跟高林茂纠缠，主要是因为他和苏排长约好时间，阴历二十八苏排长进城采购，刘营长赶在中午十一点半之前，把钥匙料送到卖菜的许大哥那里。刘营长穿街过巷，找到许大哥的菜摊子，一边买菜，一边等候苏排长。刘营长要了土豆、干黄花菜、大白菜、葱、姜等，磨蹭半天，苏排长还没到，刘营长着急，怕日本人临时变主意，不进城了，便问许大哥："老大哥，几点啦？"

许大哥称几块干姜，看了眼日影："差不离十二点吧。"

刘营长就频频往外看。许大哥放下称，干姜装进口袋："兄弟，你别急，我这里快着点儿。过年啦，扫尘挑水的，谁家事儿都不少。"

刘营长支应着，又问："老大哥，我想跟您打听件事情。"

"说吧。"

"矿里常在您这儿买菜吧？"

"是呀。怎么？"

"没什么，担菜的人是我老乡，他家托我给带口信，可我也不知他什么时候进城，碰不着他。"

"噢，你说那个人我熟着呢，他一会儿来。"

"是吗？那他能不能不来呀？我是说，这大过年的，可能他有别的事呢。"

"保准来，菜我都给预备好了。"

"那太好了。谢谢老大哥。"

"谢什么，你安心等着吧。"

快一点钟了苏排长才来买菜，一进门就跟许大哥说，皇军有事，来晚了。实际上这话是给刘营长说的。许大哥压低声音，说有个老乡等你呢。刘营长趁宪兵不注意，塞给苏排长钥匙料和小锉刀。苏排长揣进怀里，问刘营长，这段日子怎么样，刘营长说请大家耐心等待。苏排长又问刘营长，到许大哥这里来，有人注意没有。刘营长三言两语讲述了途中遇到高林茂的事，苏排长告诫刘营长，一定要注意安全。

当天晚上，钥匙料转到我们手里，苏排长心细，还夹带回来几根蜡烛，预备磨钥匙用。夜里，劳累一天的战俘睡下了，我们几个裹紧破棉袄，围坐一团，张永和翻弄着钥匙料，迟迟不发言。我们也不知说什么好，原本不值几文钱的寻常之物，辗转到我们手上，真可谓历尽艰辛。半晌，老马打破沉默："永和，估摸多长时间弄成？"

张永和说："少说也要两三天。"

"永和，快一点，时间已经确定了。"我说。

"我知道。"

"锁匠，成与不成，全看你的了！"徐德厚给张永和掖掖棉袄襟。

"我懂。"张永和说："团长，老马，你们睡吧，我要干活了。"

王一民说："锁匠，我陪着你。"

"不用，你们都睡吧，明天还得干活呢。"

我知道张永和不会让大家跟他一起熬夜："大家睡吧，全体陪着也是永和一人干。"

我挪挪身子，给老马腾点地方："老马，你身体不大好，你先睡。"

老马明白我的意思，摸出垫在屁股底下的砖头，拿破麻袋裹几裹，摆在炕沿上，回身躺下，然后招呼王一民和徐德厚睡觉。等他们睡了，我悄悄起身，把破被子给张永和披上。张永和蜷着身子专心磨钥匙，忽觉身上一暖，抬头见是我，欲开口，我做出噤声的手势。张永和把被子让给我，我坚决给他披上，他看着我，眼圈发红。我拍拍他，朝钥匙一努嘴，张永和拾起锯条，低头磨制钥匙，发出轻微的嘶嘶声。

天亮时，张永和的手指已经磨出血，累得直不起腰。吃早饭时，大家每人省下一点饭，拨给张永和，张永和给大家分回去，大家把饭碗挪开，张永和想了想，饭拨给我一些。我又把饭扣回他碗里，用目光命令他吃下去。

二十九的晚上，老马坚持他陪着张永和，王一民和徐德厚坚决不让我和老马陪，主张由他俩代替我俩。争执到最后，我做主，徐德厚陪上半夜，我陪下半夜，因为这不单是陪夜的事，还要替永和听着点动静，以防不测。

张永和又熬了一夜，终于磨好钥匙，两天来，他那张严肃的脸终于情不自禁地展开了笑容。

第十章　三十晚上

1

我们磨钥匙的那两天，何牧带着部下做准备工作。

西露天煤矿坑内的煤炭运输十分特别，日军别出心裁地在采煤坑壁四周开辟运输道，沿采煤深度一圈一圈向下盘旋，供小火车运输。何牧的作业区负责把小火车的煤炭送到传输带，再由运输带提到地面的选煤厂，筛选出等级，按质论价，卖到外地，或者运回日本，或者出口东南亚地区，也有一部分含油量高的油母页岩，直接运到建在西露天矿脚下的制油厂，提炼人造石油。聪明的何牧就在小铁轨上想了个主意：制造混乱，引开日军，然后打开库门，神不知鬼不觉地偷出炸药。

腊月三十下午，何牧算计好下班前末班小火车到来时间，撬松运输带附近的小铁轨，恭候小火车到来。傍晚，满载煤块的小火车像一条毛毛虫似的，一拱一拱从地下钻出来，渐渐向上爬。何牧居高临下，俯视着小火车越来越近，一脸诡秘。副官陈校幸灾乐祸："来吧小鬼子，大过年的给你添点乐！"

太阳沉到地平线以下，夜幕在西露天矿铺开，周遭景物影影绰绰，其实这时还不到五点钟。五点钟一过，西露天矿的灯次第亮起，灯影使矿区愈发黑暗，只不过，因为过春节，寂静中平添了几分活跃的气氛。矿区之外的抚顺城，人们依照习俗，筹备几小时后的年夜饭，密集的鞭炮声在空中脆响，让我们这些远离部队、远离家乡的人倍感孤独——我们这些被囚禁在黑色世界里的人，享受的唯一景致是看太阳、冻土、卷着煤灰的风。山与水、草木庄稼和花朵，已成为遥远的记忆。

我们熬到下班哨声吹响，排好队，从坑底往地面走。途中，老马苦笑："如果没有战争，这会儿我们在家和老婆孩子过年呢。"

"打完仗，咱们有了老婆孩子，大伙聚一块儿过年。"我满心憧憬。

"是好主意。"老马用赞许的口吻说。

"到时候，咱都上团长家过年去！"徐德厚扮个鬼脸。

王一民和张永和一起乐。

"好！一言为定！"

说着话，路过何牧那里，老马问我："不知何牧那边怎么样了。"

我说："那家伙不缺智慧，放心吧。"

我心里却在祈祷，祝愿裸露在寒风苦地的他们一切顺利。

小火车盘旋上来的时候，开到破坏位置侧翻。何牧忍不住擂了陈校一拳。要知道，侧翻地点是精心计算的：从那个位置垂直下去，恰好是修在岩洞里的火药库，车厢倾倒，煤必定淌下去，扣在火药库周围，何牧他们就有借口接近火药库，伺机引开守库宪兵，盗出炸药。

险情突如其来地发生，让监视宪兵有点儿发蒙，仓促间，他不知道如何处理这件事情，把火气撒到何牧身上。精通日语的何牧听明白了，他不耐烦下班时出现这种事，责怪战俘无能、饭桶。何牧保证说，今晚一定抢修出来，不耽误明天工作。何牧又指指火药库，说那里也有煤，得清理出来。宪兵不置可否。于是，何牧将人分为两部分，留一拨人在上面，他和陈校带几个人清理火药库的煤。

火药库左侧有一根电线杆，顶端垂着一只灯泡，低瓦数的灯泡在空旷的工作区里，光亮如萤火虫，火药库陷在一片漆黑中。年三十晚上，抚顺的三九严寒达到极致，尽管看守火药库的日军裹着棉袄棉大衣棉靴子，但他早已冻得透心凉。本来，他是临时顶岗，等值班宪兵吃完晚饭来换他。可是过了换班时间，该来的守库宪兵还没有来，这让他恼火而无奈，只好催战俘动作快点。何牧不温不火地说："这煤撒得太多，我们人手少。"

守库宪兵气得够呛，反复地咕噜："快快地，快快地！"

何牧指着到处散落的煤："您看，这么多煤，一时半会儿也清不完，不然……"何牧停顿。

守库日军似懂非懂，半死不活地哼了一声。

"要不，您先歇会儿，进屋暖和暖和，喝点热茶，吃碗饺子，今天过年吗。您放心，我们保证干利索。"何牧连说带比画。

守库宪兵有所触动，寻思了一会儿，冲着清理煤的何牧吆喝："喂，你的，过来！"

何牧满脸堆笑。

"你的，快快地干，我的……"守库宪兵做出暂时离开的手势。

"我一定好好干！"

守库宪兵又瞄了何牧两眼，背着枪走了。何牧和陈校对视坏笑。

2

城里的爆竹声密一阵，稀一阵，西露天矿也沉浸在新年的喜庆中，日本人举行晚宴，聚在灯火通明的餐厅里饮酒吃肉，跳舞唱歌。与此欢乐情景形成鲜明对比的，是矿区周围成排的油毡房里的中国矿工，他们困顿在冰冷的屋子里，吃着简单的饭菜。比他们更惨的，是我们这些战俘，我们一口热乎饭也吃不上，饥肠辘辘，真正成了守年夜。

就在这样的时刻，我的好兄弟们还在野地为心里的目标努力着——何牧和陈校迅速接近仓库，取出怀里的钥匙，握住大铁锁，锁上的寒气立刻通过手臂传导到周身，粘住何牧的手。何牧将钥匙插向锁孔的瞬间，略停了几秒钟。"团长？"陈校疑惑何牧为什么不开锁。

"冻住了。"何牧说。

那么低的气温，铁锁开不开实属正常，可我们忽略了这个细节。回过头说，即使事先知道冻住也没好办法，因为我们没有别的措施，唯有用体温捂化。"陈校，你帮我一下，解开我棉袄。"何牧的手粘在铁锁上拿不下来，招呼陈校。

"团长，你要干吗？"陈校没太明白。

"锁头塞我怀里。"

"团长！"陈校心里一疼，不仅喊叫起来。

"快点，我们没多少时间！"

"团长，我来！"

陈校不忍心将那块冷冰冰的铁疙瘩贴在团长胸膛，何牧急眼骂娘。陈校一狠心，解开何牧的衣襟，把铁锁按在他胸口上。何牧不由自主抖了一下："要是给女人暖脚，就算比这凉十倍，我也不打怵。"

陈校拖着哭腔道："都这时候了，还有心思开玩笑。"

"真的，陈副官，我三十岁了，还没跟女人亲热过呢。"

"团长，你有喜欢的女人吗？"陈校被何牧逗乐，转而嬉皮笑脸。

"当然有，要是不打仗，我们早结婚生孩子了。"

"吹牛吧，不信。咱们在一块这么多年，我咋从来没见过，也没见你们有书信往来？"

"我们失散了，不过，现在她近在眼前！"

"团长，真的假的，咱这里可全是大男人，哪儿来的女的，谁呀？"

"姚医生。"

"他？他不是……"

"她是我青梅竹马的恋人，因为战乱才分开的，我也没想到在这里遇见她。"

"太不可思议了！团长，那以后怎么办？"

"等赶走日本人，我娶她！"

"团长，那我给你当伴郎行不？"

"行啊，你小子白白净净的，正合适。顺便再趸摸个漂亮姑娘，回头我给你当证婚人。"

"说定了啊，谁也不许违约。"

"唉，好啦。"

陈校递上钥匙，何牧重新一拧，铁锁"咔嗒"一声开了。何牧和陈校狂喜，两只手紧握。"成功了！"陈校极力控制喜悦，低沉地说。何牧没言语，头一摆，两人无声地滑进去。然而——只走几步，两人同时站住。

"他妈的！"陈校咬牙切齿。

何牧脸色铁青，一言不发。

谁也没料到，仓库安装两道门，里边的那道门隐蔽很深，外面根本看不见。

"团长，砸吧？"陈校想孤注一掷。

"不行！"

"怎么办？"陈校不甘心。

何牧从牙缝里挤出一个"撤！"字，领着陈校迅速回到仓库外面，恨恨地拿起铁锹，开始撮煤。其他人见状，悄声问陈校："陈副官，怎么回事？"

"小鬼子太他妈狡猾，里头还有一道锁！"陈校脸色煞白。

"那怎么办？"

"不知道！"

几个人悄声议论时，一旁的何牧像局外人一样，陈校最怕团长这种表情，他心里越翻江倒海，表面越什么也看不出来。

偷炸药失败，我们陷入困境，面对这种情况，我和老马商量，过了年，让苏排长和外面通个气再说。

破五一过，苏排长受命跟日军去城里采买，他们先去许大哥的菜摊子，买些蔬菜寄放在那里，然后到福康药铺购买诊疗所的中药。春节期间，抚顺城家家户户贴着大红对联，门楣上飘荡着吉祥图案的彩纸挂笺，不管是破旧低矮的民居，还是大小官吏、把头、富贾、日本人的专属区，都张扬着新年的喜庆。平常难得一见的各样老手艺也支开摊子，红红火火闹将起来，现场炒制麦芽糖的、卖豆面卷子的等日常小吃，拥满大街小巷，平日里高傲的琥珀煤精铺子也顾客络绎，人们花不起钱买包裹着蚊虫的透明黄石头，但乐于闲时欣赏一下它的美。经营铺子的人深知他们不是准买家，只图个新年顺心，倒也笑容可掬，和每个进店的顾客道声吉利话。

大街上，鞑子秧歌队穿得花花绿绿，敲锣打鼓给各家买卖铺子拜年，祝愿店家新的一年一顺百顺，生意兴隆。苏排长来到福康药铺时，正赶上一拨儿鞑子秧歌队拜年，喧天的锣鼓声中，打场子的丑角反穿大羊皮袄，腰间系根麻绳，绳间系一串铜铃，下身一条肥大的老皮裤，脚蹬一双牛皮乌拉，脸画着黑道道，手举一条拴红缨的马鞭，浑身乱抖地跳着走路，铜铃叮当脆响，引起观众善意的哄笑。打场子的丑角其实是秧歌队的核心，他走到哪里，哪里的观众就得往后闪，给秧歌队留下足够的表演空间。小孩子尤其喜欢他，胆大淘气的，趁他近身的工夫，摸一下他，笑几声，猴子般钻进人堆，要是哪个孩子跑得慢，打场子的一把薅住，搂着腰，凌空夹着，随着咚咚鼓声，挟持着跳几圈，任孩子螃蟹似的蹬腿撩胳膊怪叫，逗弄够了才肯放下来。那顽皮孩子经这一折腾，早已头晕目眩，东摇西晃，打场子的耍魔术似的，往孩子的棉猴儿里塞几颗糖球，或者几根红皮子小钢鞭，那孩子就嗖地一下，从大人腿底下钻过去，留下一串嬉笑没了踪影。

给福康药铺拜年的鞑子秧歌队是一支高跷队，男女队员一律踩着半米高的高跷，走阵，摆队形，一会儿长蛇阵，一会儿穿心阵，观众叫好声不断。王子祥见日军和苏排长出现在人群中，忙招呼满仓，两人一起迎宪兵进门，请他在药铺内院看秧歌。

3

福康药铺门口的一张方桌上，备着烟酒糖茶、各样点心，这是店家给秧歌队准备的，秧歌队里有专门唱喜歌的，有个名叫"拜茶桌"，唱喜歌的人很有功夫，到了谁家，根据谁家的买卖现编唱词，为店家祈愿祝福。店家需备礼物，作为答谢。宪兵不懂中国人的规矩，伸手抓茶桌上盘子里的糖果，一颗塞进嘴里，剩余欲揣进衣兜。观众窃窃低语，打场子的丑角耍笑宪兵，一个跳跃，劈手夺过糖果，摇头晃脑自己吃一颗，余下的分给几个孩子。观众哈哈大笑，宪兵毫不觉察被戏弄，也跟着观众大笑，下场随着秧歌队手舞足蹈，结果被秧歌队你推一下，我搡一下，现场气氛抬到高潮。开心之余，日军不忘此行目的，操着夹生的汉语喊苏排长快买药。苏排长在满仓带领下，进了药铺。

"客官，过年好！"刘营长见苏排长来，道个吉利。

"伙计，请按这个方子抓药吧。"苏排长不露声色。

"好咧。"

"事情不顺，搞炸药失败。"苏排长和刘营长低语。

"太平洋战争进行得非常激烈，日军拼了血本。据最新情报，高级视察团出发时间可能提前，但还没有准确的启程和到达时间。"刘营长眼睛瞭着门外。

"明白，里头正在想办法。"

"要不，我试试外面能否搞炸药？"

"炸药厂自从上次出事，现在控制十分严格，你们别冒那个险。就算事成，也带不到里面去，我每次采买的东西都要经过两次检查。熊团长说，还是里头设法搞吧。"

"千万注意安全。"

"放心。"

"大家都好吗？"

"还好。"

"让大家注意身体。"

"我一定转告。"

买完药，宪兵拎着王子祥特备的礼品，欢天喜地监押着苏排长和蔬菜等用品回矿。

苏排长回矿后，刘营长出事了。确切说，是福康药铺出事了。

福康药铺出事的原因，在于范书记的一意孤行。对于范书记的做法，身在其中时我实难理解，后来我一直反思，他当年那么毅然决然到底为了什么，而我能给出的答案是，由于日军连续破获中共抚顺地下组织，抚顺县委的工作难以开展，范书记想借"猎日"重振士气，把抚顺的地下工作干出点声色来。除此之外，我再想不透，还有什么原因让他下了错误决定。

范书记策划的刺杀行动定在正月十五，刺杀目标是西四番町的栗原贸易商行。栗原假生意之名，控制抚顺农产品收购价格，为日本搜刮物产，抚顺同类商户或被他挤对倒闭，或惨淡经营，商会也曾与他商讨多次，栗原要么依仗本国势力蛮不讲理，要么顾左右而言他，使商会无可奈何。期间，不知谁给城外的土匪金蝴蝶使了银子，买栗原的项上人头。金蝴蝶收了钱，采好盘子，选个夜黑风高的晚上摸进栗原贸易商行，孰料，栗原事先得了信儿，家里埋伏了日本浪人，等金蝴蝶一到，一拥而上，反捕了金蝴蝶。金蝴蝶不愧一条江湖汉子，至死没吐露谁花钱雇的他，老奸巨猾的栗原想脱干净，划了金蝴蝶的脸，扒下衣服，扔在荒僻郊外，手下喽啰找到他时，尸体都腐烂了。土匪们情知是栗原干的，想要报复，又恐栗原挖了坑等他们跳，只得咬牙记下这笔账。

4

金蝴蝶和栗原扯不清的陈年旧事，抚顺人妇孺皆知，背地里议论了好几年才平息，这一次，范书记便要拿栗原开刀。为此，范书记特意在李记豆腐坊召开了小型会议，讲出他的想法。和范书记冒名夫妻的李四姐第一个反对，她认为，目前抚顺县委的中心工作是协助"猎日"小组，刺杀商业间谍栗原不急于一时，或者，也可以征求刘营长的意见，因为这件事与进行中的"猎日"有着内在关联。王子祥也不同意，他担心贸然行刺再次唤醒日本人嗅觉，暴露隐匿的抚顺县委，给革命造成不应有的损失。三个人争论了很久，范书记坚持己见，他说，他是县委书记，有决定权，刘营长不在抚顺县委之列，换句话说，他执行完任务就走了，此事无须和他沟通，再者，"猎日"如期完成，成绩是刘营长他们的，抚顺县委最多获"积极协作"四个字的嘉奖，算不上显著的工作成绩。

在此背景下，抚顺县委做了如下刺杀方案：正月十五晚上，由王子祥和另两位抚顺地下成员趁着闹秧歌，潜入栗原贸易商行杀掉那个可恶的商业间谍，范书记等在外面策应。

而王子祥碍于纪律，跟刘营长只字未提此事，进一步促成了那次错误行动。

抚顺城有句话叫作"耍正月闹二月，离离拉拉到三月"，意思正二月里人们尽情地玩，耍钱喝酒串亲戚都搁在这些天。说起来，十五那天又比三十那天的内容丰富，大年三十要守岁，全家人聚在屋子里，不出院门，十五呢，人人走出家门，跟着秧歌走，然后去浑河"骨碌冰"，这叫走百病，寓意病症在这天晚上走没了，一年里健健康康，百毒不侵。

按着老规矩，十五要"送秧歌"，各家秧歌队使出绝招表演，所以，这一天的秧歌格外火爆，将抚顺城包裹在彩绸和鼓乐唢呐之中。白天，又有几拨秧歌队来福康药铺礼节性地拜一拜，这回无须果品点心，只进院子或在门外扭两圈，算作答谢，就奔下一家去。王子祥忙着接秧歌，刘营长照顾生意，两人也没多说什么，到了晚上，秧歌队簇拥到街上，举着纸灯笼，仿佛一条条游弋江河的火龙，在抚顺城的空中闪亮舞动。王子祥看看时间，回房换掉长衫，出来跟刘营长打声招呼："老刘，我出去一趟。"刘营长随便应道："早点回来呀。"王子祥不再回答，掸一掸衣裳，走出药铺。刘营长听着砰然一声门响，心中一震，露出怔怔的表情。

王子祥在街上七绕八拐，与另外两位党员在西四番町会合。三人见面时，正巧两拨秧歌队在那儿斗艺，唢呐喇叭滴滴答答，鼓声咚咚，扭秧歌的互相比试，不比下对方不散场的架势。街两边涌满观众，叫好声此起彼伏。王子祥和另外两位党员碰下眼神，挤到栗原商贸行门口，栗原的老婆孩子身着盛装在看秧歌，包裹得严严实实的范书记挎着木箱子，在人流中穿来穿去叫卖麦芽糖，栗原的小儿子央求母亲买一根，栗原老婆招呼范书记停下，和儿子挑麦芽糖。王子祥三人就趁着他们背对家门的空档，钻进商贸行。

王子祥三人摸进栗原家，他正独自饮酒，边喝边唱着日本歌。在抚顺多年，日本人的势力独霸天下，栗原早已站稳脚跟，不像刚来时一有风吹草动就惴惴不安的了。而且，有了金蝴蝶的例子，再没有人敢暗算他，这使他很满意衣食无忧的太平日子。

栗原在忘乎所以中被抹了脖子，王子祥他们迅速撤出，到了大门口。栗原老婆发现家里跑出来三个人，惊叫着想拦住，被范书记推到一边，然后喊道："杀人啦！出人命啦！"街上一下就乱了，人们夺路狂奔，灯笼蜡烛碎了一地，范书记和王子祥等人趁机溜走。

然而，看似成功的刺杀，因一个细节的疏忽全盘皆输，致使我们的"猎日"计划受挫。

第十一章　暗刺

1

那天晚上我和苏排长见面纯属偶然，进西露天矿之后，我脚上的冻伤始终不好，尤其是右脚小脚趾，冻得发黑肿胀，隔些天就用草药汁洗一洗，敷点药膏，缓解一下。于是，我和送药的苏排长在诊疗所相遇。

我一开门，姚丽神秘地笑着说，有人等你呢。我以为是何牧。姚丽说，不是，是你盼望的人。我心里一动。这时，苏排长已经站在门口迎接我，我俩一见面就抱住彼此，好像几十年隔山隔海似的，那种激动，只有每天跟死神搅在一起的人才深有体会。姚丽为我倒了碗热水："快喝点热水，暖一暖。"苏排长松开我："团长，喝吧，我在厨房，比你条件好一些。"我真的很冷，从到达抚顺，我唯一感到温暖，就是在青草沟掩埋战俘时烤火。那一个冬天，我每每想起乌梁冈的太阳，再也不憎恨它，反而怀念它肆无忌惮的热烈。我近乎贪婪地喝着热水，烫热像结了冰碴儿的肠胃，姚丽柔声说，慢一点，小心烫着。苏排长是个人精，瞧出端倪，瞟着我偷笑。我说："苏大方你干什么？"

苏大方正色道："团长，我有重要情况向你汇报。"

"你哪那么多废话，快说！"

苏大方给我讲了他在城里听说的事情，之后论断，这桩无头案肯定是刘营长和抚顺县委干的，太漂亮了。他眉飞色舞地说着，见我没什么反应，问我："团长你为什么不乐呀？"我说："这事儿，刘营长不会干的，我猜是抚顺县委的同志自作主张。而且我有预感，恐怕会留下后患，甚至阻碍我们的计划。"我一提示，苏排长也愣了，事情明摆着，日本人得下大功夫寻找线索往深里挖，最好拔出萝卜带出泥，万一嗅觉灵敏的日本人盯上福康药铺，事情就糟糕透顶了。

苏大方说："团长，事情已然这样，怎么应对才好？"

姚丽也担忧刘营长的安危："团长，照你这么分析，刘营长现在很危险了，我们要通知他呀。"

我说："刘营长一定感觉到了，我怕抚顺县委的同志大意，刘营长万一说服不了他们，大家都会遭殃。大方，你无论如何都要想办法让刘营长暂避。还有，请刘营长联系满洲省委的同志，让抚顺县委的同志今后不要贸然行动，否则坏了大事，谁也负不了责任。"

"团长，我明天就去城里，通知刘营长。"

"我们绝不能让刘营长出意外！"

"明白！"

接下来的事态发展，正如我所料，可我们还是晚了一步。第二天，苏大方千辛万苦进城的时候，抓捕刘营长的行动正在进行。

小川咆哮着把高林茂叫到宪兵队，训得他有皮无毛。高林茂两腿颤颤，腰快弯到地上，退出小川办公室都没敢抬头。他两腿打飘往楼下走，在一楼的楼梯口，凑巧和于翻译迎面碰上，于翻译一把拉住他："坏啦，老高，这事儿你有谱没谱呀？"

高林茂沮丧透顶，哭咧咧地说："妈的屁谱啊，大海捞针呗。"

于翻译无限同情："这回兄弟帮不了你了，你自个掂量着办吧，不过小川队长那儿，我尽量帮你圆全。"

"老哥啊，你拢副棺材，等着为我收尸吧。"

"你先别上火,冷静冷静,没准儿在哪找着疑点了呢。"

"嗨嗨,借你吉言吧。"

高林茂出了宪兵队的小二楼,一股寒风扑来,灌进他嗓子眼里,他咳着,径直去了死鬼栗原家。此时已过半夜,天上飘起碎雪,应了那句"正月十五雪打灯"的老话。高林茂走在静寂的大街上,被小川骂昏的脑子经清凉的碎雪和空气一激,逐渐清醒过来,脚步轻快了许多。

栗原商贸行门口已挂上白纱布,红灯笼换成白灯笼。高林茂心里暗骂:"他奶奶的,小日本儿往死里奔也比别人快。"跨进院子,他发现多了一些日本浪人,斜挎着刀,一副要开膛破肚的凶相,高林茂缩了缩脖子,硬着头皮进内堂。

死鬼栗原停尸在地,他老婆一身缟素,伤心欲绝。高林茂憋了几秒钟,适应了弥漫在屋子里的血腥味,向栗原老婆问话:"栗原夫人,您家里这几天有什么异常吗?"

栗原老婆答非所问:"我们做合法生意,没有仇家的。"

高林茂心里骂道:"合法你奶奶个腿,谁不知道你们仗势欺人,干霸王买卖,还想蒙我。"嘴上说:"夫人,今天晚上栗原先生有什么不对劲的地方吗?"

"他情绪很好,他还说等秧歌散了,全家人一起喝酒呢。"

"你家雇了多少中国工人,栗原先生平时和他们有没有矛盾?"

栗原老婆说:"栗原先生您是知道的,待人和气,对自家的工人,更是客气得很。"

栗原的老婆倒也说了句真话,栗原是个典型的伪善家,对给他干活的佣人并不苛刻,但是做起生意来吃人不吐骨头,若不然也不能把抚顺的中国同行挤对得苦不堪言。高林茂问不出什么来,就上前仔细观察死鬼的伤口。

栗原两眼凸出，满脸惊恐，身中数刀。置他于死地的，是后背的一刀，那一刀一插到底，直抵心室。高林茂根据杀人现场，模拟着整个过程：来人蹑手蹑脚从背后捂住栗原的嘴，酒意熏熏的栗原吃了一惊，挣扎起来搏斗，被另一个人或者两个缚住，第一个人将刀子插了进去，另一个人当胸刺两刀，栗原叫不出声，栽倒下去，其中一人不解恨，又补两刀，终于要了他的命。

高林茂推测出死鬼栗原死亡的过程，拾起伪警察从墙上揭下来的一张纸，读上面的一行字：日本人滚出抚顺。高林茂心说这他妈没头没脑的什么玩意儿啊。又把纸掉个个儿看，他原本无心而为，谁知这一翻个，给他的灵感翻上来了——那是一种常见的糙黄纸，这种纸抚顺城里到处都有，所以光凭纸无法锁定疑犯，但高林茂这人有一大特点，就是鼻子灵，他嗅出糙黄纸隐隐散发出一股味道，心中一动，把糙黄纸移到鼻子底下，抽动着鼻尖闻，最终断定，是混合的草药味，糙黄纸一定放在离草药很近的地方，天长日久熏出来的。高林茂再闻，竟从那药味里头分辨出马钱子的味道，这种药不常用，在高林茂的记忆中，极少有哪家药铺买这种药。他顺着这个思路往下想，把抚顺城大大小小的中药铺在脑子里过滤一遍，再根据日常印象一个个排除，减来减去，剩下几个重点怀疑对象，其中之一，有福康药铺。高林茂写下几个药铺的名字，特别在福康药铺上圈了个圈："马上去查。"

2

高林茂折腾大半宿，又累又乏，趄歪在办公室的椅子上，眼一闭，打起呼噜。

高林茂一觉醒来，发现身上多床被子，再一看，老述子在一旁守着他。高林茂心里热了一下，掀开被子，抻抻酸麻的腰。老述子见他醒了:"姨……夫,我给你打……盆水……洗脸。"高林茂嗯了一声。老述子又问:"一会儿你还……去不?"高林茂知道老述子指的是死鬼栗原家:"不去,让他们哭丧去吧,老子没闲工夫陪他们磨牙。"老述子说:"我看你不去……不大好……要不,送个礼钱过去……也显咱礼数到了。"高林茂一寻思,老述子的话有几分道理,俗话说打狗还得看主人,栗原的背后站着日本人,站着小川,就算他忙于破案,起码的礼数不能缺,免得那个翻脸不认人的小川返过劲儿来给他穿小鞋。于是,高林茂说:"扯几尺青布,再拿点钱,赶头晌送去吧。"高林茂这是按抚顺风俗办的,一般来讲,谁家死了人,关系较近的,或者死者生前体面,随份子的人就要扯上七尺青布,写上谁谁千古,谁谁敬献的悼词,一来为死者家属提气,二则显示随份子的人大方。

几家中药铺的情况很快汇聚上来,十五晚上,那些铺子要么全家人团聚吃饭喝酒,要么正常营业中,尤其栗原被杀前后的重点时段,干什么事在哪里都有人证,就是说,他们没有嫌疑。而福康药铺的王子祥,却有人在满洲抚顺日报社附近的一家餐厅见过,只是,他在那里打个转就走了。高林茂来了精神,派手下人再去查,十五晚上他到底都去了哪里,他还亲自调阅了王子祥的档案,这一查,王子祥成了重点嫌疑。

手握铁证的高林茂骑上摩托车,风驰电掣地驶向宪兵队。外甥老述子坐在挎斗里,吓得直喊:"姨夫,慢点开!"

高林茂头也不回:"你懂个屁,有两件事必须快!"

老述子眯缝着眼睛问:"哪……哪两件事儿?"

"逃命、抢功。"

老述子乐了:"姨夫,我……跟你学(xiáo)老东西了。"

高林茂踩一脚油门:"我他妈净替你那死鬼爹教育你了。"

摩托车突然加速,老述子没防备,往后一仰:"姨……父,你就是……我亲爹。"

"亲爹？你妈让我操了吗？"

老述子瘪瘪嘴，不出声地骂："老骚棍！"

高林茂和老述子驶过西公园、东公园，拐进一条幽静的小巷，进了宪兵队。老述子紧跟在高林茂屁股后，大气不敢喘，高林茂教训道："窝囊废，就你这胆还想出息？"老述子说："这杀人……不眨眼的阎王……殿，你来不……哆嗦呀？"高林茂被老述子无意中揭底，表情不自然："快走得了，净他妈废话。"

高林茂领着老述子上了二楼，再向东拐，在南面第二间办公室，屈指敲门，听见回音，推门进去。

"小川队长，您忙着？"高林茂讪笑。

小川端正身板，鼻子哼了一声，用日语问："高署长，案子有什么消息？"旁边的于翻译给高林茂原话翻译。

高林茂心说"不装能死呀，你他妈都把抚顺城踩遍了，还动不动讲鸟语蒙人"，脸上却阳光明媚："小川队长，我有重要情报！"

小川两个胳膊肘立在桌面，双手十指交叉，有点儿怀疑："你的，说！"

"福康药铺的老板是共产党！"高林茂斩钉截铁。

一听"共产党"三个字，小川"噌"地一下站起来，汉语也说顺溜了："谁是共产党？"

"福康药铺的王子祥！"

高林茂讲了一遍如何发现王子祥是共党分子的过程，然后出主意："小川队长，如果抓住王子祥，顺藤摸瓜就能扯出隐藏的中共抚顺县委和'猎日'小组。"

小川已经急不可耐，命令高林茂马上调集人力，配合宪兵队一举捣毁福康药铺。高林茂脚跟一碰，行个礼，转身和老述子回警察署。

途中，老述子问高林茂："姨夫……这回小川能给……咱记大功不？"

高林茂说："跑他个卖切糕的。"

老述子说："姨夫……一会儿……真打起来，咱真……往前冲？"

"傻了吧唧冲上去找死呀？找个安全地方，乱开枪，光咋呼，懂不？"

"妥了。"

"你爹做你那会儿，肯定是他妈驴下崽子的时候。"

3

伪警察与宪兵分头行动，抓捕王子祥。狡猾的小川怕开车动静大，福康药铺的人会警觉，率领宪兵和伪警察跑步前进，声东击西，他们经过李记豆腐坊的那条街，范书记没有想到他们的目标是福康药铺，想不到就不可能通知刘营长撤离，所以，直到宪兵和伪警察包围了福康药铺，刘营长和王子祥才警觉。

福康药铺前后均被宪兵队堵死，刘营长和王子祥无路可退，只能拔枪硬拼。高林茂猫在隔壁一家包子铺的偏厦子里，朝福康药铺胡乱开枪，吆喝伪警察："上，快上！"里面一颗子弹飞来，高林茂一缩头，子弹擦着墙皮，给黄土墙擦出一条浅沟，冒着火星子不知去向。

范书记听到福康药铺方向枪声激烈，急忙朝福康药铺跑去，跑到地方时，宪兵队的汽车也开过来，小川正命令宪兵捆绑着刘营长和王子祥两人上车，范书记大惊失色。外出办事的小伙计满仓也赶上这一幕，不禁倒吸一口凉气。范书记一把拉住他，满仓吓了一跳，回头见是范书记，两人异口同声："怎么回事？"

满仓说："范书记，你快想法救他俩！"

范书记神情凝重："满仓，这里危险，你暂时回家躲几天，有什么事情我派人通知你。"

"好。"

范书记叮嘱满仓几句，掉头往回走，他要召集人营救刘营长和王子祥。

宪兵队的审讯室里，王子祥和刘营长分别接受审讯。宪兵对刘营长一顿暴打，刘营长浑身血迹斑斑，一口咬定老家混不下去，来投奔表哥王子祥。隔离在另一间房的王子祥也咬定刘营长是老家来的亲戚。小川听到汇报，决定亲自审问。小川穿戴好衣帽，带着于翻译下楼。

天已过午，阳光斜照着宪兵队，高高低低的屋顶覆盖着白雪，边缘无雪的地方，露出小青瓦。西斜的阳光缩短小川的身影，他踩着自己的影子，走进审讯室。

刘营长双臂被反绑，固定在架子上，他旁边不远，是一只有附加装置、造型特别的火炉，炉膛里的煤火呼呼燃烧。小川踱到刘营长跟前："你的，什么人？"

"我说过了。"刘营长气息不足，答得坚定。

"你的，共产党！"

"你拿证据来呀！"

小川连蒙带唬，刘营长不为所动。小川火起，朝宪兵招手。宪兵抓起火钳，狠狠地烙刘营长前胸，顷刻之间，刘营长惨叫晕厥。小川掏不出刘营长底细，转而审讯王子祥。半昏迷状态的王子祥已经苏醒，适才日军给他灌煤油，五脏六腑火烧火燎，但是一滴也吐不出来。小川走到王子祥头顶，没言语。跟在他身后的于翻译略弯下腰："王老板，你这是何苦呢，小川队长掌握了你的材料。"

王子祥不吱声。

小川一招手，宪兵拿来一份材料递给于翻译，于翻译浏览："王老板，2月17日那天晚上，你干什么去了？"

王子祥未答。

"那天晚上，你从药铺出来，走到大和町，在满洲抚顺日报社附近的一家餐厅，你进屋转了一圈，然后出门，从满洲日报社再向前，你到了琥珀啤酒屋，在那儿，有两个人在暗处等着你，你和那两个人交谈之后，分别朝不同方向走了。"

王子祥不答。

于翻译继续念："你跟在一支秧歌队后面，到了栗原商贸行，趁栗原夫人买麦芽糖的工夫，潜入他家，当时栗原先生在喝酒，因为夫人和孩子在外看秧歌，所以门是半敞的，你溜进去，从背后捅了栗原先生一刀……"

于翻译念完材料，王子祥什么反应也没有。

于翻译继续念："1935年8月，共产党抚顺地下组织被挖出，集体逮捕23人，除枪毙的首要分子，其余判处不同程度的徒刑，他们中间有一个人，出狱后去了大连，他在大连期间做工运工作，后回到抚顺，开了一家药铺，那个人，就是王老板你吧？"王子祥不答。于翻译将材料凑近他："你看看，这照片上的人是不是你？王老板啊，那时你可比现在年轻多了，不过眉眼还没变。"王子祥知道逃不过此劫，心一横，只求速死。小川狞恶地盯着王子祥，咬出两个字："上刑！"宪兵继续给王子祥灌煤油，灌完煤油，宪兵架起头晕目眩的王子祥，肛门对准凳子上的一个倒三角形硬橡胶，把他按坐在上面，两边一扭，王子祥立即撕心裂肺地喊叫。转了几圈，魂飞魄散的王子祥吐出两个字来。

于翻译和颜悦色："王老板啊，这不就结了么，何苦遭这份罪呢。"

4

王子祥如实交代了刘营长的来历,范书记安排他们刺杀栗原的事情,也一五一十交代清楚。在小川看来,抚顺县委已经是案板上的鱼肉,只要他高兴,可随时宰割。相比之下,小川对刘营长更感兴趣,他返身来到刘营长的审讯室,看了刘营长足有五分钟,刘营长猜出王子祥没挺过去,心里做好死的准备。

"王的,交代了。"

刘营长用蔑视的眼神看了看小川。小川立即升起杀气,但马上就消失了,说道:"我不会中你的计。"

刘营长不理睬他。

小川摆出欣赏猎物的姿势:"'猎日'的成员?"

刘营长呵呵笑道:"我知道,我全知道。"

小川凑近刘营长:"请讲,我保证释放你!"

"死我也烂在肚子里!"刘营长说罢,哈哈厉笑,笑声骇人。

"用刑!"

刘营长被捆绑在一根带摇把和齿轮的长铁臂上,两名宪兵摇动摇把,齿轮咬合,铁臂慢慢向那座火炉靠近,一股热浪朝刘营长袭来,灼热燎着他的伤口,不知是疼还是什么感觉。"说!"炉火映红了小川的刀条脸。刘营长大笑:"小鬼子,你烤吧,老子正冷得很!"小川暴跳如雷,挥舞着手,命令宪兵把刘营长推向火炉。刘营长闭上眼睛,听到嘎吱嘎吱的齿轮咬合声,火炉里熊熊燃烧的煤火的噼啪声,当他的身体和滚烫的炉壁接触的瞬间,他和火焰融为一体……

盛怒的小川冷静下来,无比沮丧——刘营长是唯一知道'猎日'计划的人,他一死,线索断了,无法追查下去。小川快窒息了,一甩门，离开审讯室。于翻译抹抹湿淋淋的额头，嘴唇嚅动着，跟出去。

宪兵队笼罩在夕阳中，灰白而死寂，小川的皮靴声因此格外清晰，一只落在树上的乌鸦受惊飞走了。小川怒冲冲上了二楼，关死门，瘫在椅子上生闷气。于翻译本想劝解劝解，怕自讨没趣，在门外徘徊一会儿，开溜。

黄昏缓慢地合拢，宪兵队的灯光亮起，于翻译蹑手蹑脚上楼，在门外轻咳一声，给小川递个动静，随后，推开门，拉亮电灯。小川直勾勾地瞅着于翻译，吓他半死，于翻译定定神儿，体贴地说："小川队长，吃点饭吧？您饿一晚上了，人是铁，饭是钢，您光想事不吃饭，这哪行呢。"

小川像具僵尸一样。

"小川队长，您得吃点儿什么，我吩咐人做去。"

"于，我要把他们引出来。"

于翻译马上用成语："小川队长，我们叫'引蛇出洞。'"

"噢，引蛇出洞。对的，对的。"小川的诡计已酝酿成熟："把王子祥带来。"

王子祥尚未摆脱身体的疼痛，脚底下如腾云驾雾，于翻译给他搬张椅子："王老板，坐着说话。"王子祥投以感激的眼神，可他肛门受损，不敢不坐，坐又不敢实实在在地坐，象征性地坐上去，不敢把全身重量着力在屁股上。

"刚才的事，非常抱歉！"小川换上一副嘴脸。

王子祥的心理防线崩溃，觉得自己像一只厕所的粪蛆壳，他很恶心自己。

"王的，现在有一件事要你来做……"

王子祥脸上一阵抽搐，他不想再回福康药铺，他有他的担心。小川察言观色，知王子祥有顾忌，便拉拢恐吓："王，为大日本帝国做事,不会亏待你,如果背叛大日本帝国,刘就是你的下场。"于翻译跟王子祥低语:"他死啦。"王子祥不由得哆嗦了一下。

5

范书记在"李记豆腐坊"召开抚顺县委紧急会,商量如何营救刘营长和王子祥。会上形成两种意见,党员朱玉贵认为,抚顺县委力量薄弱,去劫宪兵队等于自投罗网。范书记认为,刘营长肩负重任,他有什么不测,损失难以估量,更没法向上级组织交代。而朱玉贵除了反对深入宪兵队救人,也没有其他办法,会议开到最后,抚顺县委决定,冒多大风险也要救出刘营长。

范书记为进闯宪兵队救人一筹莫展时,有一个人找上门来。这个人,就是于翻译。于翻译也不是平白无故到"李记豆腐坊"的,他是被喜欢吃豆腐的小川逼得满城跑,买质量上乘的好豆腐吃。近些日子,宪兵队厨房的豆腐不合小川口味,不是嫌残留生豆子味,就是厌恶豆腐渣太多,要么豆腐点老了,嫩了,总之挑鼻子捏眼,横竖不满意。于翻译心眼多,会来事儿,哑没悄地满城转悠,想给小川买到可口的豆腐。

于翻译一身深蓝制服,外罩一件同色大衣,头戴窄沿呢绒帽,一条驼色围巾在脖子上绕两圈,走在街上与众不同,大家认得他是宪兵队翻译,老远就向他打立正问好。于翻译感觉非常美妙,不过,他是个谦和的人,不管谁打招呼,一律报以微笑。于翻译走到"聚福缘"饭店门口,丁老板正吆喝人卸东西,见了于翻译,笑开抬头纹:"于翻译啊,您咋有空逛街啦?"

于翻译笑道:"喊,逛哪条儿街呀,我是买豆腐。"

"嗨,几块豆腐还让您费这么大劲,言语一声不就得了,回头我打发人给您送去。"

于翻译与丁老板拉近距离："要是搁我嘴里头,哪家的豆腐都行,问题是小川队长吃……"于翻译环顾左右,压低声音："小鬼子挑拣得邪乎。"

丁老板乐了："于翻译,李记豆坊啊,他家的豆腐可是抚顺一绝!"

于翻译一时没转过弯："李记豆腐坊?"

"您从我这儿往北,直走,过两条街,再向右,走十几米,路北有家门脸,挂着'李记豆腐'"

"噢,我想起来了,是有这么一家。"

于翻译跟丁老板客套几句,朝李记豆腐坊方向走去。

抚顺县委书记范秋明和李四姐刚做好一锅豆腐,两人在滴答着水蒸气的豆腐房里忙活,冷不防有人说话："李老板,生意兴隆。"

范书记抬起头来："于翻译?"

"你认识我?"

"抚顺城谁不知道您啊?"

"也是,我在明处,你们在暗处,大伙儿都知道我,我可俩眼一抹黑,看来呀,我得少作点孽,防备哪天惹了众怒,死都不知咋死的。"于翻译笑着,感慨地摇摇头。

"于翻译,瞧您这话唠的,抚顺城谁不知您大好人一个,虽在宪兵队做事,心可向着抚顺人呢。"

范书记一席话,把于翻译恭维乐了："我说你生意怎么红火,原来你不光豆腐好,嘴巴也好啊。"

"于翻译,您看我这怪埋汰的,也没地方给您坐。"李四姐抱歉。

"没事儿,我来买点豆腐,也没空坐。"

李四姐说："您咋想起这口了?"

"哪是我,是……"于翻译低声道,"那个小川队长!"

"噢，日本队长也爱吃豆腐啊？"范书记恍然。

"那小川队长啊，这几天有邪火，凡事儿就找茬，嫌厨房买的豆腐不好，顿顿饭骂大师傅，我一看呐，得，我受点累，替大师傅解解围吧。"

"难得于翻译心善。"

"那小川队长咋火性乱爆的？"李四姐问。

"前几天，不是抓了福康药铺的王老板么，怎么打，王老板死活不供，小川队长一急，上火了。"于翻译俩手一摊。

李四姐满脸妇道人家的紧张："于翻译，为什么抓王老板？"

"有人举报他是共产党！"

"啊？"李四姐吃惊："于翻译，那王老板人可实诚，做买卖不坑人，一眨眼咋成……"

"老娘们家的，别瞎咧咧。"范书记呵斥李四姐。

"哈，李老板，咱也是背后叨咕，哪说哪了。不过，王老板确实不一般，那宪兵队西后院等于人间地狱，进去就别指望囫囵个出来，王老板一斯文人，还真扛得住。"

"于翻译，豆腐称好了，您拿着。"范书记把鲜豆腐装在盆子里，外边用布包上，系个活扣，方便拎。

"李老板，多谢啊！你可帮了大师傅的忙了。"

"于翻译，您客气。"

"我走了啊，盆子回头给你送回来。"

于翻译拎了豆腐，招手叫来一辆人力车，一撩大衣，上车走了。

第十二章 被迫营救

1

于翻译的信息使范书记和李四姐相信，王子祥和刘营长关押在宪兵队西后院，遭了重刑。范书记担心，再捱几天，恐怕他俩有三长两短，到时候一切都来不及了。事不宜迟，范书记决定，不惜一切代价救出王子祥和刘营长。

深夜，抚顺城逐渐安静下来，买卖商铺大多打烊，只有操皮肉生意的楼院门庭若市，丝竹管弦，亮着粉红色灯光的窗户映现憧憧人影。徘徊街角的暗娼时不时拽住过路行人，招揽生意。比妓院生意更火爆的是烟馆，抚顺城的大烟馆，集中在西一番町至大官屯桥下，开烟馆的或日本人，或朝鲜人，中国人开的有日本后台。为和妓院抢生意，烟馆里特设女招待，越是夜晚，女招待越打扮得花枝招展，穿梭于大堂和烟室中，挑逗着客人。

与这光怪陆离景象形成鲜明对比的，是西公园周围的静谧。西公园的冰湖和树木披着残雪，由于尘土太多的缘故，白雪已成黑雪。隐在西公园后面的宪兵队一片宁静，好像除了执勤宪兵，里面的人都已熟睡。就在这寂静中，几条黑影靠近宪兵队墙外，观察了一会儿，留下两个人，其余的攀过墙去，直奔西后院。

范书记带领抚顺县委的地下党员冒死闯进宪兵队，摸到西后院，发现一间屋子前有宪兵站岗，再侧耳倾听，隐约传出痛苦的呻吟声。范书记断定，里面关押着王子祥和刘营长，他一挥手，朱玉贵摸出腰间匕首，猫着腰，挨近黑屋子，其他人也摸过去。到了跟前，朱玉贵故意弄出一点响动，站岗宪兵毫无警觉，朱玉贵又学声耗子叫，站岗宪兵仍无反应，朱玉贵仔细看去，见站岗日军依着墙打盹，于是，一挺身子，突然抱住他，匕首插进他的喉咙。朱玉贵撂倒站岗宪兵，范书记等人弄断锁头，轻喊王子祥和刘营长，但是没有人答应，范书记猛然明白过来："快走！"

小川带人出现在西后院，范书记破釜沉舟，与小川近距离枪战。

留守在宪兵队门外的几个人也被击中，倒地牺牲。

宪兵队内外枪响，躲在远处的满仓撒腿就跑，满仓牢记着范书记的话：如果里面枪声激烈，不见被营救的人出来，他立即回家！满仓穿越一条街又一条街，从河南跑到河北，而他身后，参与营救行动的人，包括李四姐在内都饮弹身亡，如果不是小川要活口，范书记也将和抚顺县委的同志一样牺牲。

小川连夜突审范书记。

小川稳稳当当坐在桌子后面，面前放着纸和笔，他的身后站着于翻译。范书记双手反绑，衣裳沾满泥雪，面无表情。小川揣摩范书记心理，许久才开口："李老板，你的豆腐真是一绝！"

范书记漠然。

"很可惜，你不老老实实地做豆腐，你也不姓李，你姓范，叫范秋明！"

范书记不答。

"只要你说出'猎日'小组计划和满洲省委情况，你立刻就可以离开这里，继续做你的豆腐，如果你愿意，我可以把你送到日本去，让你的豆腐名满日本，你会挣很多很多钱。"

范书记歪头看着小川:"小川队长,您说话当真?"

"我是守信义的人。"

"我怎么看着不像呢?"

"你有充分的时间考虑。"

"不用考虑啦,要杀要剐痛快点!"

小川面目狰狞。

因为有刘营长的教训,小川再不敢动用重刑,他准备让于翻译来劝降。

满仓跑回家,鞋也没脱,忐忑不安地坐在炕上。小炕桌上的蜡烛忽闪忽闪的,满仓感觉冷,拽过被子披上,又紧张又担忧。刚喘匀一口气,他听到一阵急促而轻的敲门声,满仓忙跳下地,谨慎地问:"谁?"

"满仓,是我!"

满仓听出王子祥的声音,急忙拉开门闩,不待说话,王子祥一头栽进院里。满仓慌忙搀扶起王子祥进屋,把他挪到炕上,盖上被,回身倒点水,轻声唤他:"王大哥,王大哥?"。

过了好一阵,王子祥缓过来一些,虚弱地说:"满仓,范书记他们……"

"王大哥,范书记他们怎么样了?"

王子祥欺骗满仓说,范书记他们先找到他和刘营长,大家往外冲的时候,惊动了宪兵队,双方短兵相接,范书记为掩护他和刘营长,留下来断后,本已身受重伤的刘营长不幸中弹牺牲,他侥幸逃出宪兵队,但范书记等人被俘,部分同志生死不明。

"满仓,抚顺县委完了。"说完,王子祥神情悲戚。

满仓问:"王大哥,那你打算怎么办呢?"

王子祥说:"我在宪兵队,抵死没认地下党的身份,问我刘营长的事,我承认他确实是我表弟,但我不知道他参加了共产党。我说,这关里关外的几千里地,我们哥俩儿多少年不见,谁知他跟了共产党啊。再说,那共产党脑袋上也没贴帖。日军手无凭据,拿我没办法,范书记他们去之前,签字画押已经要放我了。范书记他们这一去,我就更撇清了,所以我想缓几天,药铺再开起来。"

满仓忧虑地问:"王大哥,日军不得盯着你?"

"满仓,我必须重开药铺,刘营长嘱托我,今后接替他和矿里的人联系,不然,'猎日'计划无法完成。"顿了顿,王子祥又说:"满仓,你敢不敢和王大哥继续把药铺开起来?"

"王大哥,我不怕!"

"好样的,满仓。"

2

第二天一大早,于翻译就来了。范书记脸色苍白,依墙坐着。于翻译亲热地递上纸袋:"范书记,我给你带了摊煎饼,来,凑合吃点。"范书记没客气,接过去大口咀嚼。于翻译心想,奔饭就是好事,说明他恋生,若要求死,你给他摆一桌子瑶池宴他也不会动筷子。于是,于翻译和风细雨:"范书记呀,其实呢,像我这种成天给日本人跑腿的人没资格和你多说什么,但我觉得有些话我该说,因为我敬佩你这个人。你有胆有识,脑子又好使,到了这种地方,你想想看,小鬼子能放过咱吗?古人云,识时务者为俊杰,土话讲好汉不吃眼前亏。我实话告诉你,昨晚的事,是小川设的局,不然,你们几个人能进宪兵队吗?连你们割死的那名宪兵都是假人!"

范书记眼里闪过一丝愕然。

"我听说王老板的表弟是专门为'猎日'计划来的,不过他已经死了,王老板现在为日本人效力呢,你再扛下去有什么用?你呀,脑筋转转弯,讲出'猎日'计划,还有满洲省委的地点,领导怎么联系,全说了不就完了?回头我跟小川讨个情,多给你些钱,你远走高飞。你要没地方去,我叔伯兄弟在长春满洲国政府做事,让他给你谋个职,到了那谁也不认识你,你只管高枕无忧尽情享福。"

范书记感慨:"睡一宿觉这人就里外不分了。"

"那可不,老范,别死心眼,替人受过。你想想,当年义勇军厉害不,那叫二三十万人呐,成天钻林子爬老冈,跟日本人打得不可开交,到头来呢,还不是被人家灭了?抗联怎么样?那也是响当当的爷们汉子,爬冰卧雪,吃不像吃,穿不像穿,一门心思打鬼子,咱打过人家了吗?老范,你别以为我给日本人干事,心就随了小鬼子,再怎么着,我也是中国人呐,我不愿当亡国奴。可这眼门前的,咱胳膊细,小鬼子腿粗,咱斗不过人家,就低低头,不丢份儿。"

范书记撩撩眼皮:"于翻译,你真是理解人,热心肠啊。"

"咳咳,我见不得人受罪。"

"于翻译,你的主意不错,容我想想。"

"我就说么,范书记是个明白人。"

范书记坐在地上,做思考状:"于翻译,你说,我把'猎日'计划告诉小川,他能放过我?"

"能,一定能!"

"然后我上长春过快活日子,还能当官儿?"

"我敢打包票。"

"可还有件事不妥。"

"哪件事?"

"我要是听了你的,回头小鬼子玩儿完了,满洲国一倒台,我不得落得和你这汉奸一样的下场吗?"

"你……"于翻译张着巴嘴，一个字也说不出来。

"于翻译，你的好意我心领了，但我不打算当汉奸。你请回！"

"范书记，你也别忙下决心，再好好琢磨琢磨。"于翻译温和依旧。

抚顺城里惊天动地，我们在矿里一点不知情，大家为行动迈出第一步就受阻深感焦虑。而苏排长带回的消息，更让我们万分惊诧。苏排长进城去福康药铺买药发觉异常，他进入药铺，只见王老板和小伙计满仓，却不见刘营长，心中奇怪。趁抓药的工夫，苏排长试探着问："王老板，你表弟呢？"王子祥支吾道："我打发他出趟门，追追欠账。"苏排长称赞："你表弟是把好手，他一来，王老板生意好做多了。"王子祥潦草敷衍："可不是咋地。满仓啊，麻溜点儿。"王子祥显然不愿继续表弟这个话题，催促满仓快点给苏排长抓药。苏排长抓完药，去许大哥菜摊买菜。苏排长本想问问许大哥，城里最近发生什么事情没有，但他自觉冒失，又有监视，只好打消念头。

我的心揪起来，将这件事和刺杀栗原联系到一起，我想，刘营长绝不会擅自离开药铺，将自己置于危险之中，王子祥的话十有八九是假的，如果王子祥说打发刘营长上街采购或者别的什么事，我的疑心倒小了，恰恰他说派刘营长出远门讨账，值得追究。我和苏排长他们共同想到的一点是，刘营长失踪必有隐情，甚至不排除他出事的可能性。苏排长说实在不行他再去看看，我和老马不同意，苏排长表面自由，实际上不自由，他是沟通城里城外的唯一渠道，他有什么闪失，"猎日"计划更加寸步难行。我认为，我们应该进城，寻找刘营长的消息去向。老马也同意，他说这是目前最好的办法，但也是铤而走险。我说："考虑不了那么多了，我进城走一趟。"老马和其他人齐声反对，老马说："你是'猎日'小组的核心，任务完成之前，你决不能有任何闪失！"我说："不查清楚刘营长失踪原因，'猎日'同样无法完成。"王一民见我态度决绝，就说要和我一起去。我说："人多目标大，我一个人去。"老马阻拦我，说他去。张永和和徐德厚也坚称他们去。我说："你们谁也不要争了，我进城，就这么定了！"

3

进城的事情确定了，然而如何进城，大家颇感为难，战俘处于严密监视之下，普通工人出入矿区尚需出示证件检查，战俘是没有证件的，何况衣服带有标志，根本出不去。为混出矿区，白天干活的时候，我们想了很多点子，最终又一一被推翻。就这样到了傍晚时，居然是何牧为我们创造了机会。

傍晚收工时，走到半路，迎面跑来一群普通工人，冲散了我们的队伍。我见他们激愤的样子，料之有事发生，拽住一名与我擦肩而过的工友问："老兄，出什么事了？"那工人慢下脚步："日本人不给华工宿舍发煤，有人冻得受不了，下工时偷偷包了点煤回去取暖，不想'骡子'报告了日本监工，遭到毒打。一队战俘碰见，反过来撂倒日本监工，一顿拳打脚踢，又领着华工砸劳务系去了。"我问："打日本监工的人长得什么样？"我有个直觉，那人应该是何牧。果然，工友大致描述的相貌，是何牧无疑。我担心他们吃亏，和老马说，去支援一下何牧。我们掉头往劳务系跑，监视宪兵见状，大声喝骂着，在我们后头追赶。

我们跑到劳务系，何牧果然在质问劳务系的人，为什么不按规定给工友发煤。劳务系的人态度骄横，侮辱中国人善偷，说他们偷的煤足够使用了。华工工友有战俘壮胆，纷纷同日本人讲理，劳务系的人出言不逊，一面打电话通知矿警巡逻队前来镇压。见此情景，工友和战俘们怒从心头起，何牧一个"砸"字出口，大家立即拥上去，眨眼工夫，劳务系被砸得稀巴烂。矿警得到报告赶来，和我们扭成一团。

然而，我们谁也没想到，王一民趁着这场混乱，悄悄拉住他熟悉的一位华工工友谭老大，指着我们告诉他："一会儿你跟那几个人走。"并摸出几张不知从哪里弄来的皱巴巴的"金币"塞给他。谭老大摸摸钱，看看王一民，推回去，王一民拉住他的手，帮他握上钱。之后，三下五除二和谭老大换了衣服，挤到人群当中。

梅野获悉矿里闹事，非常恼火，命矿警停止械斗，不要扩大事态影响生产。

老马在回宿舍的路上就发觉王一民不见了，当时，天色暗下来，四周景物影影绰绰，巨大的矸石山、各种大型工矿设备，怪物似的蹲伏在那里。老马趁黑挨近我低语："王一民不见了。"

我说："是。"

"这家伙平时不声不响的，跑哪儿去了。"

"老马，你没发现我们队伍里有生人？"

老马回头看看，天黑，模模糊糊看不清，问我："你是说，王一民捣的鬼？"

"不敢确定。"

"这家伙，蔫巴人做事让你防不胜防。"

徐德厚和张永和也发现王一民不见了，徐德厚说："不声不响没影了，一定是逃跑了。"

张永和说"'闷棍'不是那种人。"

"锁匠，你想想，在乌梁冈的时候他那副德行，他不逃跑回家才怪。"

"反正我不信他跑了。"

回到宿舍，混进队伍中的谭老大跟着我们，欲言又止。我知道其中必有端倪，我向老马递个眼色，老马走过去，悄声问他："你姓什么，为什么混到我们这里，怎么混进来的呀？"谭老大说了经过。

"再没有别的？"老马追问。

谭老大摇摇头。

"奇了怪了，王一民想干什么呢？"张永和百思不解地挠头。

"那小子肯定甩下咱们跑了。"徐德厚坚持自己的观点。

我说："这种时候，不要怀疑自己的同志！"

"团长，你分析一下，那小子干啥去了？"

"正因为我想不到，才特别为他担心。"

老马深为忧虑："是啊，王一民这一失踪，和刘营长的事搅在一起，'猎日'雪上加霜。"

我说："老马、德厚、永和，大家别急，再等等，或许王一民有他自己的事情要办。"

那天晚上，我一夜没睡，躺在冰冷的砖炕上辗转反侧，心身俱疲的我，怀念乌梁冈倒下的战友，怀念那白花花的太阳和王一民数子弹的情景。后来，我看到乌梁冈长满绿树，浓稠的枝叶将阳光掰成一块一块，透过树隙漏到地面，地面开满了花，流着淙淙的泉水，钟团长和刘营长他们在树荫底下说笑，徐德厚和张永和打闹，王一民手里捧着一捧花，不厌其烦地数，数着数着，王一民捧的花变成炸弹，"嘭"的一声响了，王一民一扬手，炸弹朝我们飞来，在我们眼前散开浓重的烟雾，我们奋力扑打，烟雾散尽，王一民不见了。我急了，在树林里四处喊他："王一民，王一民……"

"团长，团长。"

张永和轻声叫我。我睁开眼，才知道自己不知什么时候睡着了。

第十三章 进 城

1

这一夜没睡稳的人还有小川。

晚六点钟,梅野邀请小川到家里喝酒。梅野家住永安台,那里属高级住宅区,居民均为抚顺煤矿的高级管理人员,房子的样式、面积、位置及装饰程度根据级别高低各有不同。从外观来看,住宅区设计得相当讲究,整个园区根据海拔高低,房屋错落,街边栽种各种树木,中心位置还有露天游泳池,冬天,游泳池就成了滑雪场。使这里与杂乱无章的市区隔离开来,一幅世外桃源的景象。

梅野住一栋漂亮的二层独楼,标准的日式建筑设计,尖屋顶,多角,廊檐雕花,灰白色的大理石与红砖搭配,细长的白格子小窗,整栋建筑严谨而细致,极符合日本人的性格。房子里面愈加富丽,落地窗帘,精巧的家具,房间洁净,一尘不染,就像梅野的仪表一样一丝不乱。

让小川心潮暗涌的还不是舒适的房子,他也不是嫉妒同样为帝国卖命,自己的待遇比之梅野差得老远,而是梅野的夫人和孩子。小川每次踏进梅野家,看见梅野的家人,都会情不自禁地想起千羽子。当年,小川作为一名随军医生,与小学校老师千羽子结婚。婚后不久,日本和中国的战争升级,小川所在的部队紧急调往中国东北。千羽子为了让小川安心为帝国服务，居然在小川临行前的下午割腕自杀。小川回家和千羽子道别，发现千羽子一身素白，手握短刃，倒在榻榻米上，她的身下汪着发黏的殷红的血，旁边放着一封写给小川的遗书。

行军在即，妻子自杀，小川犹如当头一棒，抱起冰凉的千羽子欲哭无泪。小川展开千羽子的遗书，悲痛涌满心间，千羽子说，小川君，你即将去中国东北了，我听说，那里气候寒冷，为了帝国的大业，你要保重自己。千羽子还给小川留下家中所有的钱，叮嘱小川到异国他乡后补养身体，小川读完千羽子的遗书，大放悲声。

千羽子之死，为她自己，也为小川赢得了至高无上的荣誉。第二天，日本全国的报纸大幅印刷着千羽子照片，她的遗书也全文刊载，日本国人为她疯狂了，城市乡村佩戴白花为她吊唁，千羽子的学校特别为她举行追悼会。小川出征当天，火车站挤满为他壮行的人群，他们高呼着小川的名字，热泪盈眶。小川发表了一番即兴演讲，大意是将千羽子之死化为国家献身的力量等等。讲完话，小川登上火车，到达中国东北，原本小川想在战时医院好好发挥一下，把自己头顶那个光环擦亮点，孰料，他们的部队只有一年多的任务期限，到预定日期，所有人员撤回日本，小川顿时傻眼，别人可以回，他小川怎么回？寸功未立，老婆死了，有何脸面回到国内？于是，小川主动申请留下来，就这样，他再次分配到抚顺。为了树立小川"榜样"，关东军高层安排他当上驻抚宪兵队长，维护着他在国人心中的"英雄"形象。

小川顶着荣誉的光环，深感孤独和悲凉，这种体会，小川到梅野家做客的时候尤其强烈。梅野家祥和的气氛，引发小川对失去的幸福的怀念，他想，如果千羽子不死，恐怕最小的孩子也满地跑了。只是，小川把这些感伤藏起来，不让人轻易发现。不过，梅野不是个粗心的人，小川喝酒时略显不安的情绪，他俱收眼底。

"小川君，不要再沉浸于过去的伤痛，来，喝一杯。"梅野举起酒杯，劝慰小川。

小川和梅野碰杯，一饮而尽。

"小川君，作为男人，我理解你的苦闷。"梅野很富有人情味："我听说，几家书馆的女人很有格调，小川君不妨前往拜会。"

小川给梅野斟满酒，又给自己倒了一杯，端杯喝掉一半："梅野君，那些女人代替不了千羽子。"

"毕竟夫妻一场嘛，何况千羽子那么令人心潮澎湃。"

"她是我们大日本帝国女人的骄傲！"小川一仰脖，干了杯中剩酒，"好啦，梅野矿长，请不要再说千羽子的事。我想知道，你对范秋明的意见。"

"范秋明……"梅野玩弄着酒杯："我看，把他关押到秘密监狱吧。"

"我也是这个意思，我们要开发他的价值。"

"嗯。"梅野抿了一口酒，话中大有深意："范秋明不是个聪明人，但是个硬骨头的人。"

"我明白，梅野君。他在一天，共产党就提心吊胆一天。"

略停，梅野又问："那个2772呢，小川君？"

"辅导院即将建好，他很快荣幸入选。"

"我总觉得，这个人是浮在水面的，有人藏得比他更深。"

"不管是谁，都要挖出来！"小川恢复一贯的凶相。

2

小川从梅野家出来，夜空群星迷蒙，朦胧的月光把永安台照得寂寥宁静，小川本来朝宪兵队方向走的，走了一段路，在树木的暗影中停下来，想了想，转身往市区走。小川沿着北二番町的缓坡，再下坡，穿过"1931咖啡厅",顺着西一番町走进日荣书馆。

禾子一个人百无聊赖,忽然听见轻微的敲门声,急忙迈着小碎步拉开木格子门,弓腰行礼:"请进!"来人进了门,禾子把门拉上,没等她转过身,猛然被来人抱住,酒醉的呼吸熏得她脖子痒痒的。

"禾子!"

"小川君?"禾子瞪大眼睛惊呼。

"禾子!"

小川死死地搂住禾子,把她抱到榻榻米上,压在她身上,揉搓着她。禾子抚弄着小川的脸,嗲声嗲气地呻吟。两人像情人一样亲热,互相搂抱着。不知过了多久,小川感觉到禾子的手指上有什么东西一晃,边低头寻找她的胸部,边嗡声问:"禾子,你手上是什么东西?"

"没什么。"

禾子的手臂环住小川,想在他背后摘下来。但小川扼住禾子,硬将她的胳膊扭过来,盯着她手上的戒指问:"哪来的?"

禾子不敢说谎:"客人送的。"

"这是你的职业特点。"

禾子自觉小川嘲讽她,沉默不语。

"我很想知道,谁送你的?"小川摩挲着禾子的手,话中泛酸。

禾子用那双描黑的眼睛看小川,有心不说,想了想,终于张口:"高署长。"

小川声色俱厉:"哪个高署长?"

"是……警察署的……"禾子吞吞吐吐。

"啪!"

小川朝禾子脸上掴了一掌,禾子捂住脸,眼里汪起两汪泪,她翻身坐起来,跪在那里,不敢抬头。小川的盛怒达到顶点,他万万没想到,高林茂和他玩的是同一个女人!这使他忘记了禾子的妓女身份,而更让他痛恨的，是高林茂何德何能，居然敢玩大日本帝国的女人。羞恼之下，小川突然按倒禾子，三下两下剥光她，让她暴露在灯下，他像欣赏一只战栗的动物一样，一寸一寸透视着她，朝赤裸的禾子扑上去……小川穿好衣服，扬长而去。

小川回到宪兵队，躺在黑暗中，盘算着如何惩治该死的高林茂。

一个漫长、充满变数的夜晚就这样过去了。第二天，我们照常上工，谭老大和我们一起去工地，顶替王一民。在工地，我们的心高高悬着，不知王一民能不能回来，什么时候回来，他在外面是否遇到危险。

天黑前，王一民回来了，他一现身，徐德厚二话没说，当胸给他一拳："闷棍，你干什么去啦？"

"一民，你把大家急坏了！"张永和说。

王一民充满歉意地看了他俩一眼，直奔我走过来："团长，我回来了。"

我已经明白了王一民为什么失踪，拍拍他的肩膀："一民，辛苦了！"

"团长……"王一民听出我话里的意思，有些哽咽。

我说："怎么样？"

王一民摇摇头，我的心直往下沉。

老马永远保持稳如泰山的气度："一民，安全回来就好！"

王一民转过身，对徐德厚和张永和说："德厚，还有锁匠，没事儿，我就是进城转转。"王一民轻描淡写。

"进……"徐德厚提高声音，张永和扯他一下，徐德厚自知失态，把"城"字的后半截给咽了下去。

王一民看上去很疲惫，我又心疼又忍不住责怪他："一民，你应告诉我。"

"团长，我不想让你冒险，城里现在很乱。"

"收工后再说。"我打住话题。

晚饭后，王一民讲述了他的进城经过。

王一民穿着谭老大的衣服，冒用谭老大的证件，夹在普通华工下班的队伍里混过哨卡。过关后，他按照工友指引的方向，顺城西大路经松岗桥，沿铁路线一直往东，由于人地两生，边走边打听，徒步一个多小时，掌灯时分进入城区。

王一民身无分文，便径直来到火车站前，在票房子蹲了一夜。那天晚上，他什么东西也没吃，硬饿到黎明。第二天天一亮，王一民问站前的人力车夫，粮栈町的福康药铺怎么走。人力车夫警惕地扫他两眼，王一民连忙解释，说老婆害病，想去福康药铺抓药。人力车夫才告诉他，沿站前马路向西，直走，见十字路口往北拐。

3

粮栈町是一条东西向的长街，两边挤满大小商铺，有日本人开的酒厂、粮店，有中国人的五金杂货、干鲜果品、旅店、大豆油坊，等等。福康药铺有三间房的门脸，廊檐下悬着"福康药铺"四大白底黑字横幅，门柱两旁挂一副对联。王一民没有贸然进去，隔老远观察福康药铺，见门可罗雀，生意清淡，心下生奇，他假装过路，询问在路边摆摊的老者，附近有没有药铺。老者问王一民："听你口音不像本地人呐？"王一民谎称家在山西，来投奔亲戚的，谁知亲戚没找到，家里人病了，想找个药铺抓点药。摆摊老者急人所急，一指前方，那儿有家福康药铺，药挺全的。王一民说："老人家，我瞧那药铺没人进去，是不是做买卖不诚实，砸了牌子？"老者说："那倒不是，福康药铺做生意讲究诚信，不过前些日子出事了，大伙儿胆突突着，不大敢去，等过这阵儿就好了。"王一民心里一惊，问老者出了什么事。老者压低声音，听说店里藏着共产党。王一民大惊失色："那药铺抓没抓到共产党。"老者说："这就不知道了，这年头，跟自己无关的事少打听。"

王一民佯装买药，走入福康药铺。

"老板，我想买药。"

"请问客官，你要哪几味药？"老板王子祥热情相迎。

王一民随便报几味中药名，几两几钱也是信口一说。满仓讶异地瞅着他，又看看王子祥。王子祥拿起戥子称药："客官，您这几味药，可不符药性啊。"

"哦？"

"客官，照您这药方子配，恐怕会吃出人命。"满仓在一旁说。

王子祥把戥子里的药倒在糙黄纸上："客官，别怪我多嘴，您这方子是哪位大夫给开的。"

王一民知道，对方怀疑他的来路了，索性单刀直入："我来找个人。"

"找谁？"

"王老板的表弟。"

王子祥顿现紧张之色："客官找他干什么？"

"我是他老乡，我托他办点事，不知道办得怎么样了。"

王子祥眼上眼下，像要把王一民看透的样子："我就是王老板，我表弟现在不在，你在哪儿托他办的事？"

"您就是王老板啊？是这样，我其实和你表弟就一面之缘，我和他一块儿坐火车来的抚顺，在车上聊得挺热乎，说我到了抚顺有什么难处，可以来这里找他。我老婆现在病了，我身无分文，想来找他借俩钱呢。"

"这可不巧，我表弟前几天出门讨账去了，三天五日的回不来。"

王一民装作着急:"这怎么办呢,我上哪能找到他?"

王子祥抹搭着眼皮,边核计边说:"出门讨账……这个……挺闹套的,你家里人得的什么病,说给我听听,我给你配点药。钱呢,我这里有,你应应急。"

王一民拒绝:"王老板,素昧平生的,我咋好用你的钱呢。"

"唉,抚顺这地方外地人多,一天到晚什么事都能发生。俗话说,在家时时好,出门处处难,谁敢保这辈子不摊点事,你别推辞了,给你你就拿着。"

"谢谢老板,你是我的大恩人啊!"

王子祥让满仓抓了两服药,摸出几张满洲国纸币来,塞到王一民手里,王一民千恩万谢,出了福康药铺。王子祥把他送到街面,回了药铺,也没进里屋,站在台阶上,目光落在院墙角的铲雪木锨上。看着看着,木锨里面蹦出俩字:"不对!"刘营长到了满洲省委才知道有个福康药铺,他还在出关的路上,怎么说得出来,难不成他未卜先知?都怪自己一时没转过弯,这么低级的谎言居然没识破。此人来历不一般,不是小川来反侦察我,就是矿里来的人,如果是小川派的人,明摆着他不放心我,或者设个什么套让我钻,如果是矿里的人,无疑是他们知道了什么,来寻找刘营长的,那么此人定与"猎日"小组有关。王子祥越想心里越敲鼓,喊满仓跟着那个人,看他都干了什么。满仓不明白王子祥为什么和一个陌生人较劲,一会儿热情相帮,一会儿盯人家梢:"他又穷又病,有什么好跟的呀?"

王子祥搪塞:"看他到底有没有病老婆,没准儿是游手好闲的盲流,到咱这儿坑蒙拐骗呢。"

满仓说:"要是的话,他不也把咱的钱骗到手了,还能要回来?"

王子祥说:"你这孩子,叫你去你就去,磨叽什么玩意儿。"

满仓一吐舌头:"我去就是了。"

4

王一民慢慢腾腾在街上溜达,看似悠闲的他,实际上在思考去哪里讨刘营长的消息。漫无目的走了一阵,王一民饿极了,他摸摸怀里的钱,狠狠心,走进街边一间面食店。小店里只有老夫妻俩经营,不到吃饭时间,店里也没食客,老头和老太太坐在贴墙砌的泥火炉边,守着一只笸箩剥蒜,笸箩里搁着一只蓝边粗瓷碗,碗里装着雪白的蒜瓣,蒜皮散落在他们的腿上和地面上,摆放三四张破桌子的屋子里,散发着浓郁的蒜香味。

老头见客人进来,放下手里的蒜:"客官,您吃点什么?我这有合络面、汤子面、荞麦面,您选哪样?"王一民问合络面和汤子面是什么东西,老头说,合络面和汤子面是苞米面做的,合络面得用特制的床子,压成面条,汤子面发酵过,有点酸,吃合络面用酸菜沫打卤,汤子面拌鸡蛋酱最好吃。王一民说,哪样便宜些就要哪样。老头说那就汤子面吧,一碗面,光拌黄酱也行。王一民说那就来汤子面,烦您快一点,吃完我好赶路。

老太太去厨房氽汤子,盆子勺子叮当响,屋里弥漫开水汽。老头怕王一民等着急,就和他搭话:"小伙子,我听你口音,是外地人啊,山西的?"

"大爷,您猜得真准。"

老头说:"不是我猜得准,这抚顺城到处是山东、河北、山西那旮旯的人,听得多啦,一张嘴就知道。你在矿里上班?来几年啦?"

"刚来不久。"

老头感叹道:"可不易呀,你没听说吗,'来到千金寨,就把铺盖卖,新的换旧的,旧的换麻袋。'这千金寨,说的就是煤矿,小伙子,不到十二分，不能捧这碗饭呐。"

王一民说："大爷，我也是实逼无奈呀，开始投奔亲戚来的，到了也没找到亲戚，我又没回去的路费，只好留下来。"

老头说："唉，积攒点路费就走吧，另讨个活路。抚顺不是个太平地，小鬼子太喇扯（厉害）了。"

王一民说："大爷，前两天抚顺城里又闹出乱子了？"

老头"嘘"了一下："别吵吵，小心奸细听了把你绑去。这抚顺城啊，连着出好几场大事，十五晚上，一个日本人被抹了脖子，案子没破呢，这头两天，一家药铺老板被抓到宪兵队去了，跟着又有人闯进宪兵队，死的死，抓的抓，现在不知咋样了呢。"

王一民猜测，恐怕是刘营长和王子祥被抓，抚顺县委的同志为营救他俩，舍身闯入宪兵队，如果其中出了叛徒，就更可怕了。说话间，汤子面煮好了，王一民无心再吃，跟老头要块牛皮纸，撇净汤子面汁水，剩下面条包裹起来，揣在怀里——他不舍得扔，他惦记着成天吃沙子掺糙高粱饭的兄弟们。老头看着王一民仔仔细细裹面条的样子，问他，矿里是不是还有熟人朋友什么的。王一民点点头。老头去厨房抓两把黏豆包，往王一民怀里塞："小伙子，看得出你熬困久了，这时候还想着别人，好人呐，大爷没啥好的，几个黏豆包你带着吧。"王一民叫了声"大爷"，眼圈发红。

从小吃店出来，王一民辨认下方向，往城中心走去，在闹市区游逛到太阳偏西，估摸着到了普通华工倒班时间，就顺原路回了西露天矿。

满仓也回到福康药铺，王子祥早已急不可耐，却做出不介意的样子，问满仓，那个人去哪里了，满仓将所见的情况讲了一遍，不过，满仓说，那个人到了闹市左转右转，他跟丢了。王子祥不悦，你这孩子平常挺精明，到要紧时精神头就不够用。满仓耸了耸肩膀："那边儿乱马人花的，一卡巴眼就没了，能怪我吗。"

王子祥说："不怪不怪，你歇歇吧。"

第十四章　两根打狼的麻秆

1

王一民掏出带着体温的黏豆包，像捧着珍宝一样神圣，给我们每人分了一个，剩下的几个由我做主，发给同宿舍的病号。病号不舍得吃，小心掰下一半，又送给身边的人，大家不忍夺病人嘴里的食物，推回去，病号又推回来，彼此间就那样来回地推。

我看了看手里的豆包，环视下屋子里的人，拿着豆包，走到谁跟前，命令谁咬一口。那种命令，是无声地，是眼神和动作。战俘们没有拒绝，每个人只用门牙轻轻嗑下一个边角，传到最后一个人，豆包还剩下一大半。

王一民带回的坏消息，使我们陷入深深的忧虑中，徐德厚孩子似的抹着眼泪，张永和闷声不响，王一民一遍遍模仿扣扳机，重复狙击的手势。令我困惑的是，到底哪里出了漏洞，一下子被人家一窝端。我分析，刘营长不会犯低级错误，根源应该在抚顺县委的同志身上，同时我害怕，如果这些人其中的一个叛变，或者一句话不慎，对"猎日"都是致命的危险。总之，抚顺县委和刘营长的突变，为我留下一个巨大的谜团。老马也怀着和我一样的心思，他问我打算怎么办，我说，咱们继续设法搞炸药，通知苏排长，加紧与抚顺地下党及满洲省方面联系，摸清高级视察团到达时间。

老马不无担忧:"抚顺的形势日趋复杂,今后的每一步行动都要倍加小心。"

我说:"是啊,我们像蛟龙困浅滩。"

我们与外界隔绝,信息不灵,不知道王一民前脚返回矿区,王子祥后脚就跑去跟高林茂汇报,王子祥心里明白,这件事不管是不是小川的花招,他都得积极行动,否则于他不利。而且,他也可通过自己的主动,用排除法得到正确判断:那个人究竟执行谁的使命来掏他的老底。

高林茂屁颠屁颠地去见小川,一五一十复述有人到福康药铺打听刘营长的经过。小川欣喜若狂,问高林茂到福康药铺的人叫什么,长得什么样,高林茂愣了,他不敢说没了解这方面的事,推说王子祥描述得笼统,那个人也很神秘,怕问多了引起警觉。小川气得牙根痒痒,本想发火,一转念,压下火气,给高林茂授计,高林茂附耳倾听。高林茂转身要走,小川忽然说:"高署长,还有件事。"

"小川队长,您吩咐。"

"有一个人,要放到你那个秘密监押所。"

"范秋明?"高林茂这回反应挺快。

"就是他。"

高林茂心里咯噔一下,朝于翻译现出疑问的表情,于翻译翻着两眼望着窗外。高林茂就心中发毛,宪兵队有监号,范秋明这么重要的嫌疑犯,为什么放在我那里,难不成小川又捣什么鬼?高林茂想归想,小川的意见,借他十个胆子也不敢驳回:"小川队长,您认为哪天改押合适?"

"就这几天。"

"那好,我叫人准备准备。"

高林茂刚拐下楼梯,于翻译随后跟出来。高林茂缓下脚步,边走边等于翻译，两人就一起下楼，有一搭没一搭地闲扯，走到楼下，高林茂切入正题："你说小川为什么把范秋明送我那里关押？"

于翻译高深莫测："说不准。"

高林茂哭笑不得："你这不废话吗？"

"咱俩和他打交道也不是一天半天的，你摸准他的脾气了，还是我摸准了？"

"小鬼子忒他妈不是东西！"

"混饭吃的勾当，由他折腾吧，他说东咱就东，他说西咱就西。"

"混他们的饭吃，脑袋别在裤腰带上。"

高林茂发够牢骚，骑着摩托车驶出宪兵队，突突突的声音响遍所过之处。

2

王一民突然失踪，突然现身，伍元十分费解：王一民干吗去了？伍元心里画弧，套徐德厚的口风。伍元是上午歇息的间隙问徐德厚的，当时，疲惫的我们把工具垫在屁股下面，晒着太阳。三月初，天气日渐回暖，风不再像冬天那么冷硬，虽不乏锐利，总比数九严寒好多了。这时对于我们，最难熬的是饥饿，从被俘的那一刻起，我们再也不知道吃饱是什么感觉，而当体力长期透支并与饥饿交织时，对肌体的摧残更加令人难以承受，比如我们晒日光的时候，腹中空空如也，空到我们可随风飘起来似的。这时候谁也不愿说话，怕多说一个字都会气脉断绝。而伍元就选择了这个时候挨近徐德厚，从兜里掏出什么东西来，攥在手心，将徐德厚的手抓过来，徐德厚便觉手里多了一样东西，疑惑地望着伍元。

"吃吧。"伍元微笑着说。

徐德厚张开掌心，一枚黑乎乎的土豆令他不知所措："伍大哥，哪来的？"

伍元说："我省下来的，特意给你留着。"

"伍大哥，我不能从你嘴里夺食，还是你吃吧。"徐德厚将土豆推回去。

伍元嗔怪："叫你吃就吃！"

徐德厚坚持不收，伍元生气了："徐兄弟，在这鬼地方，谁帮谁都是应该的！"

徐德厚推辞不掉，只好接过土豆，端详半天，浅咬一口，慢慢咀嚼。又将土豆递到伍元嘴边，伍元往外推，徐德厚做出你不吃我就不吃的样子，伍元咬下一小口。徐德厚又拿着土豆，硬逼着我们每人吃一口，伍元也在一旁说，吃吧，大伙都沾沾嘴唇。吃完土豆，伍元眺望着庞大的露天矿坑壁，那深达数百米的岩层颜色各异，褐黑黄红绿层层累叠，有些地方由于渗水的缘故，倒挂着白色的冰溜子，岩缝里也有细小的树，枝丫伸向空中。伍元一声叹息，指着小树说道："徐兄弟，咱们要是像那些树就好了，会飞檐走壁，及早逃出去。"

"伍大哥，一定会离开这里的。"

"难啊。再不走，恐怕活着出去的可能性不大。你没听说吗，矿里又发生瘟疫了？"

"听说了，小鬼子把带活气的人拖到炼人炉烧了。"

"徐兄弟，你们咋说也是正规部队，我们是游击队，在这里更显孤单，我想跟你托个人情，如果有办法逃出去，一定带上我们，好吗？"

"伍大哥，我们不会丢下你们。"

"徐兄弟，有件事，我不知当讲不当讲……"

"伍大哥，你说吧，没事。"

"那好，那好，呃，徐兄弟，我瞧王一民昨天不在，他是不是进城探路去了？"

"伍大哥，他……"

我走近他俩，挨着伍元坐下："老伍，别当着日军的面嘀嘀咕咕，他们盯上你就麻烦了。国军那边最近被抓好几个，音讯皆无。"

"唉，唉，老李你说得对。"

"所以老伍，咱们现在谁也不能过多地保护谁，就得多留神，坚持到最后就是胜利。"

"还是你看得远，我……"

伍元还要说下去，干活口哨吹响，我拍拍他："干活吧。"

伍元心里的疑问仍在，中午饭后，他以拉屎为由，溜出工作区，跑到矿警巡逻队给王秘书打电话，说有急事汇报。王秘书开车到了矿警队，等得抓耳挠腮的伍元一见王秘书，立马打个立正："王秘书好！王秘书您可来了，您再不来，他们指定怀疑我了。"

王秘书不冷不热地哼了哼："我说伍队长，现在不是我领导你，倒是你领导我了，你放个屁我就得大老远来闻味，来晚一会儿都有意见。"

"不敢不敢，王秘书，我还靠您在日本人，哦，小川队长那边多美言呢。"

"什么事快说吧！"

"王秘书，我发现一个重大问题。"

"讲吧。"王秘书牛皮哄哄。

"前天晚上，我们宿舍的8537失踪了，昨儿天傍黑又神秘地回来了。"

"嗯？他怎么失踪的？"

"就是砸劳务系以后，我们宿舍多了个陌生人，8537恰好不见了，等他回来，那个陌生人又消失了。"

"浑蛋！你怎么才来报告？"王秘书厉声呵斥。

"我，我脱不开身啊。"伍元辩解。

"8537干什么去了知道吗？"

"我没调查出来，不过，王秘书你放心，我一定把这事儿弄清楚。"

"你要尽快。"

"我明白，我明白。我总觉得，8537那伙人要干什么大事。"

"那就给我盯紧点！但是，事情没有查清之前，除了我，不许跟任何人乱讲，否则坏了大事，我要你脑袋！"

"是，是是是。"伍元一迭声答应，之后，讨好地问："王秘书，诊疗所那边有眉目了吧？"

"只管汇报，别管其他。"王翻译再次呵斥伍元。

"王秘书，呃……呃……你看，我为了套情况，把饭份儿给他们吃了，白天还要干活，你能不能……"

王秘书掏出一个油汪汪的纸包："我早替你想到了，喏，吃吧。"

伍元打开一看，竟是半只烧鸡，不仅喜形于色："王秘书，这，你看看，让你破费了，王秘书，你待我太好了！"一口咬下去，撕下一块肉："王秘书，你放一百个心，我一定把他们的底细掏出来。"

"悠着点儿，别露了马脚，反被那帮诡计多端的战俘钻了空子。"

"唉，唉，我记住了。"

伍元一去不回，徐德厚低声问我："团长，老伍怎么去了这么久还没回来，是不是又挨打了？"

我说："没关系，伍元没那么傻，刚嘱咐完他就忘后脑勺了。噢，德厚，跟伍元在一起，不该说的话坚决不能说。切记，他是咱们的同志，但他不是咱们小组的，要保持距离。"

"我知道，团长。"

3

伍元捂着肚子回来，我关切地问他："老伍，肚子不舒服了？"

"啊，是，近几天拉肚子。"伍元被问得冷不防，打个嗝。

"可要当心，近来闹传染病。"

"我也怕不明不白扔在这里，还不如死在战场痛快。"

"哪里都有战场啊，你说呢？"

"对，这里也有鬼子，也是战场。老李，如果你们有什么地方用得上我，我绝不拉后。"

"老伍，这儿到处是眼睛，你干什么事情小心着点。"

"李大哥，我绝不乱来。"

"我是说，你拉肚子别叫小鬼子发现，否则他们会盯着你，一旦被隔离就完蛋了。"

"我明白，明白。"

伍元被我敲打，不再作声，低头干他的活。

王秘书回到炭矿事务所大院，绕过院中央的一尊雕像，雕像是第一任抚顺炭矿事务所的矿长，这个人为了抚顺炭矿的初期建设卖过死命，1905年，正是他制订了第一期五年开发计划，掀起抚顺煤矿大开发的序幕，他也因此成为日本政府的大红人。王秘书把车停在一排松柏树下，拔下车钥匙，关严车门，迈上台阶朝楼里走去。

炭矿事务所大楼的设计非常独特，它的整体造型酷似乌龟，有头有尾，四肢斜伸，独特的造型使它的内部结构多元而复杂，一楼看不出什么，一到二楼，四通八达的楼梯和豁然开朗的空间就让人产生眩晕感，倘若生人，断不知该往哪个方向走是对的。这种龟形设计，是日本人最喜爱的建筑风格，一来外形庄重，内部设计合理；二来日本人崇尚龟，视龟为长寿、吉祥之物。炭矿事务所设计成这种样式，寓意也就不言自明了。

矿长梅野的办公室面向东开窗，任何时候，这间办公室都沐浴在明亮的光线中，王秘书走到门外，整理一下大衣帽子，屈指敲门。

"矿长，我回来了。"

梅野的办公桌涂着紫檀色漆，靠南墙立着文件柜，一米多高，铆铜的钉上下左右对称，边角有铜装饰，里头码放着各种书籍。对面靠墙一张小酒柜，对开门，四边和顶部的装饰花纹比文件柜多，简洁中更兼考究，透过玻璃门，可看到几样品牌不同的酒，似不经意又有序可循。总之，这里的办公用具符合梅野性格：看似散淡平和，实则内藏心机。

梅野埋头读书，听王秘书说话，思维从书里拉出来："辛苦啦。"

"矿长，他说了一件重要的事情。"

"什么事？"梅野依然平平静静。

"他说，前几天他们宿舍有人失踪一天。"

"这能说明什么呢？"

"矿长，那个人为什么早不失踪，晚不失踪，偏偏抚顺县委和刘营长出事后失踪？"

"唔。"梅野颔首，支起左臂，手搭在下巴处。

"矿长，我怀疑，那个人进城了。"

"唔。"

"矿长，是不是……"王秘书做个抓的手势。

"不。"梅野考虑一会儿，说道："煤矿现在需要安定，保证生产量，确保帝国对煤炭的需求。动辄抓人，扰乱人心，进而影响帝国在抚顺的石油、钢铁、铝等等的生产。据我所知，国内的高级视察团即将启程，如果他们看到一个危机四伏的满铁煤矿，会认为我们的管理存在很大不足，那么我们的能力将受到质疑。还有，在不掌握证据的情况下，如果抓了人，'猎日'小组隐蔽就会更深，我们想找出他们，就会变得更加困难。"

"那您的意思？"

"这件事情，暂时不要让小川队长知道，他太急躁了。"

"好的。"

"叮嘱伍元，严密监视嫌疑分子，证据确凿后，在高级视察团到来之前，对他们收网！"

"按您的意见办。"

王秘书说完，眼睛在桌面扫了一遍，笑道："梅野矿长，您看的是什么书啊？"

"呵呵"。梅野故作深沉的样子，"就是你送我的那本满族人的医书。"

"您瞧我这记性。"王翻译一拍脑门，"您觉得咋样？"

"满族人的医书太神奇了，老实说，我看不懂。他们说的那些草药我闻所未闻，而且配方太大胆，违反常规。我这点中医理论知识，实在是皮毛啊。"

"矿长您真谦虚。"

"不，王，中国博大精深的中医学确实折服我。可惜，我读不懂的地方太多了。"

"矿长，要不……"王秘书欲言又止。

"王，请讲。"

"我给您找个精通中医学的人讲讲？"

"你是说，给我找个老师？"梅野兴奋得小眼睛放光。

"也谈不上老师，就是帮您解释解释您迷惑不通的地方呗。"

"王，我需要这样的高人！你有人选吗？"

"有倒是有，可是……不大合适呀。"

"为什么不合适？"梅野有点急不可耐。

"他……他是个战俘。"

梅野眼里的光立即暗淡下去。

王翻译见状，说："要不，我再给您踅摸踅摸。"

"王，他真有那么高明吗？我是说，那个……战俘？"

"其实您应该知道，就是战俘诊疗所的9246。"王秘书停下来，观察梅野。

梅野平心静气地问："那个懂中医的战俘医生？"

"是的。他姓姚，中医世家，本人毕业于医学院……"王翻译一口气介绍完姚丽的基本情况。

"这件事情不妥，王，你不要再提了。"梅野的面色冷下来。

王秘书不敢多言，回到自己的办公室，越想越觉得自己马屁拍失误了，唯恐被敏感的梅野想到别处去，粘掉自己一溜皮。这样想着，王秘书脊背竟渗出一层细密的汗，责怪自己多嘴多舌，冒冒失失。就在王秘书琢磨着怎么让梅野忘了这件事的时候，梅野打来电话，让王秘书过去一趟。

王秘书心里一凛，他揣摩不出梅野想要干什么，心里忐忑，走进梅野的办公室。

出乎王秘书预料的是，梅野改了主意，他要王秘书出面安排战俘9246见一面，如果觉得不错，批准他上课，并暗示此事要避开人耳目，尤其是小川队长。王秘书下了保证，心里却合计，梅野矿长为什么突然同意了呢？以他的为人，下这么大的力气，除了迫切想弄通满族医学知识，还有没有其他目的。

第十五章　春天的疑惑

1

春意和风缠绕，屋顶的积雪沿着屋檐滴落，窗户周围的秸秆黄泥墙润透新鲜的雪水，潮湿的墙体像地图一样，姚丽的破板床也湿漉漉的，屋子里的草药受潮，弥漫着强烈的中药味。姚丽蹲在破砖头垒砌的锅灶前熬药，拿木棍扒拉碎煤块和柴火，让火苗燃旺一点。煤烟呛得她直掉眼泪，不停地咳嗽。

"姚大夫，你好！"门外突然响起一个男人的说话声。

专心烧火的姚丽一惊，见是王秘书，马上镇定下来："王秘书。"

"哎呀，姚大夫，这屋够潮的。"王秘书背着手，四下打量。

"对于失去自由的战俘，已经很好了。"姚丽不卑不亢。

"姚大夫医术精湛，言词也够锋利。"王秘书一点儿不在乎姚丽的态度。

"王秘书，您来我这有什么事吗？"

"姚大夫就是痛快。那好，咱长话短说。是这样，梅野矿长需要一个老师，我推荐了你。"

"我？！"姚丽万分惊愕，不知王秘书葫芦里卖的什么药。

"我向梅野矿长特别推介了姚大夫，他对姚大夫的中医修养非常感兴趣。"

"对不起，王秘书，我才疏学浅，教不了你的日本矿长。"

"请姚大夫赏我个面子！不然，我不好做人呐。"王秘书死缠烂打。

姚丽本欲拒王秘书于千里之外，转念间，她忽然想，或许这是接近日本人的最佳机遇，对完成'猎日'有莫大帮助。想到这里，姚丽微微一笑："既然王秘书这么说，我就领了这份差。"王秘书只怕姚丽撅了他，回去没法向梅野交代，不想姚丽态度大转变，令他展颜，为了让姚丽高兴，说："梅野矿长说了，自第一天上课起，每天由我来接你，讲完课再送你回来，直至整本书讲完。"

"这是应该的，我一个战俘没有行动自由，你们不来接我，我断出不去这间屋子。"王秘书挨了呛，打声干哈哈，自我解嘲。

第二天上午，王秘书按约定接走姚丽。当我们听说这个消息，所有人都呆了。老马、徐德厚他们一齐将目光转向我，我也是一头雾水，王秘书带走姚丽干什么？去了哪里？我心里画着一连串的问号，犹如十五只吊桶打水，七上八下的。老马说，会不会王秘书发觉姚丽的底细了？我说，如果姚丽的真实性别暴露，来的应该是小川，可现在来的是王秘书，太离奇了。会不会是王秘书带姚丽去给谁看病呢？我突然想到，姚丽医术好，很可能他们的什么人患了疑难杂症，医院治不好，想到姚丽头上来了。但这只是一种猜测，除此之外，我实在想不出，王秘书出于何种目的带走姚丽。

何牧也获悉了这件事，寻个借口来到我们的工作区，愤怒地责问我，你的部下莫名被人带走，你这个长官吃干饭的吗。何牧出言不逊，徐德厚不爱听，冲他翻白眼，没好气地回敬道："说什么呢你，我们这块儿不归你管，少来耀武扬威的，噢，姚大夫失踪，天底下就你着急，我们不急呀？"何牧眼里充血，恨不得一口吞了徐德厚，无奈日军在远处监视着，不宜过于激烈。我扯扯徐德厚的衣襟，提醒他不许妄动。我解释说，她被带走实属意外，事先没有任何迹象。何牧仍不谅解我，扬言召集部下救姚丽。我扼住他的手腕："今天你敢去，我就地撂倒你，我不想你白白去送死。"何牧低吼："我更不想姚丽死！"我说："我和你一样，希望姚丽活着，和我们在一起。但你这样救不了她，你自己也搭上了。"何牧像一头受伤的野兽，痛苦地怒吼着，我从他的举止中，感觉到异样的痛楚，这痛楚来自于我的内心，它对我说，"何牧对姚丽的爱，至少不逊于我"只不过，我俩表现得不同。我不知道何牧怎么想我的，或许，以他的聪明，已明了我对姚丽的感情，他是不愿意承认，或不愿意说穿罢了。我把我的推断告诉了何牧，最后说："你冷静些，我们无法断定事情的真相，贸然出手或许将事情推到反方向。"何牧到底是何牧，最后他说："你说的有道理，我们再等等吧。"

其实我的焦急甚于大家，但我不能表露出一星半点，整整一天我都在惦记姚丽，不知她去了哪里，现在怎么样，我非常害怕自己的推断失误，从而失去姚丽——如果没有她，我就是到死都会活在愧疚之中。我是一个男人，一个心中有爱的和被爱的男人，却在心爱的女人最无助的时候，给不了她起码的保护，那我还是个什么男人！就这样乱七八糟地想着，盼到晚上收工时间，我们排队、归队，走进朦胧的夜色中，就在进入驻地的那一刻，王一民突然说："诊疗所亮着灯！"

我们一起望去，果然，诊疗所的灯光亮着。倏忽间，我卸下千钧重负，竭力抑制内心的驿动，故作轻松："我就知道她没事。"

"吹吧！"老马以玩笑的口吻说。

"谢天谢地，姚大夫，万一你有个好歹，何团长得生吃了大伙儿。"徐德厚自言自语。

"我看呐，何团长八成是喜欢上咱姚大夫了。"张永和说。

"瞎扯什么。"王一民白了张永和一眼。

张永和看看我，不好意思地挠挠头，我拍了他一巴掌："你看我干什么？"

张永和憨厚地傻笑。

2

我打算去看看姚丽，主要想了解王秘书为什么带走她，她怎么回来的。晚饭后，我穿上破棉袄，边系纽扣边往外走，走到诊疗所窗外，刚要迈步进屋，忽见到窗户里有何牧的身影，我迟疑着将抬起的脚放下来，想掉头返回，又怕脚步声惊扰了姚丽和何牧，一横心，原地不动。我没有偷听的意思，但秸秆墙太薄，何牧的男中音又极具穿透力，隔墙传出来。

"姚丽，你没事吧？"何牧关切地说。

"没事。"姚丽的声音轻得像风。

"姚丽，我很想你。你不知道我有多想你。"何牧的声音有些颤抖。两个人沉默。过了一会儿，姚丽说："放开我吧。"何牧在拥抱姚丽。我想，心里再次漾起痛楚的感觉，那种又苦又涩又酸的复杂情感。何牧说："为什么？我们好不容易才见一次。"我想，一定是姚丽推开何牧，他感到难受才这样问。姚丽说："我现在很难看。"何牧说："你永远是我心里的姚丽，纯洁、美丽、健康。"姚丽说："那也不行，怕被人撞见。"何牧说："我不怕。"姚丽说："你忘了我的身份。"何牧致歉："对不起姚丽，我确实忘了。"再次沉默。何牧平静下来，问姚丽，王秘书把她带到哪里去了。姚丽的回答让何牧和窗外的我大吃一惊。

何牧说："姚丽，明天千万不能去了，那里是狼窝虎穴啊！"

"何牧，你别担心，我今天去见个面，王秘书给我换身衣服，明天开始，我就给梅野讲那本书，上完课就走，来回由王秘书接送，不会有什么危险。再说，我可以利用这个机会，多淘些日本人的情报，为我们的'猎日'顺利完成啊。"

"没有你给梅野讲课,我们一样能完成'猎日'。"

"可是,我相信给梅野讲课一定有助于'猎日'。"

"姚丽,我求你,别再去了!"

"何牧,这事你让我自己决定,好吗?"

何牧以静默表示反对。

我真想进去告诉姚丽,这事我和何牧一样的态度,不同意她给梅野去上课,我不能把她送进虎口里去。但我此时进去,何牧会尴尬,于是,我想先回去,改时间来跟姚丽谈这件事。想到这里,我转身走了,我不知道姚丽出于心灵感应,她不让何牧拥抱她,一是怕监视日军,二是意识到我在外面,更不知道我走的时候,她就站到窗口的一侧,目送我离去的身影,心里风起云涌。

回到宿舍,老马问我什么情况,我把听到的经过告诉老马,老马埋怨我道:"你怎么不进屋呢,你应该和何团长一起说服她,那是自投罗网啊。"徐德厚也说我做得不对,不能由着姚丽来,他要我返回诊疗所,打消姚丽的幻想。我说:"今天先这样吧,何牧已经做她工作了,给她点时间再考虑。"老马不置可否。徐德厚突然冒出一句令我尴尬的话,他说:"团长,你不是因为何团长在屋你不想进吧?大伙愣住了,老马打了徐德厚一巴掌,说:"你小子胡咧咧什么呢,也不看时候。"我假装咳了一嗓子,正色道:"我警告你徐德厚,再不分轻重缓急乱说话,我割了你舌头。"张永和和王一民似笑非笑,不吭声。徐德厚做出你那点小心眼我还不知道的神色,藐视我。

我说:"姚丽的决定不无道理,我们现在确实需要一个进入日军内部的人,只是此事突然,我暂时没考虑好。大家睡觉吧,明天再研究!"

第二天,王秘书按时接走姚丽。为遮人眼目,王秘书开着梅野的车接姚丽,去城里的路上,坐在后排的姚丽目视前方,正襟危坐。王秘书想打破沉闷的气氛，没话找话："姚大夫，您放松，神经绷得太紧，会影响讲课效果。"

王秘书这一找话，勾起姚丽心中所藏的疑问："王秘书，我想问你个问题。"

"与讲课有关系吗？"

"有！"

"说来听听？"

"梅野那本医书从哪里得到的？"

"这个，呵呵，说也无妨，我送他的。"

"你送的？"

"是。"

"王秘书，你真够大方的。你知道那是一本什么医书吗？"

"我知道。那本古医书是满族人写的，里面记录的满族人行军作战或打猎、樵采受伤后采用哪些草药治疗。简单地说，是满族人治愈红伤的经验总结。其中还有一部分蒙医、藏医治疗红伤的论述和配方。"

"王秘书，你知道你在干什么吗？"姚丽声音里已含怒气。

王秘书转动方向盘，躲避前路的坑洼石块。

"你又是从哪里得到的这本书？"姚丽不依不饶。

"这你就不必多问了。"

姚丽还要往下问，王秘书不答，姚丽便缄口不言，乘着黑轿车，一路驶向炭矿事务所。

3

梅野特地换了一身藏蓝色西装，扎一条银灰色暗条纹领带，整个人看上去斯文儒雅，颇有几分学者风范。他沐浴在办公室的阳光里，望着桌子上的《纳鲁草集》出神。王秘书领着姚丽进来，他迎上前躬身施礼："姚医生，这身衣服使您看上去精神倍增。"姚丽反应冷淡，不受梅野的客套。对一个战俘表现出的高傲，梅野显示出良好的修养，吩咐王秘书给老师备座，上茶。王秘书将一张椅子搬到梅野办公桌斜对面，请姚丽坐，又沏了一杯茶，放在旁边的小几上："姚医生，您请喝茶。"之后，拾起梅野桌上的书，双手递给姚丽。姚丽抚摸着散发着山林气息的古医书心潮起伏，想起小时候听爷爷提起的远祖库尔丹吉写过的那部神奇医书。爷爷说，当年满族人马背弓箭，驰骋丛林旷野，经常在狩猎和两军交战中受伤，他们的祖上库尔丹吉就根据山上的草药药性，自己配制密药，为作战将士疗伤，为大清军队的取胜立下汗马功劳。后来祖上把配制密药的方法记录下来，记下哪种药接天地灵气，生长在什么地方，什么形状，什么时候采集使用药效最佳，等等，耗了数年心血，才编成《纳鲁草集》，纳鲁，满语丛林的意思，那本书名的意思就是丛林里的草药集合。爷爷还说，关于这部书，江湖上广为流传，但从没有人真正见过它，因此也有人怀疑，世上根本不存在这部书。这也是姚丽答应给梅野讲课的另一个十分重要的潜在原因。现在，姚丽亲眼所见，这使她坚信，远祖库尔丹吉写下的满族医书就是这部书。

姚丽浏览几页内容，心中纳闷，医书上讲的配制方法令她感到困惑。书上讲的一百多味草药，生长在关东莽莽大山中，于山西出生长大的姚丽来说，有些也是理论上的熟稔，而实物无缘得见，尽管有生动的画图，姚丽也不能在脑子里形成它鲜活的枝叶花朵，无法完整说出那些草药的原生模样。出于对知识的尊敬，姚丽直言不讳地告诉梅野："梅野矿长，在讲课之前，我必须说清楚我对这本书的粗浅了解，我可能无法百分之百解读这本书，因此，难免有讲错之处。"

梅野宽怀一笑："姚医生，大可不必介意，我相信你的中医知识储备，讲错了也没关系。"

"那好，开始上课吧。"

梅野深谙关东地大物博，物产丰饶，他不想在某个细节上过细研究。不过，梅野偶尔会打断姚丽讲课，和她认真讨论一番。比如姚丽讲到"骨节草"，梅野饶有兴趣地说，为什么叫骨节草呢，是根据它的作用起的名，还是根据它的形象起的名？姚丽说，或许都有吧，这种草生长在树冠下，通常铺延成一片，像浓缩的竹林一样，但没有叶子，上下一根茎，它的药用价值是接骨，主治骨骼的跌打损伤，特别是红伤，比云南白药的效果更好。梅野茅塞顿开，感慨道，天下之大，无奇不有啊。姚丽适时跟进一句，是的，关东沃野千里，寄生什么样的物种都不稀罕。梅野工学博士出身，如何听不出姚丽暗讽他海盗底子，井底之蛙。脸色变了一变，旋即笑道，姚大夫言之有理。

一天的课讲完，王秘书用日语问梅野，姚大夫讲得如何。梅野流露出满意的神情。王秘书一副马屁拍正了的欢喜，说，梅野矿长，我先把他送回去。梅野点点头。王秘书转身要带姚丽走，梅野忽然喊他："王秘书，等一下。"

"矿长，您还有事？"

"姚大夫课讲得很好，我想送点礼物感谢。"

"矿长，您打算送他点什么？"

梅野做沉思状。王秘书眼珠一翻："矿长，我倒有个主意。"

"嗯？"

"抚顺城有家叫作'乌记喇嘛糕'的点心铺，风味独特，我看，您就送他一包喇嘛糕吧。"

"什么叫喇嘛糕？"梅野有点儿蒙。

"满族人的一种面食，相当于蛋糕。"

"好，这事由你办吧。"

"好咧。"

王秘书乐颠颠地带着姚丽下楼,到院子里启动了车子,穿越中央大街,拐进西一番町的城区。姚丽心中狐疑,车子不往回开,怎的开到这里来了。王秘书也不多言,在一家古色古香的点心店门前停车熄火,两手按着方向盘,歪头瞅了瞅姚丽:"我呢,打算下去买点东西,你稍等一下。"姚丽一副无所谓的神态。王秘书下了车,掏钱买两包喇嘛糕,又去附近买了一包烟,然后,朝城外的西露天矿驶去。

初春时节,城外到处流淌着融化的雪水,向阳坡地已裸露乌黑的底色,但远处的山峦仍白茫茫一片,看起来,春天要爬上山顶,尚需些时日。北山脚下自东而西的浑河仿佛一条温润的玉带,泛着初春的蓝莹莹的光泽,把抚顺城一分为二。姚丽专注于原野的风光,想着无限心事,她想到毫无进展的'猎日',想到不知何去何从的感情,心中有些茫然。喜欢和姚丽饶舌的王秘书这会儿也不说话,姚丽用眼角余光瞄了他几次,均见他面部表情出现少有的端正。心想:"这倒奇了,一副立地成佛的样子。"

"刚才我下车买东西,是你逃跑的好时机。"王秘书目视前方,突然和姚丽说。

"我没想跑。"

"我估计你不会跑,所以我车门都没锁。"

"你怎么知道我不会跑?"

"第一,你的战友在矿里,你不会做让他们为你担忧的事;第二,你不熟悉抚顺城的情况,跑也跑不远。"

"你神机妙算。"

王秘书焉能听不出姚丽的讽刺,居然还得意忘形。姚丽哭笑不得,这人脸皮真够厚的,怪不得他在日本人那里吃香。"你在骂我脸皮厚吧?你说,我脸皮不厚,我在日本人堆儿里能吃得开吗?"姚丽瞪圆了眼睛。"我不是神机妙算，是我练就了一双火眼金睛。哈哈。"姚丽真被王秘书吓着了，心想这是什么人啊，鬼里鬼气、阴阳不定的。

回到诊疗所，姚丽下车，头也没回，迈步就走。"姚大夫，等等！"王秘书叫住她。

"还有事吗？"姚丽拧着眉毛问。

"梅野矿长有点小礼物送你，感谢你的辛苦。"王秘书嬉皮笑脸。

"给他拿回去！"

"哎，姚大夫，这可是抚顺城有名的喇嘛糕啊。"

"什么糕也不要！"

"姚大夫，话别说绝了，也许，你饥饿到极点，这东西就用得着了。"

王秘书拎着油光发亮的纸包，递到姚丽面前。姚丽这才注意，纸包外表是土色糙纸包的，上面覆一张大红的玻璃纸，印着"乌记糕铺"的戳子，四四方方，细纸捻绳拦腰捆扎，显出名店家的细致。"这东西你用得着。"王秘书盯着姚丽，重复了一遍。姚丽看了王秘书好一会儿，接过纸包。

第十六章　我和许大哥一家

1

我去诊疗所的时候，姚丽在灯下挑选草药，准备晚上煎熬。铁锅里烧着的水已经镶边儿，吱吱地响，水蒸气从破锅盖的四圈冒出来，袅袅升腾，把姚丽包裹在水雾中。"姚丽。"我反手关门，喊她。姚丽见是我，放下手里的草药，面带笑容。

"这两天怎么样？"

"挺好的，梅野有空就派人来接，讲完课就回来。"

"姚丽，我赞成何牧的意见，你不能去。"

"你俩不能强行干预我的决定。"

"你这个决定太危险！"

"我只想'猎日'顺利完成！"

"你别忘了，我是团长！"

见我急了，姚丽软下来，讲了她的想法。她说，她想借机摸到煤矿针对高级视察团的安排，这将有助于实施'猎日'。我承认，姚丽的想法是正确的，我们需要摸着对手的脉下药，姚丽在梅野那里，获得有关顾问团的消息机会多，但从感情上讲，我不愿她冒这个险。

"好啦，我已经决定了，你放心，我不会有事的。"姚丽柔和地说。

我说："既然你的主意已定，那我正式命令你，一切为了'猎日'，一切从安全角度出发,千万多加小心,明白吗?"

"明白!"姚丽的眼睛熠熠。

"刚去这段时间,你首先要做的是熟悉环境,留心他们的对话、电话和文件往来,梅野的办公室是信息源,这些东西你要特别上心,适当利用一下王秘书。"

"好。"

"做事要谨慎,隐蔽好自己,重大事情及时和我沟通。"

"明白。"姚丽说:"对了,你知道我给梅野讲的那本书是什么吗?"

我说:"什么书?"

姚丽说:"我祖上写的那本满族医学奇书,那书上有我远祖的名字!"

我大惊:"这么珍贵的书,怎么落在他手里?"

姚丽愤愤地说:"都是那个该死的王秘书,他不知道从哪里弄来的,为哄梅野高兴,就给了他!可是,我真的很纳闷,那本书明明是我远祖库尔丹吉和他的结拜兄弟杨古尔所著,怎么到了王秘书手上呢。"

我说:"时隔几百年,谁知道中间有多少曲折呀!"

姚丽说:"不管有多少曲折,我也要把它夺回来!"

我说:"姚丽,千万不可硬来,别让我为你担心。"

"知道了。"姚丽看着我,目光如水。我伸出手,握了握她的手,她垂下头去,羞涩的样子。我怦然心动,很想把她拥在怀里,像抚摸一只小鸟儿的羽毛一样抚摸她的头发,但我克制住感情的冲动,把浮沉在欲望潮水中的自己拽上岸——此时不是表达感情的花前月下,哪怕合适放纵情爱的静寂山野或清秋下的草垛也不是,我故作镇静,嘱咐又嘱咐她,才离开诊疗所。

晚上,其他人都睡了,老马问我,姚丽什么想法,我说了她的打算。老马万分感慨,他说:"战争就是个魔鬼,篡改了人的天性,吞噬了善良和美好,创造了各种各样的邪恶。你看那些丧失人性的日军,他们没当兵之前,不都是各操其业的平民吗,一穿上军服,摇身变成政治集团的筹码,再做人就禽兽不如了。咱们的姚丽,一个柔弱的女孩子,她本该是一名悬壶济世的优秀中医,这场该死的战争却给她磨炼成一名勇敢的战士,而我们又有多少人和她一样啊,为了家园国土的安宁,一个人,一家人,一个民族走上战场。"老马说得我差点落泪,他说出了一个事实,在家园被人炼成焦土的时候,命,就格外珍贵,但又十分脆弱,一条命的死与活,也变得意义非凡。我说:"姚丽现在是一名可敬可爱的战士,今后我们要完成'猎日',真需要她深入虎穴。另一方面,我们必须搞到炸药,不然无法进行。"老马问我,炸药的事情有没有什么新思路,我说:"我考虑得不太成熟,实在不行,还到城外搞,设法混进来。"老马说:"不到最后,不可用这个办法,苏排长说了,日军检查太严,没空子可钻。苏排长虽然进城方便,但来回携带东西有日军和哨卡层层把关,想带回炸药势必如登天,再则,他不可能一次带回来全部炸药,倘若分散携带,危险性大大增加,万一中间出现纰漏,前功尽弃。"我说:"那就只能想法搞第二道库门的钥匙。"老马说:"逮机会问问何牧,看他有什么思路,大家多开动脑筋,总会有办法的。"

2

我和老马谈到天光微曦,吃过高粱米掺沙子的早饭,在凛冽的初春清晨去西露天工区干活。这一天,我们原本要寻机会跟何牧进一步谈谈我的想法,但是,上午何牧就被抓走了。

小川省略了掩饰动作,直接以干活偷懒为由,把何牧从工作区投入矫正辅导院。那里距离西露天矿很远，要翻过我们埋死亡战俘的那条山沟，再向南走，在一个叫新屯矿区附近的山坳里。当时，我还不清楚矫正辅导院的含义，后来才知道，那里关押的是日本人认为的重刑犯，比我们战俘营还苦，关押进去的人几乎没有生还的。

何牧被抓走，我极度焦虑，我不知道何牧在矫正辅导院遭受哪些摧残，为他的生命安全担心。就在这内外交困的时刻，战俘中又起流言，说何牧被抓是受我们连累，根子在埋葬战俘、带领华工砸劳务系等一系列事情上。陈校因团长被抓急火攻心，到了不辨是非的程度，恨我们一个大疙瘩，不理睬我们，我想给陈校解释一下，老马劝我，陈校在气头上，说什么也没用，闹不好会起反作用，等事情淡一淡再说。

我不敢把何牧改押的事情透露给姚丽，叮嘱大家瞒着她，瞒一天算一天。但姚丽还是从陈校那里得到消息，她哭着问我，能不能救出何牧。我不忍心许她一个虚幻的承诺，我说，至少暂时毫无办法。姚丽哭得更厉害了，她说："你是不是不想救他？"我理解她的不讲道理，我说："姚丽你误会了，请你理解。"姚丽贴近我怀里，低声抽泣，我抚摸着她，舒缓她的激动。我能感觉到，姚丽对何牧的感情多了些少小无猜的纯洁，而对我，爱慕的情愫更多一些。

走出诊疗所，夜色已晚，满天星斗晶莹闪烁，而我的周遭愈发昏暗。我放慢脚步往前走，让发胀的头脑在夜晚获得些许清醒，我真的烦躁，炸药的事还没有头绪，何牧又失联，刘营长生死不明，抚顺县委的同志没一点信息，日本人的高级视察团什么时候来也一无所知，接下来怎么办？我脑子乱成糨糊。

回到宿舍，我们研究下一步行动。我把下一步的任务分为三部分，按顺序，首先搞炸药；二与城里联系，获取日本高级视察团启程和到达时间；三如何救出何牧。我想，搞炸药不是一天两天能办妥的事，福康药铺现在不安全，我们与上级组织的联系也处于睡眠状态，那么，还有没有其他的联络方式？何牧还可以再拖一些时间，毕竟他刚送进去，一切都有待了解情况后定夺。我说，前两项可以考虑同时进行，何牧那边，只能逐步探听了。

老马说："何牧不在，盗火药库光靠我们自己恐怕不行。"

我说："大家想一想，办法都是想出来的。"

徐德厚说："我看呐，咱还得找找范书记，现在不是没他的死讯么。"

徐德厚一句话提醒了我，如果找到范书记，刘营长的事情自然水落石出，了解矫正辅导院的情况就不那么难了。但是如何找范书记呢，关键在于，王子祥现在也说不清范书记的下落，他被日军监视，行动不便，而且，我对王子祥一个人逃出虎口持怀疑态度。综合来看，孤立无援的状态下，我们只有把自己托付给自己了。我心里打定主意，对老马他们说，这一次，我亲自进城。大家反驳无效，举手同意。

3

我们求谭老大弄来一身普通工人的衣服和证件，我穿上这身衣服，夹在下班出矿的工人中蒙混过关。我经过东乡矿坑和几个郊区村屯，等于围着城转半圈，才沿西公园和东公园之间的市内道路进城。我按照苏排长画的路线图，寻找到许大哥的菜摊子，谎称苏排长的老乡，到城里办点事。许大哥二话没说，吩咐老伴炒几个菜，备晚饭，自己张罗着收摊子。

许大嫂做好饭，摆上炕桌，许大哥烫了一壶老酒，说给我暖暖身子。我和许大哥面对面，盘腿坐好，刚拿起筷子，我说："大嫂呢，过来一块吃。"

许大哥说:"老娘们家的,不能上桌陪客。"

我一笑:"许大哥也有家规呢。"

"国有国法,家有家规。"

说话间,许大哥给我倒了半碗老酒,酒很烈,辛辣味直冲鼻子。许大哥说:"咱家没好的,这老酒管够儿喝,驱驱寒。"

我端碗和许大哥碰了一下,仰脖喝一口,一股热辣辣的东西直灌肺腑,不一会儿,脚底板也发热了。

"许大哥,这酒真好。"我忍不住赞道。

"对脾气吧?咱抚顺人呐,是大烟泡子风大冒烟雪灌大的,不稀罕绵软的东西,爷们娘们都稀罕赶劲儿的,吃咸菜蘸大酱,粘火勺拿大泥缸装,就是死了爹妈老爷们,老娘们哭坟都是扯开大喇叭嗓子拖着长腔嚎。"

许大哥说得我笑起来:"许大哥,抚顺人性子够烈的。"

"那可不,那都是烟泡子风冒烟雪咸菜大酱养的。"

我想,许大哥真是性情中人,如果争取他参加'猎日'计划,对我们太有利了。苏排长也有这个意思,他曾说,通过几个月来的接触,他相信许大哥人品靠得住。想到这里,我有意把话题往抗日上面引。

我说:"许大哥,你和大嫂是当地人吗?"

许大哥夹了一筷子菜,放到我的碗里:"俺们家是抚顺老户,到我这辈子,好几代人啦。"

"许大哥你原先就住城里吗?"

"说来话长。俺们家是被日军集家归屯逼的没地方住,搬到城里来做小买卖。"

"搬城里多少年了?"

"快十年光景吧。"

"是不短了。"

"说来话长啊，'九一八'事变后，辽东兴起义勇军，浩浩荡荡十来万人，把日军打急眼了，出动飞机大炮，又是封山搜山的，断义勇军的粮食，让他们没处躲没处藏，就这么把我们全赶下山。"许大哥喝下几口酒，打开话匣子："那时候辽东义勇军可厉害着，东边道这嘎达名声响当当的，有赫图阿拉城的李春润兄弟俩、王彤轩、梁希夫。李春润司令是张少帅的部下，他的顶头上司是原东北军第三十军军长于芷山，日本人导演'九一八'事变，于芷山公开降日，被任命为'东边道自治保安司令部'总司令，老贼就给旧部下李春润写招降信，李春润撕了信，大骂于芷山，在赫图阿拉举事起义，领着山城的汉子抗日。后来，他直接受唐聚伍总司令管辖，领着好几万义勇军辗转通化、宽甸、桓仁一带打鬼子，小鬼子吓破了胆，遥山没（mò）岭地剿匪。义勇军和小鬼子干得最凶的一仗，是一九三二年的八月十五那天下晚，李春润司令的弟弟李春光和王司令、梁司令领着义勇军三面杀进抚顺城，放火烧了煤矿，要不是小鬼子事先得信儿，男女老少猫进采煤巷道，还不知消灭他们多少呢。"

我说："许大哥，你记性真好，义勇军哪年打进抚顺城你都记得。"

许大哥脸色涨红，咕咚咕咚喝下半碗酒，空碗往桌上一戳："我死也能记住！"

"许大哥……"

"兄弟，血海深仇啊！"许大哥的眼圈红了，拿手背狠狠揩了一把："义勇军打抚顺城第二天早晨，抚顺城的日本宪兵加上矿区巡警、日本警察，就把矿区边上的平顶山村人全圈到村外的放牧场，拿机枪突突了。机枪突突完了，阴毒的小鬼子又来第二遍，受伤没断气儿的拿刺刀扎，怀孕的女人开膛破肚，挑出来孩子串糖葫芦，血流得呀……"许大哥哽咽着，说不下去。

"村子里有多少人？"

"也没细数目，让日军杀绝了，要按户口算，估摸着三千多吧。小鬼子是狼啊，杀完了人，放火烧，烧完觉得不行，放炮崩山，把尸首埋了，上面撒上草籽。村子也给烧了，矿里出车给连根铲平，啥证据也没了。"

我听得心头发颤，想起南京大屠杀的人间惨剧，我说："许大哥，这笔债我们会叫他们还的！"

许大哥说："兄弟，你说，这么大的恨，咋能忘啊？呃，对了，现在的宪兵队长小川，就是当年屠杀平顶山人的刽子手，那时候他是小队长，杀完了平顶山人，他就变大队长了。"

"许大哥……遇难的人里头，有你的熟人吗？"

"我亲兄弟，你大嫂的娘家人，好几口子呢。"

许大哥说到这里，一旁的许大嫂呜咽落泪，我不知如何安慰他们夫妻俩，这样的仇恨累世难消，如果简单几句话能让人心平气和，那太可笑了。"兄弟，我真想有人给我支枪，我突突死他们，一命换一命！"

我脑海里萦绕着钟团长的遗言，我说："许大哥，咱不能一命换他们一命，咱得弄死他们，咱活着！"

许大哥揩干眼泪："兄弟，你们要有什么用得着我的地方，尽管言语。"

"许大哥……"

"我早看出来，老苏不是一般人。你也是。"

我没想到许大哥看似粗糙，实际颇有心计。话到此处，我再瞒他，就失去许大哥的信任了。我说："许大哥，实不相瞒，我这次来，想找一个人。"

"找谁，我帮你。"

"范秋明，李记豆腐坊的老板。"

"他好像不在宪兵队了。"

我惊讶许大哥对此事的反应平淡，想他必然了解一些抚顺县委救人失败的事。我说："许大哥，你怎么知道他不在宪兵队了，他关押到什么地方？"

"我听说，小川没杀死范书记，秘密转移到别的监狱了。"

"这个消息可靠吗？"

"估摸着是。说这话的是高林茂的外甥老述子，有一天他来我这买菜，杂七杂八的买了不少。我就问他，买这么多菜一时半会儿吃不了不怕坏啦。老述子说秃噜嘴了，说高尔山那边关了个人，高林茂命他们严加看守，吃喝拉撒都在那旮旯，谁也不准离地方。我琢磨着，抚顺县委攻打宪兵队失败，全抚顺都知道，除了死的，活的就剩范书记，不是他还有谁。"

我觉得许大哥的分析有道理，由此我更深信自己的判断，就是刘营长牺牲了。但我不能凭猜测就认定关押在高尔山下秘密监狱的人是范书记，需核实才行，还有，小川为什么把范书记转移到秘密监狱？这里面隐藏着很多问题，比如是不是怕范书记被人营救，要么高尔山监狱那里有什么非人手段，他要利用那些刑罚摧毁范书记的意志，还是他设的一个圈套？我反复思考这些事情，心想，既然来一趟，尽量查清楚事实。我说："许大哥，我出来一趟不容易，你能不能帮我了解一下，关押在高尔山秘密监狱的人到底是不是范书记。"许大哥一口应承，说，老述子跟他约好，这几天给送菜。这样的话，他明天就去。

吃过饭，我躺在许大哥家的炕上，自山西到抚顺，这是第一个安宁的夜晚，许大嫂把火炕烧得热乎乎的，烙得我冒汗，浸透到骨子里的寒气蒸发出来，感到浑身舒服。然而，我毫无睡意，我想到福康药铺的王子祥，在整个营救过程中，为什么仅有他一个人逃出来？他在宪兵队，怎么逃脱小川的刑审，没有暴露真实身份？我问过许大哥，福康药铺的王老板为人如何，许大哥说："那人不错，凡去看病抓药的人，对他评价都很好，就是这次让他表弟给牵连了，差点送命。"许大哥问我："你打听王老板干什么。"我说："他和范书记的事有关，我想去找他。"许大哥："哎呀，你可别去，万一小鬼子在那儿布下哨探，你不是自投罗网吗。"我被许大哥的真诚感动，心里更加坚定将他吸纳到抗日队伍中的想法。

第十七章　意外之外

1

近些日子，因为"猎日"的事，高林茂也被小川折腾得够呛，虽然目前连"猎日"小组的毛也没抓着，但抚顺县委彻底破获，高林茂亦觉脸上有光，在小川面前敢直腰板了。高林茂给自己晾宽心，"猎日"分子没抓着，也不是我一个警察署的事，你小川能耐大，要没我高林茂，你他妈连抚顺县委藏在哪儿都摸不清。但小川把范书记移押到高尔山的秘密监狱，高林茂则拍破脑瓜皮也没想出来为什么，"王八羔子操的，小川打什么鬼主意呢？"高林茂深知小川诡计多端，背地里总防着他一手，所以，对于范书记转押高尔山秘密监狱，他格外重视，命令看守警员们，眼珠子瞪大点，别一天到晚吊儿郎当的。

处理完这件事，高林茂顿觉肩头一轻，身体里的一根中枢神经像被刺毛虫拨拉似的，抓心挠肝地痒痒，害得他坐不住立不住。高林茂解开衣襟，两手叉腰眺望窗外，冬雪已从高处隐退，一片片房屋露出青色小瓦的屋顶，杨树泼泼辣辣将树枝伸向四面八方。而在这些景物的远处，是多角尖顶的日式楼房，扎进高林茂的眼睛里，他再也待不下去了，抓起办公桌上的大盖帽，不分前后地往头上一扣，心急火燎冲出门去。

半个多小时后，半裸的高林茂怀里偎着衣衫不整的禾子。高林茂一手端着酒杯，一手摸索着禾子，高林茂醉意朦胧，语无伦次："心肝儿呀，你可想死我了，大爷我……我睡觉都搂着你。"禾子飘着眼神儿勾搭高林茂，她的发髻散乱，一绺头发遮蔽半张涂着胭脂的脸，高林茂伸手替她拂开，顺势探进禾子的前胸揉搓。禾子笑得更加放荡，拽过高林茂握酒杯的手，夺下酒杯，往旁边一扔，然后扣住高林茂的手，放在自己的腿上。高林茂血往上涌，禾子故作娇嗔，气喘吁吁，逗弄得高林茂着实失控，剥掉禾子的衣服，一头栽了进去……

高林茂死鱼似的趴在禾子身上，老半天没动弹，禾子被压得喘不过气，往下推他，他才一咕噜滚到榻榻米上，光着身子，长一口短一口地捯气儿。禾子翻身坐起，一件一件套衣服，这时，高林茂忽然发现禾子手上的戒指没了，搬过禾子的手，问道："禾子，戒指呢？"

禾子的脸浮现阴云："不戴了。"

"大爷送你的，为什么不戴了？"

"是……是……"

"是什么？"高林茂坐起来。

"小川队长知道。"

"你说谁？"高林茂以为自己听错了。

"小川队长，知道，你的送我戒指了。他说……"

"鳖犊子玩应！我他妈……"高林茂话到半道，咽了回去。

禾子说了小川前一阵来玩的事，高林茂满脑门子淌汗，他万万没想到，小川阴差阳错和自己穿了一条裤子。

高林茂飞也似的离开日荣书馆。

2

我在抚顺城里侦察地形，为"猎日"完成后的撤退做准备。我先去火车站仔细观察内外环境，觉得四周比较杂，距离日本人的炭矿事务所太近，宪兵队也离得不太远，如果我们逃出露天矿，到这里上车，日军里外一封，我们前后无路，只能束手就擒。另外，从矿区到火车站这段路也很远，若没有汽车，光凭两只脚跑，半道就得遭到堵截。就算有汽车接应，日军的警备力量也有充分时间备战，只要我们一露面，必被火力封死。我回想起苏排长说的，可考虑浑河北岸，沿北面绵延的山峦直奔奉天。想到这里，我拔脚朝浑河北岸走去。从火车站到浑河边，步行大约十多分钟，一条大河横陈在我面前。这条河宽达百米有余，一座大铁桥南北贯通，初春时节，浑河的冰层幽蓝中泛绿，风将厚冰吹薄，绽裂白色的桃纹酥。我眺望着大铁桥，心里盘算，西露天矿距市区较远，如果我们不乘火车走，断无从桥上通过的可能，那么，最稳妥的办法是我们从西露天矿一跑出来，设法就近越过浑河，向北山疏散。这样的话，我们布置个假象，声东击西，逃脱日军追捕……

勘察好地形，我决定去福康药铺，无论如何，我要见见王子祥。

我一路打听，来到福康药铺，店里只有一个小伙计在，我猜测应该是满仓吧。"客官，您要点什么？"小伙计隔着柜台招徕生意。

我说："你们老板在吗？"

"他有事出去了。客官，您抓药找我就行，您把药方子给我看看。"满仓爽快地说。

"我不抓药，我想找人。"

"您到我们铺子里找什么人呢？"

"找个叫满仓的小伙计。"

"客官，您找他干什么？"满仓警觉。

"你就叫满仓吧？"

"客官，您咋知道我叫满仓？"

"我知道你很多事。"

"客官，您究竟是谁？"满仓有点紧张。

我环顾店里店外，一时无人，便凑近满仓："满仓，别问我是谁，你能不能告诉我，前些天你们店里出事的经过？"

"我为什么要告诉你？"

"你必须告诉我，否则会坏大事！"

"啊？"

"你认识卖菜的许大哥吗？"

"认识。"

"回头你找许大哥，问他我是谁。但现在我不能告诉你！"

满仓万分惊愕，看了我很久："我没什么该告诉你的，客官，你要抓药，我现在就给你称，打听旁的事，您问别人去吧。"满仓警惕性蛮高，让我又佩服又着急，而且他越这样，我越觉其中必有曲折。我想，得设法让满仓开口，他的话，比王子祥的话更有可信度。于是，我和满仓兜底，说我认识老刘，我俩之间有个很重要的约定，如果不找到他，事情非常棘手，甚至许多人会丢掉性命。满仓将信将疑，欲言又止。我继续说，老刘什么时间来的抚顺，都见了谁，做了哪些事，他长得什么样等等，我还说，老刘曾经告诉我，满仓是个好孩子，为抗日做了很多有益的事，如果他不在了，有什么事情可以找满仓。我说的一个细节都不错，满仓吃惊地说："这些事你怎么知道的？"我说老刘告诉我的，满仓更糊涂了，说老刘出事前从没离开过药铺，他什么时候告诉你的？我说："我只能跟你说这些，你一定要相信我！"

满仓见我神色凝重，就讲了他亲眼所见和亲身经历的事情。我悲伤难抑，尽管之前我已有刘营长牺牲的精神准备，但心里又存一丝侥幸，一旦证实了，我的痛苦如针刺脊髓。同时，我心头疑云密布，对王子祥的问号也更大了，思索片刻，我对满仓说："我走以后，你可以跟王老板说，今天有个陌生人来，问起他被抓的事。"

"为什么？"

"以后你就知道了。记住，一定要说来了个陌生人，我认识你许大哥的事绝对不能说！"

满仓望着我："你到底是谁呀？"

我说："满仓，记住，我是打鬼子的！你恨鬼子吗？"

满仓的眼泪就涌上来："恨！我爹我娘我妹妹，都叫鬼子祸害死了。"

我说："那好，满仓，以后我一定告诉你我是谁，记住我的话了吗？"

"记住了。"

"好。我走了，谢谢你满仓！"我转身离开福康药铺。

3

许大哥已经在等我。许大嫂见我回来："你许大哥惦记你，一个劲儿念叨，怕你有啥意外。"说完，扎上围裙进厨房做饭去了。许大哥在挑菜，端个小板凳叫我坐下，我顺手拿起一棵白菜，揪掉有腐坏的地方，堆在脚底下。就这样，我和许大哥在菜棚子里碰情况，许大哥说："弄明白了，关的就是范书记。"

我心里敞开一扇门："许大哥，你怎么搞清楚的？"

"我去送菜的时候，偷问在厨房做饭的师傅，他是我老邻居，我问他：'关着多大人物啊，兴师动众的，一买菜买一车。'我老邻居说：'还能有谁，李记豆腐坊老板呗。'我说：'这扯不扯，日军抓人抓疯了吧，做豆腐的都开抓了？'我老邻居说：'人家可不是真卖豆腐，人家是共产党，挺大的官呢，说是抚顺县委书记。'我一听，这不对上卤子了，赶紧问："你咋知道李老板是共产党的大官呢？"我老邻居说："那帮警察吃饭时叽叽喳喳咬耳朵，我听着的。"我说："照这么说，兴许是真的。"我老邻居说："什么叫兴许，那叫千真万确。"

许大哥的这番话使我确信，范书记一定关押在高尔山的秘密监狱。许大哥见我不吭声，以为我不信："兄弟，你看他这话儿有准没？"

我说："许大哥，谢谢你！你做了一件大事。"

许大哥说："什么大事，只要能帮到你们，我就高兴。"

我说："许大哥，那你问没问，范书记具体关在哪个地方？"

许大哥说："问了，范书记关在靠山根后数第二间，那里前面平坦，东面有条大壕沟，西面有个小水库，后面，也就是北面靠山，一码乌黑乌黑的杂树林子。"

我说："许大哥了解得真细致。"

许大哥说："别忘了，我山里人出身，左右方位一照量就八九不离十。"

我说："许大哥，你熟悉高尔山一带的地形地貌不？"

许大哥说："熟悉。你有下步打算？"

我说："许大哥，我想把范书记救出来。"

许大哥说："这可不容易。我数了数，怕有二十来个伪警察呢，每人一条枪，二十来条，你赤手空拳拿啥救？"

"你咋知道他们有二十多个人？"

"我暗地里数了他们的碗筷，虽然没有准数，可也差不离儿。"

"许大哥，你愿不愿意帮我？"

"兄弟，事到如今，我也不瞒你，你许大哥当年参加过义勇军，所以，你要认我这个老哥，有什么为难事就跟我说。"

许大哥竟然是当年的义勇军，让我敬佩之情油然而生："许大哥，你哪年参加的义勇军啊？"

许大哥说:"平顶山事件之后,我满心生恨,就约几个哥们,跟东边道义勇军走了,后来日本日军满山清剿,打散了我们,辽东义勇军分化成很多小股,有些遇上杨靖宇将军,跟着抗联走了,有一些被义勇军将领收拾残部,进关找国民党部队去了,像我们这样掉队的,只好回家各操旧业,可心里燃着的火,从来没灭呀,兄弟!"

许大哥说得我眼窝发热,我想,既然许大哥是当年的义勇军,就不必再有顾虑,和盘托出自己的设想:我想找几个人,趁黑从山上下去,直插关押范书记的房后,在后墙挖个洞,神不知鬼不觉救走范书记。这个计划听起来有点悬,但值得一试,前提是,我们找的人必须是挖墙盗洞的高手。许大哥被我的主意震住了,我的这个想法违反常理,监狱的墙壁是加厚墙,一律青砖到顶,严丝合缝,岂是几锛子几斧子撬松得动的,再说,深更半夜的挖窟窿,动静一传老远,看守警察一听见,谁还跑得掉。不过,许大哥没有否决我,而是表示尽一切力量帮助我,把他熟悉的人在脑海里筛选一遍:"我想起来,有几个人能干这事。"

我惊喜:"许大哥,太好了!"

"不过你可别笑话,他们都干过义勇军,后来和我一样回了家,因为生活所迫,干起盗墓的勾当,这行当有点儿见不得人。但掏墙挖洞一干一个准。"

"许大哥,我不计较。谁干这行也是为生活所迫。"

"是呀,他们穷得没办法,才跟死人讨生计。"

"许大哥,事情就这么定了,明天我回矿上去。"

我和许大哥确定好救范书记的时间、参与营救人员及步骤,等等,已经深夜了。我和衣躺在炕上,盖着许大嫂铺好的麻花棉被,内心温暖而踏实,一觉睡到鸡鸣三遍。为了混在工友中一块回矿区,我没吃早饭,许大嫂怕我顶不住一上午的重体力劳动,硬给我怀里揣两块大饼子，叫我路上吃。

我告别许大哥夫妻俩，出了抚顺城，沿路往矿里走去。这时，东方发白，头一天融化的雪水在夜晚凝成薄冰，一脚踩上去，倒立的冰碴咔嚓咔嚓脆响。我大口呼吸着凉空气，觉得那么清新，没有矿区上空漂浮的煤味。这是几个月来，我呼吸到的最透彻的空气，仿佛荡涤了五脏六腑的腌臜，也是我数月来最愉快的清晨。我心里兴奋，脚步轻快，我想快点见到同志们，营救范书记，打探到何牧下落，我们尽快做好准备工作，只等日本高级视察团一到，内外联合，完成"猎日"。我一边走，一边摸摸怀里的饼子，我不舍得吃，想着分给大家——想象着大家吃饼子的快乐，我心里春风习习。

回到矿区，老马告诉我的第一件事，就是徐德厚出事了。

我兴冲冲地掏出怀里焐热的饼子："大家过来，有好吃的啦！"

王一民、张永和一声不吭凑过来。我说："哎，徐德厚呢？"

老马沉痛地说："他出事了。"

"出什么事了？蹲禁闭了，还是被砸伤了？"我的心一下子提到嗓子眼。

"对不起，团长，我没能尽到责任。"

我把饼子往张永和怀里一塞，抓住老马："老马你快说，徐德厚怎么了？"

"他去偷炸药，被小川抓走了。"王一民闷闷地说。

"什么？谁叫他去偷炸药的？你们，你们为什么不看着他?！"

我真火了，我们五十六团从乌梁冈下来，统共就剩这个几个人，照这样下去，最后我们一个也剩不下。我们死绝了，钟团长他们就是白死了，他妈的！

老马歉疚地说："别责骂他俩，这事怪我，我没看住他。"

"团长，他一直瞒着我们……"

第十八章 午夜的星星在说话

1

我进抚顺城以后，徐德厚铤而走险，瞒着老马和王一民、张永和，约上伍元，深夜去火药库偷炸药。那天晚上，他俩躲过战俘宿舍的日军岗哨，摸到火药库，徐德厚叫伍元给他放哨，他去偷炸药。徐德厚藏在暗影中，学一声夜猫子叫，守库宪兵闻声一激灵，摘下肩头的枪，四下观望。徐德厚趁日军分神，疾步奔过去，从背后搂住日军，卡住他的脖子，日军便栽倒在地。徐德厚解下守库日军的钥匙，打开第一道铁门，等他打开第二道铁门，猛然听得洞外叽里呱啦地吵叫，伴随着杂沓的皮靴声。徐德厚心知，一定是矿警巡逻队发现异常，过来检查了。徐德厚无处躲藏，徒手和矿警巡逻队搏斗，撂倒两个巡警后，寡不敌众被俘。

躲在暗中的伍元见势不妙，避开巡逻队视线，撒腿跑回宿舍，叫醒老马他们，说徐德厚出事了。

"大致过程就是这样。"老马以从未有过的沮丧对我说。

"这些是伍元说的吗？"

"对。"

"伍元说没说，徐德厚约他偷炸药，目的是什么？"

"我问了，伍元说，徐德厚说他要回家，偷点炸药，留着防身。"

"伍元呢？"

"在那边干活呢。"

"一民，你去叫伍队长来。"我说。

王一民答应一声，借着撮煤，挨近伍元，说我要找他。伍元左右看看监工，朝我蹭过来，一副手脚没处放，又歉疚又伤心的样子。没等我开口，伍元检讨了："对不起呀老李，我不该瞒着大伙儿，当时我也想跟老马透露了，但我怕事情黄了落徐兄弟埋怨，我夹在中间两头为难，你看看，到底还是出了事。"这话明里是检讨，实际上推脱责任，我心里懊恼，却不好发作，毕竟伍元不是自己的同志，话深话浅相互能担待，且我一直对这个人有疑虑，就更不能使性子耍威风，我忍下气："伍队长，不说这个了，我想问你，德厚什么时候约你去偷炸药的？"

"你不在的那天。"

"他都和你说些什么？"

"他说，他想回家，弄点炸药预备防身。"

"火药库看守那么严密，你们俩去偷，等于往枪口上撞，你没劝他？"

"我劝了，我说等你回来商量一下，他不干。他说你回来他就偷不成了，更别想独个儿回家。"

"这么说，是徐德厚硬拉着你去的？"

我逼视着伍元，伍元没吱声。我说："徐德厚偷炸药的时候，你看没看见巡逻队来？"

"看见了。"

"那你为什么不警示他？"

"巡逻队来得快，我来不及警告他呀。"伍元很委屈："老李，我是跑了，可我跑是回去给老马他们送信。再说，我就算不跑，我冲上去又顶什么用？日军巡逻队又多抓个人罢了。"

伍元让我无言以对，他说的是，假如他不跑，上去帮徐德厚，也是两人一同被俘。

"好了老伍，你也别难过，这事不怪你们，是德厚自己惹的祸。唉，我不知道他要回家，要是知道他心里想这个，怎么也得动员大伙劝劝他，叫他打消这个念头。"

伍元听我没过多责备他，便附和道："可不是咋的，老李，我也劝了，可没劝住啊，他说有人逃跑成功了，他也想跑……"

我记挂着徐德厚，心里像压了一块千钧重的巨石，夜深人静时，月光温润，夜风把声音挂在窗外，我坐在破桌子前，皱紧眉头。徐德厚被抓走两天了，小川不会轻饶他，肯定想方设法撬开他的嘴巴。如果徐德厚不招，不知要吃多少苦头。"唉，德厚，你的心我理解，可你太冲动了。"我叹息，心中焦虑，甚至对能不能完成"猎日"行动产生动摇心理。

"熊团长，睡不着？"老马见我不睡，起来在我对面坐下。

"老马，我这次去城里，收获很大。但没想到德厚出事了，作为团长，我不能原谅自己。"

我给老马讲了在城里和许大哥定下的营救范书记的计划，以及到福康药铺见满仓的经过。老马听了，连声说好，营救出范书记，我们不仅对王子祥的许多疑虑迎刃而解，我们与上级组织部门的联络渠道也更加畅通，确保"猎日"如期完成。旋即，老马又说："下次营救范书记，你就别去了，我去。"我明白老马的意思，他在为徐德厚的事情自责。我说："老马，我们总有疏漏的时候，该发生的迟早会发生，往宽处想，我们要振作。没有办法之前，耐心等待吧。"老马沉重地叹气。我遂将话题引到王子祥身上："对于王子祥，我们没有任何证据证明他有问题，据满仓说，他那天也是侥幸逃出来的，在宪兵队他也确实受了重刑。但这些又不能证明他一定没问题，我看满仓那孩子倒不错，不如我们……"

"好。"

"所以，等德厚有了消息，下次营救范书记，我还得去。"

"可……"

"老马，别争了，一切为了'猎日'。"我打断老马的话："对了，这两天有没有何牧的消息？"

"暂时没有，我找过陈校，他还是不肯信我们。"

"谁散布的谣言呢？老马，我认为，散布谣言的人，可能想敲山震虎。"

"我也觉得谣言背后有阴谋。"

"我们有明处的敌人，还要提防暗箭啊。"

2

我和老马为徐德厚忧心忡忡的夜晚，小川再次提审徐德厚，狡诈的小川将徐德厚偷炸药与"猎日"联系起来，他无论如何也不信，一个战俘冒着生命危险偷炸药仅仅为了回家，以备途中不时之需。因此，徐德厚一到宪兵队，小川狰狞地恐吓道："宪兵队有各种各样的刑具，你挺不过去的，识时务赶紧招供。"徐德厚油嘴滑舌，只求激怒小川速死。小川摆出阎王架势，反复施以重刑。徐德厚则任你电椅针刺、铁烙油罐，昏迷又醒来，醒后又昏迷，死活咬紧牙关撬不出半个字。

小川提审徐德厚，一开始梅野没太想介入，王秘书一席话让他改了主意。王秘书说："矿长，小川队长审别人咱不宜把手伸太长，可现在审这个人就不一样了。"

"王的意思？"梅野修理指甲，停下来问王秘书。

"矿长，我听咱们那个卧底说，这个想偷炸药的人是叫上他一块儿去的，偷炸药的落网了，咱们的卧底啥事没有，你说他会不会怀疑被出卖了？"

"唔，你继续说。"

"咱们都能想到这个问题，战俘也一定能想到。那卧底就有麻烦了，他死不要紧，耽误破获'猎日'小组事大。我看呐，咱得通过这个偷炸药的嘴，把卧底撇清了。还有，这事儿也确实和咱矿里关系甚大，小川队长那脾气您是知道的，万一偷炸药的骨头硬，小川队长一着急，把人给弄死了，所有的线索断了，咱往下还怎么走？"

梅野撂下挫指甲的小刀，吹一吹残留的浮沫："小川君做事是太急躁。"

王秘书说："矿长，我建议您派个人去陪审，防止小川队长把事做过火，一方面和小川队长想法子让偷炸药的撇清咱的卧底。"

梅野说："派谁去好？"

"当然米仓矿长，派别人那也不好使呀。"

梅野予以否定："不行，米仓矿长明天要回国，王，你去吧。"

王秘书面露为难："矿长，我，我身份不符呀。"

"你是我的秘书，代表我去。我给他打电话，告诉他。"

"讲课那事怎么办？"

"先停一停。"

梅野当着王秘书的面给小川打电话，说明了煤矿方面的意思。小川不大高兴，拧着鼻子同意了。

王秘书得了尚方宝剑，来到宪兵队。两人一见面，小川没给好脸色，王秘书的肚子能装，笑嘻嘻说道："小川队长，您别误会，其实梅野矿长派我来是想帮一帮您。"

"哼。"小川鄙夷地用鼻子哼了哼。王秘书更笑得一脸花开，把之前与梅野合计的事一五一十讲给小川听,小川这才放下脸子。

宪兵将徐德厚捆绑在架子上,用铁钳夹他模糊的血肉,徐德厚疼得汗如雨下,浑身颤抖。折腾到最后,刽子手累乏了,小川仍一无所获。于翻译看到这种尴尬,和蔼地跟血人一样的徐德厚说:"兄弟呀,老哥我佩服你,真的,所有进宪兵队的人,你是叫我第二个竖大拇指的,第一个,就是前些天死的那个刘营长,他和你一样硬气,可是呀兄弟,咱这身子骨是爹妈给的一团血肉,这么一老拷打,受得住吗?你再想想……"于翻译贴着徐德厚耳语:"我成天跟他打交道,他的心眼子多得可怕,你再怎么打马虎眼,他也不能信,千方百计逼你吐口,到那时候你罪也没少遭,事儿也漏了,兄弟,听老哥一句劝吧。"徐德厚昏死的状态。

奉命陪审的王秘书打着哈欠:"小川队长,这个人快死了,今晚到此为止吧。"意思是把他打死了,又成竹篮打水一场空。

小川自是不甘,恶狠狠地用日语言道:"我一根一根抽出他的骨头,看他招不招!"

王秘书说:"小川队长,本来我是奉梅野矿长之命来陪审的,既然陪审,就不该多话,可我寻思着,您这么审得分对象,像他这种又臭又硬的茅坑石头,您不妨换个方式。"

王秘书显然说动了小川,他抱着膀子,白眼珠子在眼眶子里乱云飞渡:"明天,我押他到矿里去,他不说,我就杀,一个一个杀,直到他招了为止。"

半昏迷状态的徐德厚嚅动着嘴唇:"我操你十八辈祖宗!"

于翻译说:"你还能听着?那你好好想想老哥刚才的劝,啊,可别一条道儿走到黑。"

小川一言不发,王秘书心领神会,一挥手,代小川发号施令。日军解开徐德厚身上的绳索,徐德厚瘫倒在地。小川面似寒冰,目光如隼，王秘书上前踢了徐德厚一脚，弯下腰，翻腾几下，见他毫无知觉："不行了，拖走吧。"日军像捞捆柴草似的捞走了徐德厚。审讯室重归安静，散发着血腥味，王秘书劝余怒未息的小川回去休息，明天再说，小川才与王秘书、于翻译各自散去。

3

翌日清晨，昏迷半宿的徐德厚醒来，一缕阳光透过小窗穿进监房，照着血肉模糊的徐德厚，使他冰冷的身体漾起些微暖意，他伏在地上，身下是散发着霉味的烂稻草，他觉得恶心，想呕吐，并不因烂稻草的霉味，而是身体受戕害的生理反应，未久，一股腥咸的东西在他的喉咙里，他张张嘴，什么也没吐出来。徐德厚试着动动四肢，一条腿断了，软塌塌地不听使唤。他下意识地缓缓伸直手指，露出攥在手心的东西，想起昨晚刑审结束前，阴毒之极的小川说今天要带他回矿区，徐德厚打定了主意。

王秘书与小川带领宪兵，开车押着徐德厚来到西露天矿，这天上午，凡是矿里的战俘统统停工，集合到场地观看审讯。梅野、其他几位副矿长和庶务课的人也参加了，但梅野的神态有点别扭，不大与小川多谈。我想，梅野或许因小川兴师动众，影响生产了吧。徐德厚被宪兵押到我们面前，确切地说，是拖拽，徐德厚双脚所过之处，在地上划下两道深深的印痕，裤脚沾满初春的稀泥，他浑身血污，头部肿胀，如果不是与自己出生入死的亲爱的兄弟，我已完全认不出他。王一民和张永和不忍相看，低下头拭泪。我心如刀绞，五十六团的人打到现在，只剩我们六个，现在徐德厚也完了，还剩我们五个，我们五个，谁敢保一个不少活到最后胜利的时刻?！我不是悲观，在绝望的现实中，悲壮已替代豪情，悲壮脱胎成悲观，然而，我们必须在绝望中振奋，争取一切机会活下来。

　　日本宪兵架着徐德厚，另一名宪兵用枪托托着他的下巴，硬逼他抬起头。徐德厚睁开瘀青的双眼，看见站在人群中的我们，喉头像咽唾液似的，哽了一下，艰难地笑了。"熊玩应，我们救不了你了。"张永和抹着泪骂他。徐德厚仿佛听见，像平常那样咧着嘴，没心没肺地瞅着湛蓝的天空。顷刻间，我的意识被抽空了。

　　"这个人违反纪律，受到应有的惩罚，但他的背后有同伙，还有指使者，今天，我们让这个人当众指认，谁和他勾结盗火药库，他的背后还有谁在指使，当然，如果这个人不说，那就要付出代价。要是这个人的同伙和指使者不想看他遭罪，就自己站出来。"

　　小川颐指气使，两腿呈马步，一手按着腰间的战刀。他的话由于翻译译成汉语，于翻译说话没有小川的力度，听上去软绵绵的，像唠家常。下面没有回应，现场气氛紧张、安静，哪怕一根针落地，细微的声音也是雷霆万钧。小川并不在乎是否有人回应，一挥手，几名宪兵涌向徐德厚，举起枪托，劈头盖脸转砸下去，瞬间，徐德厚的伤口再次破裂，鲜血从他的胸、肩、腹部、胳膊、头汇聚而下，我的心像被扯裂一样疼……

　　"这里面，谁是你的同伙，或者，你的上级？"小川踱到徐德厚面前，鼻子眉毛皱成一块干尸皮。

　　徐德厚吐口满嘴的血沫子："你想知道？"

　　"说出来，让你无罪释放！"小川凑近徐德厚。

　　"老子没心情告诉你！"

　　"八嘎！"

　　小川一摆手，宪兵薅出前排一名瘦弱的小战俘，推搡着他，扒掉他的上衣，捆绑在柱子上。我们屏息注目，不知日军要干什么，疑惑间，一个日军拔出腰间的匕首，狞笑着拍拍小战俘苍白的脸颊，之后，一刀下去，割下小战俘胸前的一块肌肉，小战俘一声惨叫，所有人为之战栗。

"说不说！"小川声嘶力竭。

……

"不说，活剐了他！"

小战俘又被割一刀，胸前一片血红。

徐德厚嘿嘿笑，笑得瘆人，嘴里的血染红牙齿。张永和抖了一下，问我："团长，他怎么了？"我说："他不想活了。"那时候，我真的想冲上去抱住徐德厚，用我的命换他的命，但我知道，那样五十六团又多死一个人，除此之外，什么也得不到。我站得笔直，像一根树桩，我告诉我自己："熊言顺，你要站直了，别让你的兄弟瞧不起你！"张永和直视徐德厚，泪水模糊了双眼，王一民抓着他的胳膊，抠进去。徐德厚看见人群中的我们，眼里闪过一丝留恋，我知道他要说什么，他不说我也明白，我俩对视几秒钟，他移开目光，我的心立刻碎裂了——那样的一种生离死别，让我铭记在心，让我一辈子不得安生。

徐德厚还是嘿嘿笑，笑得小川及两边架着他的宪兵莫名其妙，突然，徐德厚说："小川队长，你想知道我现在就告诉你！"

小川欣喜若狂，凑到徐德厚跟前，催促道："快说，快说！"

"你先放了他。"徐德厚要求放过胸前流血的小战俘。

小川一摆手，宪兵松开小战俘，战俘队伍中有人上前搀小战俘回队。

"现在，你可以说了。"

"你……"

徐德厚一个"你"字没说完，王秘书明白过来，与身旁的梅野说："完了完了，上当了！"

梅野没反应过来："什么的，王？"

"哎呀！上……"

只见徐德厚猛然一甩胳膊，挣脱两名宪兵，老鹰似地展开双臂，扑向小川。小川吓得连退两步，仍给徐德厚抓住，死死咬住他的脖子，小川杀猪般嚎叫。日本宪兵围将上去，怕伤着小川，举着枪刺却不敢扎。日本宪兵不敢动刀，只好拼命拉徐德厚，徐德厚被拉起来，小川破锣似的用日语嚎着："把他给我捆上，捆上！"徐德厚大笑，一抬手，将手心的东西扔嘴里，少顷，脸上浮现痛苦的表情，倒在地上……

4

"猎日"小组又缺失一个人，我们五十六团活着的还剩下五个。我的心情坏到极点。张永和闷头摆弄他那根不冒烟的烟卷，徐德厚活着时，特喜欢和他磨嘴皮子，徐德厚一死，再也没有人和他瞎掰扯了。王一民永远勾着手指头，做狙击的姿势。我想，苏排长也一定获悉徐德厚已死的噩耗，他的孤独远甚于我们，好歹我们几个在一起，他孤身一人，肩负重任，精神上的寂寞和谁述说啊。姚丽为了"猎日"赴汤蹈火，一脚踏进虎狼窝，以后将怎样，没人预测得了。

夜深了，我摸黑坐起，屋顶漏洞有颗星闪烁，像微小的金子在发光，那颗金子般的星星，一定是徐德厚的灵魂，在高天之上看着我，和我说话："团长，等到胜利的那一天，你要来看我呀。一定不要忘了我！"一直憋着劲的我，忽然崩溃，蓦然落泪："德厚，我答应你，总有一天我会回来看你，为你立个坟！"

"有件事很奇怪。"

老马也没睡，他自言自语，又对我说。我擦去眼泪，仔细回忆白天的细节，徐德厚他像吞了什么东西，而且含有剧毒。他在监狱里，哪里来的可吞服的东西呢？

"他怀了必死之心。"我说。

"他应该吞服了剧毒药物，他不想受罪，也不愿连累同志们。"老马语调沉痛。

"老马，他哪来的这东西？"

"我也难解这个谜。究竟谁给他的呢？给他的人出于什么目的？"

"我们的视线范围内，没人有这种东西，更没能力在那种环境下给他。"

"是啊。我想，有人在暗处盯着我们。"

"老马，我有个直觉，徐德厚被抓很可能另有原因。"

"你注意他们说的没，好像故意在说给我们听。"

"我也有这感觉，有些话像演戏背台词一样。"

"近一段时间，事情太多了，我们要多加小心。"

第十九章 再进抚顺城

1

何牧关押在矫正辅导院，徐德厚死了，"猎日"尚未正式实施，小组成员缺失两名，情况的复杂超乎我们的想象。紧接着，我与许大哥约定的时间也到了，我还需进城一趟。这一去，因为前面发生了那么多事，危险性比上一次大了不知多少倍。老马他们极力反对我的决定，王一民说，他有进城的经验，由他替我去。我坚决拒绝，五十六团不能再白白损失一个人了，况且计划是我和许大哥制定的，紧要关头时我不到场，许大哥和他的哥们儿会以为我临阵逃脱，动摇劫狱信心，那样或许又酿成一桩惨剧。老马见我主意已定，叮嘱我："快去快回，如果营救有困难，宁愿放手也不可硬来。"我说："你们放心，'猎日'不完成，我死不了。"

按照前一次的模式重演一遍，我再次进城。夜幕徐徐合拢，我走在进城路上，巨大的矸石山东西横贯，在我的右侧，特殊钢厂、铝厂、制油厂的大烟筒喷吐着白色烟雾，前方是各种输油管线，举到空中的储油罐、油管，还有大官屯火车站停靠或出发的货运列车，那一节节车厢里头，满载着抚顺的石油、煤炭、木材、大豆玉米，呼啸着驶向大连，转运到日本本土，或者别的什么地方，为日本的侵华战争服务。这是一座怪异的城市，建在中国的土地上，但它具备的各种功能都打上殖民的烙印，维持这架庞大机器运转的，又是殖民地的殖民。其中，包括我和我的战友，我们从战士沦为苦力，遭受着世界上任何战俘都不可能遭受的摧残——据我们判断，西露天矿、老虎台矿、龙凤矿等几大矿加起来，被日军强迫奴役的国共战俘多达数万人，我们时刻活在瘟疫、死亡、酷刑、苦力、饥饿的威胁中，生命在这里，远不如一颗草芥，而支撑我们活着的，是对生的渴望。我想，如果我活到胜利的那一天，一定要写下这里的经历，留给后来的人们，让他们记住，曾经有一群中国男人，他们为了自由失去自由，为了国家与民族，不是死在天崩地裂的战场，而是淹没在十里煤海中。

2

进入市区的时候，夜幕覆盖了整座抚顺城。我穿过散发着煤烟味的大街小巷，来到许大哥家。许大哥早收了摊，和许大嫂做好饭菜等我，我喊了声："许大哥？"许大嫂热情地拉住我，朝屋里喊："当家的，李兄弟来啦！"许大哥闻声一挑门帘，张开双臂抱住我："兄弟，快进屋！"进了里屋，许大哥扶我坐在炕沿上，给我倒碗热水："喝吧，累了一天，嗓子眼准渴冒烟了，我听你哑了嗓子。"许大哥说的是，我的确感到嗓子冒火，呼呼地往外喷。许大哥见我情绪不高，问我怎么了。面对许大哥，我像见了分别已久的长兄一样，蔫蔫地说道，我的一个兄弟出事了。许大哥一声叹息，这是几辈子不忘的宿仇啊，总有一天，老天会睁眼的！

善解人意的许大哥回身招呼许大嫂："快上菜，李兄弟干一天活，又跑了大老远的路，早该饿了。"许大嫂应声收拾碗筷，端上来一碗土豆炖野蘑菇，酸菜炖粉条，一碗黄豆酱，还有一碗水煮山菜。上了桌，我不知道那菜叫什么名字，好奇地问："许大哥，这是什么菜？"

许大哥说:"呵,好几样呐,有山蕨菜、猴腿儿、枪头菜,猫爪子,你们山西没这东西,来,尝尝。"

许大哥夹了一筷子菜放在我面前,给我的空碗里舀半勺酱:"吃这东西,离不了大酱,要是没大酱就着啊,淡巴拉水的,没个菜味。一蘸大酱,菜味儿、酱香就全有啦。其实这些山菜春天最好吃,可惜,你等不到新鲜的山菜下来就该走了。"

我说:"许大哥,等赶走日本人,我年年春天来看你。"

许大哥乐了:"那敢情好,到那时候,咱哥俩坐在这炕头上,喝它个三天三夜。"

许大嫂一边给我们盛糙子粥,一边说:"小鬼子滚犊子了,你们哥俩在炕上喝酒,我给你们扭大秧歌,唱二人转。"

许大哥说:"我俩喝酒,谁跟你唱二人转?"

许大嫂振振有词:"我唱单出头,唱小帽。"

我笑。

我惦记着晚上的行动:"许大哥,都安排好了吗?"许大哥说:"再黑一会儿,人就陆续来了,一共四个人,加上你我,六个。放心吧,都是我铁杆兄弟,个个苦大仇深,你要说干别的可能马虎,要说跟日本人斗,谁也不白给。"

饭后不久,有人敲门,许大哥说:"来了。"磨身下炕,我随许大哥出去,把来人迎进了屋。许大哥挨个向我介绍:高个子,黑面庞,典型魁梧的东北身材的叫吕大中;另一个细长精瘦的,叫三元子。等待另外几个人的空闲,我和大中、三元子聊了一会,方知他们都有亲人死于1932年中秋节的那次惨案,大中和三元子重提往事,均咬牙切齿,恨不得活剐了小川。

如果许大哥他们不说,我没想到小川手上染着数千中国人的血,这就更坚定了我完成"猎日"行动的决心,我想,有这么多的苦情人相助，没有什么困难不可战胜。我说："这笔账，一定要让他还！"

"兄弟，你的来路不用说我们也知道，你说怎么干，我们听你的！"大中和三元子掷地有声。

"好！咱们先救出范书记，之后部署下步行动。"

大约过了二十来分钟，参加营救的人到齐，我给大家做了分工，带上锛子、凿子、铁钎、撬棍等工具，出了门，融入夜色之中。那天晚上是下弦月，抚顺城在黑暗中睡眠，发出疲劳的鼾声。北山的树林里，猫头鹰和狐狸的交替鸣叫，一长一短，让人心中发毛，而只有我们几个夜行人，才将野兽的夜啼当作陪伴。

高尔山树木繁茂，掩映着一座辽代古刹，山上原有两座宝塔，其中一座毁于日俄战火，剩下孤零零的一座，与古刹年年岁岁相守。这座古刹晚上不关山门，我们蹬着层层叠叠的石阶，蜿蜒攀登，到了山顶，拐向另一条山脊，顺着山脊走一阵子，再从山梁往下走，山北坡树林比南坡密，我们抓着树枝，一步一步挪移。这样辗转一段时间，许大哥悄声说："到了。"我透过树林模糊看见，前面不远有一片黑乎乎的东西，想必就是秘密监狱。

3

监狱外几十米远围有铁丝网，我们要剪开铁丝网，破网潜至监狱后墙，但做这些之前，须干掉看门狗，免得它们耳尖狂吠，致我们死于敌人的枪口之下。我命令大家停在原地，我和许大哥绕到西侧，从小水库边缘挨近监狱正门。院子里亮着灯，各间屋子里也亮着灯光，屋檐下恍惚有两个影子，估计是值班警察。因有灯光，我和许大哥所在的位置尤其黑，我俩躲藏在院外的干草丛中，掏出怀里的夹肉干粮，贴地扔出去，噗、噗两声落在院子里，这两声人不易觉察，两条大狼狗闻到肉香，奔窜出来。我心中一喜，却听一名值班警察说："哎！那俩狗怎么跑院外去了，我刚才好像听着什么动静，过去看看，有什么情况没。"我心中一凛。另一个值班警察说："别自惊了，有什么动静，有也是耗子。"前一个值班警察就说："他妈的，可能是母耗子，要不怎么俩一块儿去了。"另一个警察说："我看你想女人了吧。"前一个警察说："成天在这熬着，你不想啊？"两人开始扯淡，忘了大狼狗的事。

大狼狗在昏暗中嗅了嗅，一口吞下干粮。我和许大哥暗喜，手一抖，慢慢往后退，两条狗乖乖跟了出来——我们给大狗吃的干粮里头埋着钩子和线绳，干粮吞下去，钩子和线绳也一起吞了，我们一拽线，它疼，又叫不出声，只得跟着走。

我和许大哥原路返回，收紧线绳，把两条大狗拽到跟前，大中和三元子几个人扑上去，勒死了它们。大中说，走时捎上它们，回家炖狗肉，熟两张皮子。三元子说，熟了皮子给李大哥，省得他们成天睡凉炕。许大哥一人拍一下脑袋，叫他俩闭嘴。其余几个人无声地讪笑。

除掉活物警戒，我们剪开铁丝网，钻过破洞，靠近后墙，选好角度，大中和三元子几个把工具缠上湿布，开始凿墙。谁知，刚凿个浅坑，突然一声枪响，许大哥一惊，问我怎么回事。我示意大家伏下身，不要慌，停下来听听。接着，枪声又响了，我分辨一下，是前面响的。这就奇怪了，如果伪警察发现有人劫狱，应该冲向出事地点，也就是我们所在的位置，怎么窝在院里乱打一气呢。既然突发事变，容不得多想，于是，我和许大哥领着大中等人撤到高尔山上。

监狱四周枪声大作，我蹲在树林子里头，心里愈发想不透，究竟什么人来攻击监狱。我问许大哥，抚顺地区除了抚顺县委，还有其他的抗日武装没有。许大哥说，地方抗日武装在辽东山区一带活动，抚顺城里他们没打进来过，隐藏在山里的土匪良莠不齐，武器落后，在山里伏击过日军，但也没有攻击抚顺城的力量。既然地方抗日武装和土匪两股抗日力量都不是,那还会是谁呢?我的疑问更大了,在摸不清攻击方路数的情况下,我只能选择撤退。

那一夜,我一眼未合,聆听着监狱方向的枪声由密而稀,直至平静如初。这枪声于我,太神秘了,即如许大哥所说,抚顺在日本人控制之下,抚顺县委不足十人尚且生存艰难,拥有这么多条枪的一支抗日武装力量,他们不可能不掌握,更不能任其发展。而且,我辨认枪声和子弹出膛速度,觉得不是我们的汉阳造,像先进的九九式步枪和九七式狙击步枪,这绝不是一般土匪或别的什么地方武装拥有的。什么人,为什么攻击监狱?诸多问题缠着我,寻不到答案。

翌日清晨,我起床和许大哥支开菜摊,许大哥问我是不是一夜没睡,我点头称是,许大哥说,他也没睡,也在脑子里过筛子,是什么人如此大胆。许大哥还说,等天大亮以后,出去帮我探听探听,昨晚到底发生了什么事。我说我自己出去转一圈,他说,响了一夜的枪,外面不一定乱成什么样呢,你好好待着吧,别惹祸上身,误了大事。

草草吃口早饭,许大哥换了身衣裳,正打算出门,有人来买菜,许大哥见老主顾,就着称菜的工夫,问他昨天半夜哪里响枪。买菜的人说,听说高尔山有座监狱被人劫了。我心中扑通一声,像一只盛满东西的容器沉到地心,我想,肯定范书记被人劫走了,究竟是谁劫的他呢?劫狱的人怎么知道范书记关在高尔山下?各种问号在我心头此起彼伏,我的思绪一团乱麻,想出去一趟,亲自打探一下,确定被劫的人是不是范书记,倘若真是他,我得马上返回矿区。我说:"许大哥,我出去一下。"

许大哥说:"我替你去。"

"许大哥,这种事情我想亲自弄清楚。"

"嗨,我犟不过你,去吧,麻溜儿回来,外头不太平。"

大街上的警察仿佛一夜间冒出来的韭菜,各街口设置了卡哨,盘查往来行人，小巷里还有流动警察，整个抚顺城笼罩着恐怖的气氛。我垂头走着，眼角余光审视街上的种种发生的情况，捕捉有用的信息。在一条街道上，迎面来了一队日本宪兵，我急忙闪进路边的小杂货摊，等日本宪兵拐进小巷，两个行人低声交谈，一个说："瞅着没，昨晚儿的事又把抚顺搅翻天了。"另一个说："这才哪到哪，还不定怎么闹腾呢，唉，说不定谁又倒霉了。"一个说："可也怪啊，那高尔山监狱修在山里，那么多警察看着，偏偏让人给劫了，听说丢了重案犯。"另一个说："劫狱的呀，就是冲那个重案犯去的，知道不，那重案犯据说是豆腐李。"一个诧异："啊？哪个豆腐李？"另一个显摆信息灵的口气说："李记豆腐坊。"一个恍然大悟："那人我认得呀，平常和蔼可亲的。这人呀，真捉摸不透。"另一个扯一下对方的袖子："快走吧，这可不是拉呱的时候，城里马上戒严了，麻溜儿回家，别自找麻烦。"

不必听下文，我已心中有数，拔脚离开杂货摊，转身回许大哥家。走出不远，与适才碰见的那队宪兵又撞上了，这回没地方躲，硬着头皮站在街边，背对着宪兵。宪兵的靴子声咔咔走过去，我紧绷的心渐渐放下，一口气没呼到底，只觉得肩膀被人一抓，拎了个一百八十度，面朝大街。

"你的，什么人？"

几名宪兵端着枪，刺刀抵在我胸前。我装作十分害怕，双手抱头，哭丧着脸，嘟囔着："太，太君，我，我是来做工的，老婆，老婆被人拐跑了，我在找，找她。太君，我还有吃奶孩子呢，败家娘们……呜呜……"

其中一个狐疑地看着我，一摆头，一个宪兵收起枪，搜我的身，搜到我身上有矿上发的工作证件，宪兵反过来倒过去看了好几遍，踹我一脚，证件扔在地上走了。我拾起证件，立刻离开那里，唯恐再遇上伪警察，再搜一次，被他们看出破绽。

许大哥焦急地在门口张望，我顿觉心里温暖，快步上前："许大哥，我回来了。"

"唉，回来就好，快进家吧。"

"不了，许大哥，我要回矿里。"

我把打探来的情况简要和许大哥说了一遍，许大哥也说："要真这样的话，你痛快儿走吧，出这么大的事，小鬼子哪能善罢甘休，闹不好又全城大搜捕了。"走之前，我交代许大哥，勤探听点有关信息，如果我不来，可将情况告诉苏排长。我还跟许大哥说，福康药铺的满仓或许来找他，今后要多同他联系。

回到矿区，老马见我神色不好，谨慎地问我，人救出来没有。我摇摇头，和老马讲了头天晚上的突变。老马甚是讶异："这可蹊跷了。"

我说："是啊，一团迷雾。"

老马说："怪事越来越多，看似孤立的，仔细一想，似乎又有内在联系。"

我说："再等等，过几天苏排长进城，或许带回新的消息。"

4

高林茂比我和老马更迷茫，突如其来的劫狱害得他彻底抓瞎，完全乱了主张。出事的当天晚上，高林茂正抱着禾子寻欢，这个岛国的小个子女人于高林茂而言，犹如一剂吗啡，明知是断肠毒药，令他欲罢不能。就在他陶醉于禾子美妙的肉体时，高尔山方向响起枪声，吓得他匆忙套上衣服，夺门而走。高林茂拎着枪，一路狂奔，等他气喘吁吁地赶到高尔山监狱，袭击已近尾声：大院里横七竖八倒着中枪的警察，死的伤的七八个，在押重犯范秋明不知去向。高林茂腿一软，一屁股坐在地上，扯开嗓子干号："这他妈是要我命啊！"

未久，小川幽灵般现身，高林茂在劫难逃，面如土色。惨白的夜灯照亮小川铁锅底色的刀条子脸，他习惯性地倒背双手，腿呈马步，眼里射出锥子般的光，像要钉死一只蚂蚁一样就地钉死高林茂。高林茂耷拉着肩膀，立在小川三尺远的地方——他恐怕哪一次呼吸重了，冲了小川的肺管子，小川长刀出鞘，把他抹了。

"小川队长，经查验，劫匪是从两个方向来的，一伙儿从后山下来，诱死两只狼狗，另一伙迎面强攻，劫走范秋明。"高林茂抹着一脑门子凉汗，嘴皮子因惊吓出奇地溜。

小川打个愣。

高林茂不明其意，以为自己没说清楚，提高声音重复一遍。

"高署长，出事的时候，你在哪里？"小川终于开了金口。

"报告小川队长，我在警察署。"高林茂嘴上撒谎，心中忐忑，瞄一眼小川的勇气也没有。

"你的说谎！我给警察署打过电话！"

"完了。"高林茂暗叫。他忽略了小川百分之百第一时间给他打电话，现在撒谎穿帮，真不知往下怎么收场。

"你的，在日荣书馆！"

"小川队长，我……我……"

"高署长，你要接受惩罚！"

说完，小川甩掉高林茂一迭声的"是"，返身回宪兵队。高林茂这厢驱使人收拾现场，处理善后工作。等这些事情弄完，天也快亮了，高林茂马不停蹄，回到警察署，洗漱一番，换身干净警服，饭也没吃，去宪兵队听候小川发落。

天光大亮，一轮初春的太阳高悬于浑河上空，冰面反射奶黄色的阳光，晶莹光洁，浑河两岸的景物愈发明亮。高林茂无心赏景，更无心琢磨他汇报时小川为什么突然发愣，他骑着那辆掉漆的跨斗摩托，一路冒着黑烟，驶进宪兵队。

不出高林茂所料，小川端坐办公室恭候他大驾。高林茂像只蚊子一样落在地中央，大气儿不敢喘，想不出小川将采取什么手段来惩治他的过错。这时，晨光射进屋内，射在背西面东的小川脸上，他毛孔里的每一根汗毛闪着亮，仿佛万千毒刺，拔出任意一根刺向高林茂，都足以让他毙命。于翻译坐在靠北墙的一张椅子上，高林茂用眼角余光斜扫一下，于翻译一副替古人担忧的样子，唬得高林茂一阵心头狂跳，他知道，今天的这一趟就是鬼门关，过也得过，不过也得过了。

"高署长，监狱的损失是你自己的事，你应向我说清楚，昨天夜里出事前，你到底在干什么！"

"小川队长，我……我在……日荣书馆。"高林茂哼哼唧唧道出实情，事已至此，他不敢再隐瞒。

"我要叫你尝尝，什么是侮辱大日本帝国女人的下场！"小川的太阳穴青筋暴起。

"小川队长，请您原谅，以后我再也不敢了！"高林茂拖着哭腔。

"来人！"小川用日语暴喝。

进来几名宪兵，其中一人牵着一只半人高的大狼狗。高林茂吓傻了，双腿哆嗦，求救似的看看于翻译，于翻译表情木然，一副"我也帮不了你的"无奈之相。高林茂绝望了，扑通跪地，给小川磕头："小川队长，看在我忠心耿耿的份上，您原谅我这一回吧。小川队长！"

小川一声冷笑："高署长，我要让你那个东西尝尝鲜！"

高林茂疑惑地看看小川，又看看于翻译，于翻译十分不忍地转过头。

宪兵围上高林茂，七手八脚解开他的腰带，扒掉他的裤子。高林茂当众赤裸，双手拽着裤衩，声泪俱下地央求小川："小川队长，您饶了我吧。"小川没听见似的，几名宪兵获小川默许，剥光高林茂下身，强行按着他，将他裆下之物硬塞给狼狗屁股，胁迫他抽动，嘴里模仿交合的声音，高林茂痛苦地欢叫着，眼泪一流两行……小川泄恨地冷笑，宪兵们淫荡地哈哈嘲笑，催他快一点，叫得欢一点，高林茂遭受奇耻大辱，哭着向于翻译求救："老于，你快帮我说句话吧！"

于翻译站起身，说："小川队长，高署长他知错了，您看……"

小川默不作声，于翻译改用日语说："小川队长，视察团就要来了，破获'猎日'计划您也需要他……"

小川沉吟一会儿，做个作罢的手势。高林茂这才抖着腿，光着下身给小川行礼，谁知，这当儿发生了一件令人极其尴尬的事情：大狼狗猛地转过身来，朝着高林茂的裆下毫不客气地一口下去，叼着高林茂软塌塌的命根子夺门而去，高林茂一声惨叫，疼得捂着裆原地乱蹦。小川和宪兵吃惊地张大嘴巴，于翻译实在不忍高林茂当众出丑，掏出手绢给高林茂止血，抓起他的裤子套上，扶着他去炭矿医院救治。

第二十章 鸟记喇嘛糕

1

高林茂躺在炭矿医院的病床上,老述子和于翻译陪着他。老述子削了只苹果,递给高林茂:"姨夫,吃苹果,你一天……没吃东西了。"高林茂拨开老述子,两眼呆滞。老述子求助地看着于翻译。于翻译一努嘴,老述子识趣地出去。于翻译轻咳一声,无限痛惜:"高署长啊,老高,我早提醒你,少沾那日本骚娘们儿,你鸟(diǎo)蒙眼了,不听劝,这回好,弄得人不人鬼不鬼的。"

高林茂哭丧着脸:"从今往后,我高林茂就他妈是一块死榆木疙瘩了。"

于翻译说:"事儿出了,就得认,过哪河拖哪鞋吧。"

高林茂说:"操他八辈子祖宗的小川,狼心狗肺的玩意儿,老子这些年给他出多少力,翻脸他妈不认人。"

于翻译说:"给日本人扛活,你就不能拿自己当人。"

"惹急了,老子……"话到嘴边,高林茂拐了个弯儿:"老于,咱俩关系也不是一天两天的,话哪说哪了,你说,我就纳闷,这抚顺的地界上,还有谁有这么多条枪,这么大胆袭击警察署监狱?这些人怎么知道范秋明关押地点,关在哪间监房都一清二楚?"

"唉,我也晕头转向啊,你说这"好么秧"的,咋突然冒出这么一拨人来？"

"备不住是谁捣鬼往火坑推我？"高林茂盯着于翻译。

"老高，你盯着我干什么，怪瘆得慌。"

"我窝心呐，平白无故吃这么大的亏。"

于翻译劝慰高林茂，旁的事先放一放，抓紧治好病要紧，只要有命在，其他好说。劝了一阵，起身告辞。高林茂被条狗"阉割"，越想越屈辱，越想越憋屈，捶打着胸脯，号啕大哭。

高林茂住院期间，苏排长进了一趟城，他将消息反馈回来，我们都乐了。这一闹腾，高林茂恐怕恨死小川，以后能否为他卖力还真难说。苏排长还带回一个我们期盼已久的消息：日本高级视察团于下月初启程，到大连短暂停留，由满铁总裁一行陪同，预计16日到达抚顺。至于消息来源，是王子祥传给许大哥的，苏排长复述的经过，大致是这样：

那日我离开福康药铺，满仓按照我的嘱咐，告诉外出归来的王子祥，说药铺来一陌生人，自称认识刘营长。王子祥喜出望外，追问满仓，来人留下其他话没有。满仓张张嘴，又摇摇头，说没了。王子祥埋怨满仓，说你这孩子平常怪机灵，见真章儿时就粗枝大叶的，这不明摆着吗，来人一定是矿区的，和刘营长接头的，来找刘营长的人，一定是"猎日"小组。满仓说，人家着急忙慌的，我来不及多问，我多问人家也不会讲。再说，你凭啥断定就是矿里的，兴许是满洲省委见刘营长这么久没消息，遣人来询问的呢。王子祥颇有同感，倒也是，你一个半大孩子，又彼此陌生，人家不会多泄露机密。不过，满仓啊，咱今后得多注意，再来了人，如果我不在家，你一定留住他，我现与满洲省委抓紧联系，一遭儿得了日本高级视察团到抚时间的信儿，无法及时传递给"猎日"小组，可耽误大事了。

获悉满洲省委也一直在试图找到隐藏起来的地下党员，几经周折，终于和王子祥联系上。就在高尔山监狱被袭击之后，满洲省委通知王子祥，日本高级视察团启程到抚顺的时间也被上级情报组织搞到，满洲省委将这一重要情报交给王子祥，让他传递给"猎日"小组。王子祥手握情报，苦于矿区没人对接，急得火上房，满仓见他急得跺脚，猛然想起我认识许大哥，就告诉了王子祥，王子祥闻听，半是嗔怪半是欢喜，你这孩子说灵就灵，说傻就傻，这么要紧的事儿，咋不早告诉我？满仓吐舌头。

王子祥打发满仓去许大哥家，许大哥因我介绍过满仓，直言确实认识我，但是否和什么高级视察团什么"猎日"有关，许大哥说他不清楚。满仓把许大哥的原话转述给王子祥，王子祥的猜想初步得到认证，斟酌一番，决定亲自面见许大哥，王子祥马不停蹄，和满仓再次到许大哥家，不过，他的话一出口，竟让满仓大吃一惊：原来，王子祥托付许大哥的事，是前几天矿里有人患病，他给开个方子，抓了几服药，请许大哥务必将药方子和药转给那个病人。许大哥心想，没根没梢的我给你捎哪门子药，就推三阻四，说他和我也是一面之缘，不知道叫啥姓啥，实在没法捎。王子祥软磨硬泡，说没准儿哪天他又来了，要不先搁在你这，等他来时交给他。许大哥说，他要来还不直接去药铺子了。王子祥撒个谎，说他要去山里收购药材，多日不回，满仓一个孩子家，做事儿不稳，误事儿毁药铺名声还在其次，耽搁了治病人命关天。王子祥好说歹说，许大哥才收下东西，转给苏排长。

2

王子祥的情报让我颇为疑惑，我当初让满仓告诉王子祥说我来过，实则出于试探。如果王子祥心中有鬼，必不敢多与我们接触，会千方百计遮掩。倘若王子祥心里没鬼，他也会有所表现，令我意外的是，王子祥不迟不早送进一份至关重要的情报,现在的形势下,满洲省委觉察不出王子祥有什么疑点,那么给王子祥的情报必然真实。关键是,这份情报是否出自满洲省委值得推敲,假如这份情报是真的,我们仅凭怀疑不做相应准备,机会就会稍纵即逝;假如这份情报并非来自满洲省委,我们若有动作,无疑就会掉进一个陷阱中。我沉思的时候,老马问我:"你怎么看待这份情报?"

"一时难辨真伪。"

"我觉得,我们在没有更准确的情报之前,宁信其有,不信其无,但行动应大胆谨慎。"

"团长,老马说得有道理,咱们不是没证据证明王子祥是叛徒吗。"张永和说。

"不管情报真假,该做的咱们还得做。"

现在我们孤军奋战,实难施展身手,经过商量,我们制定了一个爆破办法:在视察团视察西露天矿的头两天,也就是头一天夜里,我们埋好引线,偷出火药库炸药;第二天夜里,埋好炸药;翌日,视察团一到,我们适时引爆。这个办法的冒险处至少有两点,一是偷炸药之前弄死守库日军,之后为他找个替身,也就是我们的人顶替他继续值班,否则事情必然败露。况且,我们也无法保证顶替日军守库,一定不出问题。好在有一点我们算准了,那就是守库日军是头一天夜班加上第二日的白班,这期间不换人,我们有蒙混的机会。第二,引线和偷炸药同时进行,万一撞上矿警巡逻队,一样前功尽弃。

再有,我们人手不够,需要配合。针对此,我再次提出与陈校联合,我的理由是,他是何牧副官,而且参与了前面的行动,为人忠诚。老马同意我的意见,王一民他们也赞成。但因何牧的事,陈校与我们的关系冷冻着,想让他和我们一起干,首先要冰释前嫌,解开他的心结。鉴于我们与陈校联络不便,我想到由姚丽做他的思想工作比较合适。老马说，你这法子行倒是行，可陈校那小子鬼精鬼精的，他会想到你在利用何团长和姚丽的感情拉拢他，要是他不肯合作，怎么办呢。我说管不了那么多了，我相信姚丽把话跟他说到家，陈校分得清孰重孰轻。

另外，既然高级视察团到来的日期确定，那么，炭矿方面必有具体行程安排，在哪住宿，在哪开会，几点到西露天矿视察，随行多少人，停留多长时间，等等，炭矿方面肯定提前制定出一份详尽的资料表格，逐一落实接待工作。谁能拿到这份资料？大家一齐想到姚丽，"猎日"小组成员里头，唯有姚丽有机会接触到如此高等级秘密。

西露天的又一个夜晚到来，诊疗所的灯光亮了，在灯光照射下，窗台的玻璃瓶子闪闪发亮，这是我和姚丽的暗号，窗台放一个玻璃瓶子，代表安全。我和看守宪兵告了假，往诊疗所走去，夜色里，白天被太阳晒软的稀泥表层结了一层硬盖子，但不坚实，踩上去一咔一滑，附有黏着感，好几次，我的烂鞋沾在湿泥里，脚背溅满泥浆。就这样，我有些狼狈地推开诊疗所的门，姚丽见我溅了半腿的稀泥点子，乐了。我也乐。许久以来，我们都不曾这么开心过，在一个布满死亡气息的绝境中，开心需要勇气，更是一种奢侈。

许多天没有见面，我有恍如隔世的感觉，一时说不出话。

姚丽深情地凝望着我："你好吗？"

"你好吗？"

"我喜欢站在窗前，眺望你们的宿舍。"姚丽略带伤感。

"看见我们了吗？"我听到自己柔和的声音。

姚丽摇摇头："我看见往事。孤独的时候，没有什么比回忆往事更迷人。"

我的心电击似的疼了一下，握住姚丽的手，她像朵云，轻轻靠近我。我抚摸着她的头发，脑海中重现乌梁冈逼她剪掉长发的情景，心想，总有一天，我要让她再蓄美丽的长头发，看着它们在风里飘。良久，我说："陈校近一段时间来没来？"

"有些日子没来了。有事？"

"刚得到情报，日本高级视察团下月16日到达抚顺，我们要在这些天搞到炸药。期间需要人配合。"

我说了一遍整个计划，姚丽担忧地说："这太危险了。"我说："'猎日'进入倒计时，顾不了那些了，完成任务要紧。"姚丽咬咬嘴唇："你要注意安全。"抓起我的手，把自己的手放进去。那一刻，我感觉一种告别式的幸福——我们清楚，这种爆炸其实就是自杀式行动，我、姚丽、老马，乃至陈校等，凡参加"猎日"的人，生死只在一念间。因此，对我和姚丽而言，今天的缠绵，也许就是明天的永世离别。我强迫自己挣扎出姚丽的温柔，告诉她，从现在开始，有一项特别重要的任务交给她：千方百计拿到日本高级视察团在抚期间的行程安排表，这表格将决定我们行动的成败，不然的话，我们还是盲人瞎马。

"这副担子很重，你要担起来。"

"我明白。"

"这是一项独立任务，没有任何外援，在保证安全的前提下，一定要得到他们对视察团的行程安排。"

"放心吧。"

"姚丽……"我欲言又止。

"放心吧。"

"我过几天再来。"

我没有回头，但我感觉到，她的目光一直追随着我，那两颗暗夜的星，在我周身闪耀。

3

徐德厚牺牲后，伍元有意无意地疏远我们，不太与我们多搭话。给我们的表面印象是，他为徐德厚之死无颜和我们在一起，暗地里，他监视我们的动作越来越明显，我和老马、张永和、王一民都注意到了，大家提高了警惕。

就在研究如何进炸药库那天夜里，伍元偷听到我们的只言片语，第二天，他算计着王秘书来接姚丽的时间，借故溜出工作区，跑到半路等候。

王秘书开着梅野的黑色轿车驶入矿区，拐个弯，冲上缓坡减速行驶，透过前风挡玻璃看见伍元站在路边，踩一脚刹车停下，摇下车窗，傲慢地直视前方。伍元颠颠儿迎上去："王秘书好。"

王秘书摸起车挡边的一盒烟，抽出一根甩给伍元："有事吗？"

"谢谢。"伍元爱惜地接过烟："这几天，我一言半语听见他们提炸药库什么的。"

"怎么说的？"

"隔得远，听不真切。"

"再给我听仔细喽，有新变化第一时间汇报！"

"好，好。"伍元又说："王秘书，上次我跟你汇报的那事，有眉目没？"

"哪个事儿？"

"姚大夫那事。"

"你没见他正给梅野矿长上课呢？"

"见了，见了。我是说，他要是女的，正好给梅野矿长打野食。嘿嘿。"

王秘书打开车门，一条腿蹬着脚踏板，钩动手指，示意伍元离他近一点。伍元凑上去，王翻译"啪"地扇他一个大嘴巴，伍元眼前金星璀璨："王秘书，您这是唱哪一出儿啊？"

王秘书冷冷道："我要让你长记性，有些话不能随便乱说！"

说完，王秘书关上车门，开车走了。伍元揉着脸，呆立在薄刃般的春风里。

王秘书接走姚丽，一路上两人无话，直到炭矿事务所，王秘书也没有像以前那样废话连篇，这让姚丽奇怪。不过，她也巴不得这个看上去深不见底的汉奸少啰唆几句，她讨厌他阴阳不定的德行，干脆扭着脸，欣赏早春的景色。姚丽越烦王秘书，他越套近乎："姚大夫，我们抚顺的春景挺令人神往吧？"姚丽欲嗤之以鼻，但一想着我叮嘱她不妨利用王秘书的嘱咐，说："再过些日子，这片土地一定很美。"又想着，这王秘书真是邪门儿，怎么我想什么他总能猜得准呢。

"过一阵子，地化透了，荠菜、婆婆丁长出来，树也绿了，那才叫好看呢。到时候，我带你赏春踏青。"

"哪里敢奢望那份自由，更不敢奢望王秘书带着踏春，这听上去像童话。"

王秘书笑道："我们抚顺自古有十六胜景，只怕你听完了，巴不得明天就饱览这些风光。姚大夫，我可否荣幸地为你介绍一下？"

"这倒好奇了，说来听听。"

"这十六胜景啊，分别称柳塘春絮、浑河晓筏、溪桥月照、驿路斜曛、鱼台晚钓、莲渚秋菱……"王秘书一口气数出十六胜景，还不尽兴，一个劲儿解说："抚顺四季皆景，画意诗情，夏日登临，徜徉萋萋绿草之间，听碧涛隐隐，看苍松翠柏，则暑气顿消，怡然忘归；冬日踏访，漫步蹬道之上，赏嵯峨银嶂，仰群山俱静，神游物外，又牵动人多少翩翩遐思！"

姚丽被王秘书的讲解迷住了，竟忘记自己和对方的身份差异，赞赏道："王秘书口若悬河，才情奇高，若换个场合，不知倾倒多少人呢！哎，你为什么不做个地道的文人呢，凭你的才情，一定是个优秀的文学家！"

王秘书摇头晃脑一笑，感叹道："不承想一时胡诌，居然得姚大夫夸奖，受宠若惊啊。只可惜不能与姚大夫把酒临风，实乃平生憾事，有生之年，王某一定要达成这个夙愿。"

姚丽不禁莞尔："我是你们的阶下囚，活了今天不知明天，何来憾事？"

"那可未必，学问不分敌我，如同学术不分国界。如果学问爱好能化敌为友，也是快事一桩，对不？"

"话是不错，不过，谁化谁呢？要化，也是正义化邪恶！"

"话又不投机，少说为妙。"

到了炭矿事务所，王秘书领着姚丽上楼，梅野一如既往地守时，坐在那里等她，桌子左上角放着那本医书，昨天讲过的一页插着一张书签，顶端的圆孔系着一条红缎带，链接着两根红璎珞穗子，透着古典的中国味道。姚丽瞟了一眼，心想，这个日本人崇拜中国文化到痴迷的程度，如若不是侵略的底子，作为学术交流，他称得上是一个知音。梅野见了姚丽，起身行礼问候。姚丽不搭理梅野的鞠躬，走向为她备好的那张椅子。王秘书拾起医书，双手递给姚丽，姚丽翻到前一天没讲完的那一页，开始讲起来：

"……穿地龙，又名地龙骨、穿龙骨，陕西一带有出产，称火藤根、粉萆薢、黄姜，河北称其为金刚骨，这种药性味苦，与龙胆草、鸦胆子等配方，主治风湿、骨寒等症……"

姚丽讲得行云流水，梅野遇到听不懂的名词或句子，由王秘书转译，梅野听得十分入神。这时，电话铃响了，姚丽稍停，见他没有接电话的意思，继续讲。王秘书见此情形，拿起话筒嗯嗯啊啊，末了，王秘书挂了电话。姚丽停止讲课，等待王秘书下文。王秘书并没有用汉语和梅野讲电话里的事情，而是当着姚丽的面，改为日语对话。姚丽心里警觉，这个王秘书搞什么鬼？继而，她联想到"猎日"，觉得他俩神神秘秘一定与此有关，便暗中留心。王秘书汇报的时候，梅野神情严肃，间或不住地点头。两人说完，梅野站起来，再次给姚丽礼节性地鞠一躬："非常抱歉，我现在有事情耽搁，请您稍等。"

"请跟我来。"王秘书在梅野面前尤其讲究语态和语速。

姚丽起身随王秘书往外走，不知道他要把自己临时安置到哪里。走出梅野办公室，王秘书放缓脚步，与姚丽并肩，嘴上絮叨："梅野矿长有急事商办，您别介意。"

姚丽说："笑话，我介意什么。"

"作为一名老师，最讨厌授课被粗暴打断。"

"你别忘了，我是被强迫讲课。"

王秘书尴尬一笑，说话间，走到一间办公室门口，王秘书抢先一步，掏出钥匙拧开门："这是我办公室，又埋汰又小，您将就歇一会儿，给我个陪您唠嗑的机会。"姚丽没理王秘书，侧身进去。

王秘书的办公室不算大，摆设简洁，一桌、一椅子、一套待客的优质木制长椅，门后靠墙立着一张文件柜，再就是脸盆等一应物品。姚丽心里挂着那个电话，做出既来之则安之的满不在乎状，踱到椅子旁不请自坐，王秘书倒杯水，端到姚丽面前的茶几上："您喝点水润润嗓子。"姚丽没理他的茬。"呵呵，姚大夫，我没下蒙汗药。"王秘书皮笑肉不笑。姚丽瞅了他一眼。"再说，我对男的没兴趣，不过，对女的就不一样了……"王秘书别有用心地瞅着姚丽，姚丽心里一惊，他在旁敲侧击我，是不是发现什么了？姚丽端起水杯，喝了一口，水杯来回在手心里搓。

"姚大夫,我又没说您是女的,您紧张什么?"

"所谓紧张,是你想当然的,你我之间,话语权在你那儿。"

"姚大夫能言善辩。我的意思是,您要是女的,我就跟梅野矿长求情,抹掉你的档案,我娶你做老婆,给我生孩子做饭。说实话,虽然您肤色不好,但眼神很明媚,要是女的,可以用风情万种形容了。哎,你不知道吧,我风风光光地混到现在,还光棍一条呢。"

姚丽怒目相向:"无聊!"

"我开玩笑,开玩笑,您别当真。"

姚丽不理。王秘书不想冷场,没话找话:"姚大夫,梅野矿长送您的点心味道不错吧?"

"没吃。"

"你咋没吃呢?哎呀,瞎了我心思,那可是我精心挑选的,抚顺城最有名的点心。"

"我怕它有血腥味。"

"看您说的,有血腥味往后谁还敢吃点心。"王秘书说。

"全在我屋放着呢,哪天讲完课,你怎么带去的,怎么带走。"

"别扯了,天底下哪有这么送礼的。再说时间长都捂长毛了,我拿回来有什么用,喂狗啊?我看呐,您照单收下,那东西顶饿。"

王秘书和姚丽东拉西扯二十多分钟,梅野打电话来,让他们过去。王秘书领着姚丽,再次到梅野办公室。

第二十一章 求 证

1

给梅野打电话的人是小川，当时他在宪兵队，预备到炭矿事务所和梅野矿长商量高级视察团视察的事。小川放下电话，开车赶往炭矿事务所，王秘书带着姚丽去他办公室，小川刚好上楼，目睹姚丽的背影，一闪不见了，心里不免打个愣。

小川见了梅野，梅野率先开口："小川君，视察团来抚的日期确定，保卫安全工作宪兵队有什么计划？"

"我们有两套方案，梅野君。"

小川取出包里的一摞纸放在桌子上，正文朝着梅野。梅野读完，露出满意的笑容。

"这样的话，视察团的安全有保障了。"

"梅野君，要充分保障视察团的安全，消灭'猎日'小组，煤矿方面还需更细致的安排。"

梅野拉开抽屉，把一份表格推给他："小川君，这是我的草拟。"

纸上详细地罗列着视察团在抚顺三天内的行程，几点几分下车，车站迎接仪式多长时间，几点钟到下榻处、吃饭、开会、在矿区视察走哪条线、哪里停留多少时间，各个不同地点有哪些人陪同，多少人护卫，等等。小川看完，不得不佩服梅野虑事之周全："梅野君，你设计得非常完美！"

"事关帝国大业，一个细微处也不可马虎。何况'猎日'小组深藏不露，是视察团此行的心腹大患。"

"我们要彻底打掉他们！"

"按照我们的两份计划，'猎日'小组不会得逞的。"

梅野和小川又将两份计划的具体事情交换了意见，取得一致，觉得无甚漏洞，才舒了一口气。小川说："梅野君，这些天矿区要加强对战俘的看管，防止他们联合华工大规模暴动。据我所知，那些战俘经常聚集在一起，唱国歌，喊口号，在华工中传播'我们的兄弟被他们杀死'言论，煽动华工与我们作对，影响极坏。"

梅野扶了扶眼镜，做忧虑状："本来，我们与军方签订购买战俘合同，是一心让他们来弥补劳动力不足的，但这些军人的意志太强，难以驯服，让我们颇感头疼。"

"梅野君，对待中国军人绝不能手软，虽然他们放下武器，但要消除他们对大日本帝国的对抗情绪，须采用非常手段！"

"那个何牧怎么样了？"

"恐怕永无出头之日了。"

"那是一匹野马。现在更让我担心的，是这匹野马背后的力量。"

梅野说到这里，突然点化了小川，他想起楼道里那个一闪不见的身影，问："梅野君，我看见王秘书领着一个人，那个人是谁？"

梅野轻描淡写："是王秘书给我找的讲中医课的。"

"噢？梅野君居然对中医感兴趣，我孤陋寡闻了。医生是哪一个呀？"

"小川队长，连我你也信不过吗？"梅野的脸色有点难看。

"不，不，梅野君，我的意思是，如果你不满意这个医生，我可以帮你另请。"

梅野对小川的变相追问，只是淡淡说道："一个……战俘医生，他精通中国的中医知识。"

小川有些不悦："梅野矿长，你违反战俘管理规定，也许会带来意想不到的麻烦！"

"这名战俘，王秘书事先经过严密调查。"

"梅野矿长！请恕我直言，王秘书毕竟是中国人，对中国人，我们要保持足够的警惕！或者，王秘书的调查也是在被蒙蔽中取得的结果。"

"小川君，你知道这本书对我们在前线作战的帝国军人有多大作用吗？如果我们研究好这本书上的草药配伍，战场上流血的帝国军人要少受多少痛苦？你知道的，我们的帝国军人长期野外奔袭，患风湿、胃病者不计其数，一场仗打下来，又有多少负伤者，他们急需挽救，你明白吗？……"梅野急切地有些失态。

小川没料到梅野违反规定的背后隐着这么深的用意，便说道："好吧，梅野矿长，我尊重你的选择。不过，我观察他的走路姿态像女人！"

"小川君，关于这一点，王秘书介绍过，那个中医世家没有女孩子，从小把他当女孩子养，这样的事情在中国家庭很正常。"

小川劝不动梅野，悻悻告辞。

2

数日后的晚上，我又去了诊疗所。这一次，姚丽告诉我两个消息，一是陈校来看病，他说，春天来了，去冬埋伏的病菌开始复活，他们的战俘宿舍发生流行病，不少人感染，陆续出现死亡。第二个，令我惊诧无比。

姚丽翻开床上的被子，取出里面夹的一张纸条，打开给我看。居然又是一份日本高级视察团到抚时间，日期为下月18日！电报的落款日期，比王子祥提供给我们的晚2天。

"姚丽，你怎么得到的？"

姚丽跟我讲，早晨，王秘书比正常时间提前来接她，他对此的解释是，梅野矿长下午要去大连，今天打算早一点上课。到了炭矿事务所，梅野在开会，王秘书将姚丽带到梅野办公室等候。一进门，王秘书突然想起，车钥匙忘在车上没拔下来，急忙下楼，把姚丽一个人丢在屋里。姚丽装作站在窗前赏景，见王秘书果真下楼，便翻看梅野桌上的文件。那些文件太多了，七七八八摞了一摞，姚丽又恐王秘书返回，急得额头渗出汗珠。她一边翻动着，一边倾听门外的动静，终于在一堆纷繁的文件中，发现了日本高级视察团到抚的一份电文。她撕下一小条纸，抄录了电报内容。刚做完这些，门外就响起王秘书的脚步声。王秘书推开门，见姚丽仍在原地未动，自嘲道，一天到晚丢三落四的，幸亏没老婆，要是娶了老婆，兴许老婆也弄丢了。姚大夫，你坐吧，梅野矿长就快开完会了。

本来姚丽心里直敲鼓，担心猴儿精巴怪的王秘书看出她适才的小动作，听他这么一说，顺势往下唠："你的梅野矿长真好学，令人敬佩。"王秘书说："那当然，他……"

"我俩就说到这里，梅野回来了，然后开始上课。"

"梅野不在办公室，王秘书领你进去，他没什么不高兴的反应吗？"

"嗯……没有。"姚丽沉思着回答。

我分析姚丽叙述的过程，觉得不像梅野或王秘书刻意耍花招，但也不能排除日军放诱饵，引我们上钩，如此看来，这两份电文至少其中之一是假的，甚至于两份全是假的！日军的意图很明显，就是在释放烟幕弹，混淆高级视察团到抚的确切时间，诱"猎日"小组出动。

"姚丽，你翻看的那堆文件，前后日期是不是临近的？"

"这个，时间太紧，我没留意。"

"那份电报放在文件堆中的什么位置？"

"差不多偏上吧。电报下面还有一些其他文件。"

坦白地讲，我有些糊涂了，我想，如果一堆文件的前后日期不挨着，那就有鬼。因为梅野不会拖拉到文件不及时签署，或签署完了不及时归拢。前者梅野失职，后者秘书失职。如果电报放在文件堆的最上面，或者下面的位置，也都值得怀疑。看电报日期，应是几天前刚收到的，炭矿每天往来大量的文件，这份电报自然被压下去，放在靠后位置就更不对了。但这份电报偏偏不前不后，倘若有人作假，绝想不到这般细致。

"为什么一个是16日，一个是18日？如果王子祥提供的是假的，是上级情报失误，还是王子祥自身有问题？如果梅野办公桌的是真的，这么重要的文件，王秘书为什么粗心地让姚丽一个人待在屋里，让她有偷窥的机会，从而泄露视察团到抚时间，难道他忽略了梅野可能会把这份文件混杂在文件堆里？如果梅野办公桌上的是假的，是否预示着，他们设圈套试探姚丽？"

我越想越怕，姚丽处于危险之中，当务之急，是姚丽须稳住，不动声色，多观察梅野和王秘书。我说："从现在起，你要胆大心细，把戏演到底，你一撤，那帮鬼子马上会想到。'猎日'任务要求我们，务必搞清楚日军的真正安排，下一步，你要弄清到底哪个日期正确，或者是否还有另外一个时间，这两个都是幌子，以及梅野对高级视察团的接待行程时间表。后一项任务异常艰巨，明白吗？"

"我明白。"

"你孤身虎穴，千万要机敏，冷静。"

"嗯。"

临别时，我拥抱了姚丽，我害怕失去她，也是用这样的方式鼓励她，给她足够的精神支撑。她依偎在我怀里，脸贴在我胸膛。这是我第一次和她如此亲密地接触，而这亲密，又包含多少亲人般的牵挂。那天晚上我特别舍不得放开她，我怕我一松手，她就像一片云彩那样飞了，我抚摸着她的头发，瘦削的后背，心疼得厉害，我听见自己含混地对她说："为了我……懂吗？"姚丽抬起头，潮湿的目光看着我，那目光是世界上最美丽的诱惑，让我内心狂乱，无法抗拒，我低下头，捕捉她的嘴唇。姚丽眼里迷蒙的水雾，终于像满溢的泉水从岩石上跌落，碎成无数颗粒……

3

老马他们把我围在中间，你一句，他一句询问。此时已夜深，我们几个聚在冰凉的炕上，低低交谈。我讲了姚丽带回的那份电报，老马听了，身子朝墙一依："这事，意料之内，也在意料之外。"

张永和说："老马，你别内呀外的，你心眼多，说说。"

"我们得求反证。"

"求反证？"

"你们想想，假如梅野在套我们，下一步他该干什么？"

"那还用问，等着我们行动呗。"王一民说。

"我们就以静制动。我们不动，小鬼子一着急，他就动。如果这份电报内容是真的，大家再想想，日军接下来该干什么？"

"筹备迎接。"张永和说。

"是啊。这事儿可不是睁眼闭眼那么简单，梅野和小川正经得忙活一阵，任何一个表面文章，比如矿区增加流动哨，往来人员增多，都是最好的证明。最能说明问题的，就是行程安排时间表。只要我们拿到时间表，一切真相大白。"

我接着老马的话说："还有，王子祥那边，不管他提供的情报是真是假，都会有下一个环节，我们可以两边吃不准，但我们也可以把两边的情况往一起碰，再比较日军的实际行动，真相就慢慢浮出水面。总归在确定准确日期前，我们的计划照常。"

"怎么拿到行程表，只能看姚丽的了。"

我说："老马，这项任务我交给她了。"

张永和说："团长，一个女孩子家的，这任务也太重了。"

我说："斗争忽略性别。"

"还有一个确认日期真伪的办法，我们只有找到满洲省委，王子祥所说的就真相大白，我想，这事越快越好，如若不然，可能会危及满洲省委。"

我说："老马，我同意你的观点。明天，我再去趟城里。"

王一民说："团长，这次你别去了，我去。或者苏排长去。"

"我有两次进城经验，苏排长办这种事不方便，谁也别争，还是我去。"

老马拍拍王一民："一民，熊团长去更合适。"

我理解老马的深意，他也明白我的深意，我们彼此心照不宣。在内心里，我感谢命运，将老马送到我身边，做并肩战斗的战友，有他在，我心里踏实。

第二天，仍然找个工友顶替我，我趁傍晚收工，夹在工友队伍里混出矿区。我沿着已经熟悉的路线疾走，三月下旬了，天黑得慢，到许大哥家时，夜幕尚未合拢。许大哥没收摊，他穿件青棉袄，坐那儿守菜摊子，答对三三两两来买菜的人。我走到近旁，叫他："许大哥。"

许大哥抑制不住地兴奋："哎呀，兄弟！"

许大哥把我拥进屋，冲许大嫂喊："麻溜儿炒两个菜，李兄弟来啦。"

许大嫂痛快地应一声，在厨房里忙活开来。许大哥夫妻待我亲如一家，让我心里暖暖的，我想，有这样的东北兄弟，我们还怕"猎日"完不成吗。许大嫂手脚麻利，没用多长时间就端上饭菜，许大哥亲手盛了一碗汤子面糊糊，捡块笸箩里的干粮递给我："多吃点，你太瘦了，吹阵风都能刮倒。"许大嫂说："那鬼地方，一头壮牛也能给折磨成病猫。"我被许大嫂的幽默逗笑了："许大嫂你真有意思，抚顺人都喜欢这么说话吗？"许大嫂说："那可不，李兄弟，你想啊，自打小日本来了，抚顺这旮旯的人就拎着脑袋过日子，不自个找点乐子，还有得活吗？"我一想也是，煤矿几万十几万华工天天和阎王爷隔门住着，地方百姓经年累月遭受压榨，性格不达观些，真是活不下去呢。

我和许大哥边吃饭边聊，说了这趟进城的目的，就是要找到满仓，进一步核实情况。事到此时，我不再瞒许大哥，如实说了苏排长和我的关系及为什么寻找刘营长，营救范书记。许大哥说："兄弟，我心里明镜似的，你们肯定要干大事，这些天就盼着你和我兜底呢，到时候大哥能帮你什么就帮你什么，哪怕大哥掉脑袋，帮你们把大事干成也值！现在我终于心里透亮了，这么大的事，你就是不让大哥靠前儿，大哥也要豁出命上！"许大哥一席话说得我心潮澎湃，我端起酒碗，和许大哥一饮而尽。我说，既然事情挑明了，许大哥，你就是咱自家人，我没什么隐瞒的。我这次来找满仓，是了解抚顺县委出事前后的一些细节。我问许大哥知不知道满仓家住哪条街，饭后带我去找他。许大哥说，上次满仓来时告诉过他，那一带他也熟悉。我说那好，吃完饭，麻烦许大哥和我去一趟满仓家。许大哥说，什么麻烦不麻烦的，这话见外，你有什么事需要大哥，大哥头拱地也得办妥了，什么也不图，就图个复仇！许大哥的爽快，再次让我心里涌遍暖流。

4

吃过饭，估摸着福康药店打烊了，许大哥穿上棉袄，拦腰系根布带子，两头掖紧，陪着我去找满仓。满仓住在奉海铁道南的一条胡同里，路上，许大哥说："奉海铁道是当年张大帅和少帅父子为了和日本人争夺铁路权，特地花钱修建的。"他还说："满仓家那一带，再早是荒草甸子烂泥坑，1928年，日本人建设'大露天'，也就是把西露天矿周围的几个矿合并，实施大开发，嫌千金寨的中国人碍事，就在浑河南岸的草甸子铺垫矸石，把老百姓统统撵到河南盖房子。千金寨这一大搬家，富的变穷了，穷的揭不开锅了。"许大哥伤感地说："穷搬家，富挪坟。老百姓都明白这个理儿，不愿意搬，日本人就使暗招，在采煤的地下巷道里加大炮药量，震塌大伙儿的房子，要不今天给你停水，明儿给你断电，让你过不安生，大伙儿实在被逼得无奈，陆续搬到这边来了。唉，当年一场日俄战争，就没想到把个鬼引进家里祸害人啊。"想到东北长期沦陷，生灵涂炭，贪心不足的日本人靠掠夺东北发家，撑大了胃口，又妄图吞灭整个中国，我心中塞满怅然和愤怒。我说："许大哥，咱们齐心合力，把小日本赶出中国。"许大哥说："不赶走小日本，咱没太平日子过。"我俩边走边聊，过了铁道口，拐进民巷里头，在胡同的第四个油毡房找到满仓的家。

满仓蹲在灶坑烧火，屋子里烟雾缭绕，看不清人。许大哥说："这孩子够可怜的，爹妈死了，他没兄弟没姊妹，一个人守着这间破房子。说着话，拿手扇扇烟，喊了一声："满仓。"

满仓听门外有人来，应声站起，又惊又喜："许大哥？"

"还认得这个人不？"许大哥指着我说。

满仓迟疑片刻，揉揉眼睛："他……噢，李大哥。"

我握住满仓的手说："满仓，你好啊。"

"李大哥，你也好。许大哥，你们快坐。"满仓拐着胳膊肘当麻布，抹了一遍炕沿。

许大哥和蔼地说："满仓啊，你李大哥这次来，是想问点事。"

"满仓，我这次来，是想请你仔细回忆一下，王老板，哦，就是王子祥负伤后到你家的情况，和重开药铺后的情况。"第一次由于匆忙，我疏漏掉几个关键环节，这次希望从满仓身上寻找到答案。

满仓略作思考，回忆道："那天晚上，范书记让我在离宪兵队稍远的地方，等着接王老板他们出来，范书记说，'如果听到里面响枪，不见咱们的人出来，你就赶紧跑回家，等咱们的人突围，撤到你家里暂避风头。万一咱们的人出不来，你也安全，日后有什么事情，就全靠你了'。范书记他们进去后不大工夫，里面就响枪了，我等了一会儿，越等枪声越密，却没见一个人，我约莫事儿不好，就照范书记嘱咐，跑回家里等。大半宿我也没敢睡，可是，只等回王老板一个人。"

"王子祥到你这里是几点钟？"

"估摸着下半夜三点多钟吧。"

"范书记他们去营救是几点钟？"

"半夜一点钟左右。"

"从宪兵队走到你家得多长时间？"

"用不上半个钟头吧，快一快还能短点儿。"

"满仓，范书记他们进去后，枪响了多长时间？"

"从开始到结束不到一个钟头。"

范书记他们一点多钟摸进宪兵队，一点半多钟结束，王子祥三点多钟才到满仓家，中间的时间哪里去了？小川大方到不全城搜查，给他足够的时间轻松出逃吗？我心里七上八下翻腾着问号。

"满仓，王老板从哪里得来的满洲省委的情报？"

"他没说，我也不便问。我虽然不是党员，但我知道党有纪律，这么重要的情报不能随便打听。"

"满仓，王老板让你找许大哥送情报时，他怎么说的？"

"他说，情报太紧急了，如果送不出去，会误了大事。问我你最近来没来。我说没。他急得一个劲儿地嘟囔，矿里再不来人，黄花菜都凉了。我一着急，说你认识许大哥，没准儿许大哥能帮上忙呢，可是，这么重要的情报，也不能单凭着认识许大哥就轻易给他呀，万一泄露出去咋办。王老板说，死马当活马医吧，再者说，矿里的人既然认识许大哥，想必不是一般的关系，他让我把情报密封好，对许大哥谎称是一张药方子，就这么给了许大哥。"

"这个王子祥，真够鬼精的，许大哥也被重点怀疑了。"

"都怪我，不该说出许大哥。"满仓后悔。

我安慰满仓不必上火，既然他蒙许大哥，他也是心里不托底，断不准许大哥跟我们的关系，只是借机试探了，既然是试探，就不好抓许大哥的把柄。我暗下定了决心，便问满仓是否有满洲省委的联系方式。满仓摇头。我一想也是，满洲省委刘营长牺牲，范书记失踪，我们与满洲省委就断了联络，只有王子祥有联系到满洲省委的可能。许大哥说："要不去沈阳找找。"满仓说："沈阳那么大，咱两眼一抹黑，上哪找去？"我们仨一时没了什么主意。隔一会儿，我问满仓："满仓，你再想想，范书记有什么特别的交代没有？"满仓忽然一拍大腿：

"我忘了一件东西！"

我和许大哥面面相觑，不知这孩子又蹦出什么花样来。满仓说着，打开炕梢的木箱子，取出一个蓝布包，托在手上，掀开四角，竟是一手持笤帚的小红布人。我彻底晕了，不知这是何意，不解地望着满仓和许大哥。许大哥说："这是东北满族人的习俗，每年阴历五月初一，家家户户到河里洗脸，上山采艾蒿，和小红布人一起挂在门楣上，图高林茂沐浴着和煦的阳光，浑身上下舒坦，他伸伸腰，扩扩胸，步子不由甩大，嘴里却发出嘶溜一声。老述子知他疼了，提醒道："姨夫……你留神着点儿。"

高林茂说："卵大的事，有什么金贵的。"

于翻译说："老述子，你姨夫福大命大造化大，一会儿还要和小川队长干几杯呢。"

老述子撇撇嘴，没吭声。三人走出大院，门口马路边停着宪兵队的车，于翻译拉开车门，高林茂也没客气，弯腰坐上去。于翻译随后，老述子坐在副驾驶位置，车子朝翔凤楼开去。老述子头一次坐宪兵队的车，屁股左扭扭，右扭扭，身子总也坐不端正，要么押直脖子往外瞧热闹。于翻译拍了一下他后脑勺："你个小崽子，屁股扎刺啦？"

老述子嘿嘿笑道："我没……我头回坐这车么。"

高林茂没头没尾说了句："往后咱也会有这车。"

老述子不明所以，于翻译也一头雾糊，以为高林茂受了刺激留下后遗症，说起话来头上一句腔上一句的，心想待会儿见了小川可别乱搭茬，免生是非。三个人各怀心事，不再说话，眨眼，车子开到翔凤楼。

翔凤楼是抚顺城最有名的中餐馆，位于西一番町北二条通的马路口，一栋独体涂朱红漆饰金粉墨绿底色的二层楼，外表尊贵，气势内敛，典型的中国建筑风格。来翔凤楼的客人多是达官富贾，小川选这里宴请高林茂，一则显示他的诚意，二则给足高林茂面子。进了大厅，高林茂和于翻译两人的脸便是标志，店伙计一见两位大爷光临，笑得满面桃花"两位爷，小川队长在上边呢。"兴冲冲地引两位上了二楼的雅间。

小川已坐在那里等候，客房里暖烘烘的，他穿了件雪白的衬衣，袖口、领口无一点汗渍印痕，风纪扣扣得严严实实，一副标准的帝国军人形象。见高林茂进来,小川笑容可掬:"高署长,请坐。"

高林茂似笑非笑:"小川队长,您久等了,多谢!"

于翻译见高林茂思维正常,原本不太落底的心放下大半:"小川队长、高署长,咱们别外道啦,坐下再唠。"

大家落座,小川点了几样经典菜,有野鸡炖松蘑、狍子肉炖酸菜,等等,白酒照例是千台春。翔凤楼毕竟是名店,一会儿,六道菜全齐了,小川亲自给高林茂斟一杯酒,高林茂诚惶诚恐地双手接过:"小川队长,我受不起呀。"

小川咧咧嘴角:"高署长,你多多的辛苦,应该的。"

高林茂说:"小川队长抬举我。"

酒斟满了,小川举杯说道:"高署长,我向你致歉。"仰脖喝了下去。

高林茂也干了:"小川队长,过去的事翻篇儿吧,咱们重打鼓另开张,我高林茂保证,从今往后一心踏实跟着小川队长干。"

酒宴一开端就气氛融洽,再喝下去,越谈越热络。小川虽在东北多年,但不适应东北白酒的烈性,几杯下肚,连呼千台春比日本清酒厉害得多,高林茂和于翻译也喝得面红耳赤,舌头有点大。酒过三巡,菜过五味,小川说起视察团即日到抚,警察署要配合宪兵队,竭力维持社会治安,抽调精明强干的警察护卫视察团。高林茂胸脯子拍得啪啪山响:"小川队长放心,有我在,视察团的安全不在话下!"

于翻译比谁都高兴,他成功地充当了小川和高林茂的调停人,说出的话带着蜂蜜味:"小川队长,高署长,宪兵队和警察署亲如一家,抚顺地区的治安没冒儿了,视察团此行的安全,不足为虑。"

小川晃晃脑袋:"'猎日'小组不除,总是心腹大患。"

高林茂打了个响亮的酒嗝,喷出一股酒菜混合的臭气:"小川队长,咱们手里不握着一张牌呢吗。"

"那个王子祥,我担心他成不了事。"

"我盯紧点儿。"

"高署长,一切拜托了。"

小川和高林茂碰了一杯,干掉一半,接着唠保卫视察团的安排。实际上,小川是借着这顿赔情酒,给高林茂派活儿。诡计多端的小川担心高林茂被他惩治,心里生隔膜,明里听喝,暗里留一手儿,小川的活就不好干了。就让于翻译撮合,缓和矛盾,哄高林茂为他冲锋陷阵。小川的一肚子花哨,高林茂焉能不瞧出端倪,可眼下只得揣着明白装糊涂,你好我好,大家都好。因此,这酒宴喝得很尽兴。

喝完了酒,高林茂摇摇晃晃下了楼,叫老述子送他回家。老述子早等得不耐烦,扶着他到门口,拦了一辆人力车,把他连拖带拽地弄上去,自己坐在旁边挽着他的胳膊,防着他掉下去。走到半道,高林茂突然来了精神:"不回家了,回警署。"

老述子一惊:"姨夫你没喝多呀?"

高林茂"嗤"的一声:"那点酒能让你姨夫趴下?"

"那你也该回家……歇……歇呀。"

"在医院天天歇。"

"这工夫上……警署也没啥大事呀。"

"有。给我找李队长。"

"哪个……李队长?"

"你脑子又灌铅了咋地?还有哪个李队长?"

2

高林茂和老述子回到警察署,高林茂回到自己办公室,酒劲儿上来了,觉得头昏脑涨脚底下发飘,老述子给他倒杯热开水,放在桌子上，转身去找李队长。高林茂急于要见的人叫李海峰，伪警察署四大队队长。李海峰这个人，宪兵队一直不怎么信任他，因为1932年9月19日日本人进攻抚顺时，他号召一帮警察拿起枪要跟日本人决斗，如果不是县长拦着，当时就和日本人火拼了。日本人占领抚顺，始终对李海峰怀有戒心，严格限发四大队枪械子弹，每年搞训练，如果不是高林茂从中周旋说好话，四大队很难领到枪支弹药。李海峰念着高林茂的这份人情，私下里跟他关系不错。

不大工夫，老述子领着李队长来了，高林茂挥挥手，老述子退了出去。李队长立正站好："署长，您有事？"李队长其实知道高林茂被狗咬的事，他本想去慰问，又觉此事宜藏不宜张扬，便装聋作哑，此时也不往这茬上唠。

高林茂说："李队长，最近哄哄的日本视察团的事，你知道了吧？"
"听说了。"
"小川给咱派活儿了。"
"我猜他也得派，宪兵队、日本警署、矿警都加起来，人手也不大喽嗖（充足），小鬼子肯定摆布咱。"
"海峰啊，咱哥俩知根知底儿，这屋里关上门没有第三人，今天咱哥俩唠点儿体己嗑。"
"署长，有什么心里话你说，海峰我记着你待我的好。"
"你说，你哥我咋样？"
"毛病是不少，但也没像有些人那样坏透腔儿。"
"哈哈，脆快！海峰啊，我再问你，'猎日'的事近期你也听着风了吧？"
"不瞒署长，耳风招展的，还真听了不少新鲜。"
"'猎日'就是针对日本视察团来的，换句话说，咱现在和他们是冤家对头。"

"那可不。视察团要是平平安安的,小川不拿咱咋地,闹不好,咱这回得跟着吃锅烙,兴许还得当他的替罪羊呢。"

"说得有理。所以海峰啊,我的意思是……"

高林茂说完,李海峰眼珠一动不动地瞅着他,瞅得高林茂发毛:"哎,我说你这么盯着我干啥?"

李海峰还不吱声,两只眼睛老鹞鹰寻猎似的,慢腾腾地在高林茂身上盘旋半晌:"署长,刚才……我没听错吧?"

"你耳朵塞驴毛啦?"

"那倒没。"

"那就没听错!"

"真的?"

"真的!"

"我明白了,你瞧好吧!"

"海峰,哥把这条命交给你了,成不成,全靠你了。"

"从今往后,你就是我亲哥,你怎么说,我怎么做。"

高林茂一拍桌子站起来,"嗵"地捣了李海峰一拳:"是他妈咱东北爷们。"

3

高林茂和李海峰达成一致,我却碰了陈校这根硬钉子。晌午吃饭时,我借故凑到陈校身边低声喊他。那家伙头不抬眼不睁,一个劲儿划拉酸馊的高粱米饭。"陈副官,有件事情想和你商量。"我用胳膊肘捣他,期望他关注我。陈校没听见似的,一门心思对付他的饭,好像那团饭是山珍海味,不抢着吃就没了。

"陈副官。"我再次喊他。

"我告诉你，今后你们有天大的事也别找我们。咱们井水不犯河水！"

"陈副官，我……"

"我知道你要干什么，我也想干，你干你的，我干我的。"说完，陈校晾上我走了。

这家伙一见我们就急赤白脸的，恨不得煮了蒸了我们才解气，看他的样子，合作盗火药库的事门儿都没有。尤其让我暗惊的，居然他也想搞掉日本视察团，我真担心这家伙横空一杠子，搅乱大事。我知道，国民党的力量还没有渗透到东北来，抚顺更是空白，陈校的处境比我们还孤立，内外不通的情况下搞暗杀，岂不是痴人说梦吗。

我败下阵来，老马说他去试试，没多久，也打道回府，屁股往地上一搁说："真没想到，这个陈校一根筋。"我笑着说："他没买你账吧。"老马说："死活一句'除非你们把何团长救出来'，我跟他解释矫正辅导院封锁严密，营救何团长我们更着急，他嘲讽我猫哭耗子假慈悲。"

开工的哨声吹响了，战俘们硬挺起疲惫的身体站起身，拿起工具继续劳动。我看着这些躲过呼啸的子弹，挨过饥饿疾病酷刑的幸存者，尽管面黄肌瘦，但身体里潜藏着巨大的生命力，从这一点来说，他们都是英雄。所以，陈校不与我们合作，我不怨他，我只是心里着急，他跟我们这么别扭，如何才能解开他的心结，和我们站到一个阵营中，那天下午，这个问题在我脑子萦绕着。可我真没想出好策略，唯一的办法，就是救出何牧，但是，矫正辅导院形同人间地狱，别说我们，就是煤矿方面的日本人，没有特批也休想进去，凭我们几个人去救，比登天还难。

晚上，我和老马他们为陈校的事商量半宿，那些日子又忙又乱，我还没来得及将打听到的矫正辅导院的情况详细说给老马他们，因为陈校的顽固，也是事情卡到那儿了，才腾出空给大家讲。我说："老马、永和，还有一民，咱们就是浑身十八般武艺，也救不出何牧，况且断定不了他的生死。"矫正辅导院建立时间不长，但是臭名昭著，那地方的刑具品种之全，手段之残忍，无法用语言描述——这座比地狱还地狱的特殊监狱，建在新屯的一个山坳里，从地点的选择，可以看出日本人用足了心思：第一，它隐秘，上不着村下不着店；第二，它和龙凤、老虎台、西露天三大矿成等腰三角距离，就是说哪个矿的战俘或工人触怒日本人，第一时间就被投进特殊牢狱。因为被折磨致死的人太多，矫正辅导院特备了一口活底棺材，这种棺材是个放大的抽匣，人死了，装进去，抬到新屯后山的乱坟岗子，一抽底，死人就掉到地上，负责运送地抬着空棺材走人。矫正辅导院每天往乱坟岗子扔几十人，招致成群的野狗、苍鹰、饿狼、狐狸，啃剩的白花花的骨头肠子叼得到处都是。最令人发指的是，乱坟冈子在日本人建的新屯公园范围内，日本人在公园划船嬉戏，赏景游玩的地方不远，就是特殊战俘的死难场。关于矫正辅导院，许大哥还告诉我一个真实的传闻，他说，设于抚顺的矫正辅导院，其实另有一个在东制油厂，里头关着一名从长春抓来的学生，那学生刚开始在东制油厂干活，常跟华工宣传抗日，反对伪满洲国，奸细密告日本人，就被关进矫正辅导院，砸上手铐脚镣，每天罚他干最重的活，青年学生骨头硬，怎么着也制不服，日本人一合计，把青年学生绑在工人上下班的路上活剐，肉喂了狼狗。一个活生生的命，就那么祸害了。

张永和说："那完了，就何团长的脾气，到了那地方还活得成吗？"

王一民说："但愿他还活着。"

老马说："要是这样的话，何团长生存的希望不大了。"

气氛沉闷下来。过了一会儿，话题拐到陈校身上，我们分析，陈校对我们的成见，是有人故意颠倒黑白所致，目的是离间我们，使我们产生摩擦。我们不约而同想到伍元。他出于何种动机这样做，却不好妄下断言。鉴于陈校的搅局和暗中射出的冷箭，我和老马认定，唯有解开陈校的心结，大家一起行动。我俩谈到后半夜月冷星稀，才迷迷糊糊睡着。

然而，我和老马的担忧转瞬间柳暗花明。

那天上午的天气非常好，太阳光暖得有点烤人，冬天里，我们身上的破棉袄不耐严寒，风一打就透，但在无风的春日，竟使我们感觉捂得慌，有的战俘解开系在腰间的烂草绳，给束缚太久地结着厚厚汗渍与煤灰的身体松绑，让它享受熬过苦寒病灾后的轻快。季节的悄然变化，也使我想念山西，老家的这个季节，草芽子钻出地面来了，一年一度的春祭也开始了，人们扛着铁锹，夹着一捆烧纸，给祖先上坟添土，若我们不千里迢迢来到抚顺，也该给死去的战友们举行祭奠仪式了吧。我这里心猿意马，王一民突然低呼一声，唬了我一跳。

"团长，你快看，快看！"

"怎么了？"

"何团长，何牧！"

"何团长？"我的汗毛都竖起来了。

王一民眼尖，第一个发现混在华工里的何牧，他穿着令人压抑的灰工作服，干活动作娴熟，但战火熏陶的那种味道，不管在哪里，永远能嗅出来。我顺着王一民所指望去，没错，果然是他。我简直狂喜了："好家伙，胳膊腿没少的回来了。"老马疑为天神，两眼发光，冒出一句山西土语："额的神啊！"

"他，他真逃出那阎王殿了？"张永和吧嗒着嘴。

"难道他长翅膀飞出来的？"王一民说。

何牧神奇现身的一瞬间，我真想冲过去狠狠拥抱他。说实在的，因听到各种矫正辅导院的可怕传闻，我晚上做梦都是他被折磨得体无完肤，为无法拯救他惭愧和不安。现在好了，他没事了，我搬掉心头压着的一块巨石。

其实，何牧早看见我们了，只是没作声，故意整我们。那家伙知道我们发现了他，回过头，诡秘地朝我们夹眼坏笑。

我说："我得把那家伙踹倒在地，胖揍一顿。"

第二十三章　在矫正辅导院

1

何牧和我心有灵犀，我俩没用任何口头约定，也没有多余暗示，晚上八九点钟，脚前脚后来到姚丽的诊疗所。

昏黄的灯光下，小小诊疗所弥漫着草药香。初春乍暖还寒，窗外雨雪斜飞着扑向窗玻璃，屋内屋外的景物模糊了灯影，使人产生幻梦感，而我们三人中，沉浸在幻梦感的是姚丽。两个喜欢的人再次一起出现，她百感交集，深情凝视着我们，这凝视中包含着战友之间的生死情意、亲人般的牵挂，超越了单纯的男女恋情。

"姚丽、熊团长，我想念你们。"何牧打破沉默，声音发抖。

姚丽噙着眼泪，没让它掉下来，绝境求生磨炼了她的意志。

"何牧，你是怎么逃出来的？"我说。

"我在里头遇到一个人。"

"那个人帮助了你？他是谁呀？"

"抚顺县委的范书记。"

"他？他怎么会在那里？"我不敢相信何牧说出的事实。

何牧讲了一个令人瞠目结舌的隐秘事件。

营救范书记的夜里，抢在我们之前动手的人是小川，不过，这个时间纯属巧合。事情恰如高林茂猜想的那样，小川把范书记移送到高尔山关押，起初就没安好心眼——他恼恨高林茂玩弄禾子，阴谋借刀杀人。小川早就腻味高林茂的为人，貌似俯首帖耳的高林茂，实际上满肚子小九九，有时候，小川在他那里支不开套，命令打折扣，还要摆理由打马虎眼，邀功请赏。小川就琢磨着给他点颜色，收拾得他规规矩矩，甘当一条狗使唤。有了这个动机，那天夜里高林茂即使没在禾子床上，他也躲不过小川的暗算。小川派人劫持了范书记，借故惩治高林茂，回头逼范书记交代"猎日"行动。范书记任他们敲断骨头不吐一个字，小川本想一枪杀了范书记，一转念，冒出比枪杀更损的主意：割掉范书记舌头，扔进矫正辅导院，在全封禁状态下给煤矿干活。让他受够活罪，耗尽最后一丝力气自消自灭。

范书记被送进矫正辅导院是深夜，何牧干了一天的重体力活，累得蜷缩在冰凉的青砖炕上睡着了。范书记的到来，惊醒了一屋子人。有人扯两下灯绳，灯光照亮宪兵无常鬼似的脸孔，宪兵站在地中央瞅了瞅，把何牧和另一名战俘往两旁一分，腾出空子塞进范书记，转身离去。大家的目光聚焦到这位新来的人身上，只见他浑身血污，嘴巴肿胀，知他之前遭受重刑。

春寒时节，矫正辅导院的监室潮湿阴冷，何牧见范书记牙齿咯咯响，脱下来破棉袄，披在范书记身上。其他几个人也脱下棉袄，裹住范书记。范书记眼睛湿润，却什么也说不出来，急得泪水打转。第二天凌晨，星子还在夜空闪亮，起床哨吹响，大家匆忙起床，在宪兵监视下到工地干活。何牧他们的主要劳动是维修铁轨，新屯辅导院附近铁轨纵横交错，火车不停地跑，枕木破损快，以前有专门的工人负责，辅导院诞生以后，抽换枕木的重活就变成了"辅导课程"。

干活时，何牧处处照顾范书记。何牧直觉他不是被随便抓来的嫌疑犯或者一般的抗日积极分子，很想弄清他的来历，可惜范书记不能说话。范书记也猜到何牧的心思，休息时，何牧和范书记坐在一起，范书记望着南方绵延的丘陵，面容痛苦。何牧到了新屯辅导院才知道，这道绵延的丘陵，是抚顺煤矿的矿脉，向南宽至正开采的几个煤矿，向北宽至抚顺城区。一座绝世的大矿，就这样被日本人年年月月地挖，每一铲，每一锹，挖的都是中国人的血肉。所以，范书记望着那道丘陵，何牧便猜测到他在想什么。

范书记收回目光，落到何牧身上，而后抓自己的咽喉。何牧问他，你的喉咙受刑了？范书记用力点头。何牧又问，那你是谁呢，怎么被抓的？范书记拾起一根木棍，用脚扑平地面，写下"抚顺县委、范秋明"七个字。何牧说："你叫范秋明？"范书记点点头。何牧头皮发麻："你是抚顺县委的范书记？"范书记点头，以手为刀，在嘴巴前作势。何牧明白了，两道浓眉绾个大疙瘩，痛恨日本人的狠辣。何牧说："你知道我是谁吗？"范书记摇摇头。何牧说："国军第七师第五十五团团长，'猎日'小组的成员。"范书记面露疑惑。何牧便说出刘营长等事情。范书记没想到在这里与自己人相遇，泪眼婆娑。

接下来的几天，一直是范书记写，何牧解读，逐渐弄清一些真相。范书记告诉何牧，刘营长牺牲，抚顺县委全体死于宪兵队枪下，他有推卸不掉的责任，如果他头脑不发热，我们不会损失这么惨重。何牧极力安慰他，消除他的负罪心理。范书记激动的情绪平缓下来，他说王子祥是叛徒，千万不要相信他。

2

何牧原本有逃出去的念头，范书记一说中间曲折，更坚定了想法。范书记也想让何牧逃走，他给何牧画个线路图，从新屯怎么拐弯，怎么进入市区，一一标示清楚。但范书记担心何牧到了市区后，下一步怎么办。何牧说："回西露天矿。"范书记瞪大眼睛，拼命摇头，写道：

"太危险了。"何牧说:"越危险的地方越安全,小川再精明,也想不到我又回西露天矿了。"范书记又写下一个名字,让何牧去找他,由他作保,到抚顺第一大把头穆把头那里挂个号,假普通华工身份返回矿区。何牧兴奋地说,咱俩一块逃。范书记写下一个"好"字。

逃,只能选择傍晚收工时,否则回到矫正辅导院,就难以逾越电网大墙、三重配置机关枪的岗哨。好在范书记熟悉地形,指点何牧什么时间天下黑影,什么时候我先跑,你后跑,我往西,你往东。

天傍黑,旷野里景物混沌,矿区采煤腾起的浓重煤烟尘土堆积半空,刀子一割,能齐崭崭地剁下一块来。临近下班,站一天岗的宪兵精神倦怠,范书记瞅准空档,假装解手,踱到灰黑的暮影中,趁人不备,撒腿就跑。宪兵猛听得踢踏铁轨的回音,高喊着,站住,站住,哗啦哗啦地拉动枪栓。模糊中,何牧趁宪兵注意力集中到范书记逃跑方向时,猫下腰,向西边最近的山峁靠拢,那个山峁下长满一半人高的蒿草,年复一年无人收割,铺成毛茸茸一片。山峁上密麻麻的长着杨树、槐树窠子,一墩挨着一墩。何牧藏身蒿草中,匍匐着爬上山,钻进树窠子往抚顺城内摸去。等他攀上山顶,朝山阴坡下滑时,背后传来一声清脆的枪响,他的心像被钻了个洞,鲜血汩汩而流。范书记故意吸引宪兵,把生的希望留给他。何牧没有停下,也没有落泪,一直往前走,心里频频告诫自己,你得活着,你得替为你死的人活着!

何牧跌跌撞撞地到了抚顺城内,这时,家家户户点亮灯光,微弱的灯火萤火虫般,给初春的夜幕播撒着光明。关押几个月,何牧头一次进抚顺城,又是黑夜,不辨东西南北,只拣着成片的油毡房胡同走,一路打听噶布垯在哪个方位,就这样边走边问,终于打听着范书记的熟人老陆家。

老陆是个明白人,见何牧身着囚服,手脚刮得破皮流血,什么也不问,让老婆翻出一套自己的旧棉衣给他换上。老陆的老婆端出一碗酸菜炖土豆条，一碗玉米饼子，招待何牧吃饭。老陆倒碗热水，让何牧先暖暖胃。霎时间，何牧红了眼圈——老夫妻制造的简单的温暖，在何牧看来那么迷人，让他想享受一辈子。他嚼着玉米饼子，喝着菜汤，想到舍身救自己的范书记，想到矿里的兄弟们，想到姚丽，觉得自己非常软弱，泪水涌满眼眶，只是这条硬汉生生噙住眼泪，合着菜汤饼子一起咽下去。

吃了一顿饱饭，何牧心底安稳多了，这时，老陆才问他，范书记咋样了。何牧难过地说，给日本人打死了。老陆遗憾的说："范书记是好人呐，早先俺们叫他老李，爱吃他做的豆腐，我哪趟去买豆腐，称头都高高儿的。出事了大伙才知道，他是共产党的抚顺县委书记。唉，这年月，好人不长寿。"接着，老陆又说："这位兄弟，咱俩萍水相逢，我也不便多问，你下一步有啥打算？"何牧说："陆大哥，我矿里还有很重要的东西，我想回去，你能不能帮我这个忙？"老陆说："行。明儿早起我带你去求穆大把头。"何牧说："陆大哥，谢谢你。"老陆抽出嘴里叼的旱烟袋，往炕沿帮子磕打烟油子，一边说："谢什么，咱们都一样，落难的中国人。"

何牧在陆大哥家睡了一宿，梦里枪声不断，范书记拖着血糊糊的腿朝他奔来，突然跌倒在地，他急得喊叫，可是怎么也喊不出声。早晨起床，何牧昏昏沉沉，舀盆冷水洗把脸，才觉清醒许多。饭后，陆大哥领着何牧拜见穆大把头。穆大把头盘腿坐在炕上，拿小手指甲剔牙缝，剔掉的残渣用大拇指一抠，再一弹，弹到地上去，眼皮瞭了一下陆大哥，慢条斯理地问："老陆，一大早的，有事吗？"陆大哥说："穆大把头，我这给您举荐个人，想挂您的号子，上矿里去。"说着，扯了一把何牧，何牧上前给穆大把头行见面礼。穆大把头打量了一番何牧，问陆大哥："老陆，他是你什么人呐？从哪来？也忒瘦了点，这体格到矿上干什么？"陆大哥急忙说："穆大把头，他是我老家的亲戚，您别看他瘦，可骨架子瓷实，什么活都不耽误。真的！"穆大把头剔完了牙，陆大哥奉上一杯热茶，穆大把头喝了一口，咕噜噜在嗓子眼转几转，呱唧，吐到何牧脚跟前。何牧被这蔑视气坏了，拳头握紧，又松开，讨好地笑着说："穆大把头，我能行的，您就帮我个人情吧，您大恩大德，我永世不忘。"穆大把头"嗤"地笑道："呦嗬，这瘦猴儿嘴巴倒抹了蜜似的，好吧，看在老陆面子上，我收了你。"陆大哥拱手道谢："唉，唉，多谢大把头。"穆大把头又冲着何牧说："收是收了，不过你得交二十块的手续费。"何牧面露为难之色："穆大把头，您看，我初来乍到的，兜比脸还干净，要不这样行不行，您先让我去，二十块算我欠您的，等挣了钱，我慢慢还您。"穆大把头说："老陆啊，你难为我呢，你也知道，这矿上的事，不由我一人说了算，这下面还有二把头、账房先生，他们指望着这行当养家糊口呢。"陆大哥说："穆大把头，哪能叫您为我们坏了规矩，这钱我拿，我拿。"陆大哥掏出衣兜里的钱，数了数，还差几块，就说："穆大把头，现有的都给您，差的我写个欠条，回头给您补上。"穆大把头嗤地乐了，双手一拍，"好，就这么着吧。"

离开穆大把头府上，何牧念着与陆大哥萍水相逢，给他添了这么大的麻烦，累及他花了一大笔冤枉钱，十分过意不去。陆大哥安慰他切勿多想，钱是人挣的，只要人在，一切都好说。

何牧就这样重返西露天矿。

3

何牧打算顶替一名病死的战俘回原宿舍，继续参加"猎日"行动。从设计弄翻小火车那次，我就领教何牧满脑子的稀奇古怪，这家伙鬼主意太多了，想完成"猎日"，真缺不了他。我说："何牧，你不在的这些天发生很多事情，德厚牺牲了，陈校和我们闹对立，满洲省委失去联系，视察团马上到达抚顺，可我们现在还没搞到炸药。"

"徐德厚牺牲了？陈校为什么和你们对着干？"

"德厚为了偷炸药。陈校认为你进辅导院是我们害的。"

"愚蠢。"

"何牧，别怪他，这也证明他对你的深厚感情，陈校做得对。你回来了，一切就好了。眼下，最要紧的是搞炸药。我们重新设计了一个方案。"

"你说吧。"

我从头至尾细致地讲了我的新计划，全部的程序是，鉴于日军增加值守力量，日军到来的头天晚上，四人接近火药库，弄死值班日军，换上他们的衣服继续值班，其余两人连夜把引线埋在视察团停留的地方，如果地形不利，一夜可能干不完。第二天交班前，再增加人手，留两个顶替前一天的两个人，弄死前来接班的宪兵，其他人一拨晚上潜入火药库，一拨埋好引线，然后安装炸药。等视察团一到，立即起爆。"

"我同意。但这里有个非常关键的问题，就是一定要搞准视察团到底哪天来矿里，在哪里停留。"

"这件事由我来做。"姚丽说。

"你？"何牧瞪圆眼睛。

"信不过呀？"姚丽开玩笑，调解气氛。

"嗯。也只有你了。"何牧反应极快。

说完正事，我借故走了，我想，何牧一定有话跟姚丽说，我在场碍事。经过这段时间的波折，我逐渐冷静，我想，我和何牧之间，选择权在姚丽，我应该充分相信她，不管她最终选择我还是何牧，我们三个人都是无私的，我们的感情经历了生与死的考验，超越了道德标准。

战俘们睡下了，呼噜声高低起伏，也有人说着莫名其妙的梦话。我就着窗外探照灯的光线，拖鞋上炕，和衣躺下。几个月来，我脱衣躺在舒服的被窝里睡，是在许大哥家，回战俘营后，每至深夜，我常念起那床麻花被子，好闻的棉花味留在我的嗅觉里，一吸鼻子就跑出来，身体便觉暖烘烘的。

"谈完了？"老马在昏暗中说。

"他讲了不少事。"我裹了裹破棉袄，避免夜风骚扰饥饿的身体。

"他弯弯绕多，敢于重返矿里，必是一波三折的。"

"他遇到了范书记。"

老马的吃惊不比我小："范书记被关进去了？他怎么会关那里？"

"小川捣的鬼。"

夜风千万条小蛇似的游动在屋子里，我躺在无处不在的凉意中，复述了一遍事情经过，讲完了，我脑子里突然划过一道闪电：坏了，满仓！我太着急了，虑事不周，我不该打发满仓去李记豆腐坊，这等于把满仓往枪口上送啊。我说："老马，坏了，我做了件错事，满仓有危险！"

"满仓现在确实危险，但何牧未证实，咱们也不好光凭怀疑就认定王子祥是叛徒。"

"明天赶紧托许大哥找满仓，我估计，王子祥不会放过那孩子。"

"事不宜迟，抓紧联系苏排长。"

那一夜我惦念着满仓，如果他出点啥事，我一辈子心不安。二更，三更，五更天，我望着漏屋顶那块拳头大的夜空，看着一颗星星忽闪忽闪的亮，直到东方发白。

第二十四章　小布人

1

也是事有凑巧，王子祥不早不晚，偏那几天要打扫药铺，勤快利索的满仓拿块抹布，里里外外地擦拭药抽屉，其间免不了爬上爬下，揣在怀里的小布人，就在他踮脚抹药柜顶时掉了下来。

"哎！满仓，你咋揣着这个？"王子祥弯下身子，捡起来。

"玩的。"满仓说着，伸手往回要。

"你半大小子玩这玩意儿干吗？"王子祥穷追不舍。

"邻居孙二哥家的小丫头送给我的。那小丫头可招人稀罕呢。"

"我说呢，你个半大小子哪能玩这个。"王子祥将小布人还给满仓。

满仓揣在怀里，用力按两按。"哈哈，亏得是毛丫头，要是人家十六七岁的大姑娘，这可是咱满仓的定情物啦。"王子祥取笑满仓。

"呸。你才定情物呢，嚼舌头根子。"满仓红了脸。

王子祥东拉西扯，消除了满仓的戒备心，但他自己犯起了嘀咕：满仓在药铺几年，从未提及邻居孙二哥家有个小毛丫头，再说了，不早不晚的，小丫头送个布人干什么，难道仅仅是小孩子玩耍？不对，满仓看上去木讷，实际上鬼精着呢，没准儿是他在打什么主意。王子祥想到此处，暗做筹划。不明就里的满仓哪能看穿王子祥心理，他真以为王子祥没上心小红布人。

天近晌午，满仓和王子祥拾掇好药铺，洗净了手，撩起围裙，边揩手边打量铺子，这时陆续来了几位买药的，跨进门槛就夸："满仓啊，哪个老板雇了你，算有福啦，嘴巴甜，会称药，能干活，长处全让你一人占了，看这药铺拾掇的，犄角旮旯没一粒灰尘。"

满仓嬉笑着："您不知道，俺们老板人才好呢，要不谁这么卖力呀。"

客人笑道："这个满仓，哄死人不偿命。"

王子祥也笑道："俺们满仓啊，快到娶媳妇的岁数了，各位帮我踅摸踅摸，谁家闺女合适，我保证，嫁给俺们满仓有好日子过。"

"王老板，真话假话呀？你家满仓要娶媳妇，送上门的大姑娘还不驾鞭子赶？"

"大实话。有劳各位，街坊四邻的帮忙打听打听，谁家姑娘模样好，贤良顺和，人家要愿意，我立马下财礼。"

"王老板有话就好办呐，满仓这孩子大伙知根知底的，娶哪家姑娘，就是哪家姑娘的福分。"

药铺里的人你一言我一语，闹得满仓窘迫，威胁道："你们，你们，我不给你们抓药啦。"

"哈哈。"

众人开心大笑。打发走客人，天也晌午了，满仓和王子祥在药铺子里吃饭，满仓嚼着一根大葱，呛得打两声喷嚏，满仓反手擦着鼻涕眼泪："王大哥，吃完饭，我想上街里一趟。"

王子祥往嘴里扒口饭："去吧，晌午没什么人，我一个人盯着就妥。"

"好咧。"满仓干脆地回应。

吃完饭，满仓洗净碗筷，收拾停当，走出福康药铺。路上，满仓多了个心眼，穿街过巷地绕好几个弯，才到李记豆腐坊。满仓在对面街观望一会儿，和旁边卖干姜调料的铺子搭讪："大哥，我想买豆腐，李记豆腐坊停业啦？"

卖调料的汉子抬起头，瞅着满仓："上这买豆腐，找死呀？"

"大哥，我买豆腐，不是买死。"

卖调料的汉子上上下下地打量满仓："我说你这孩子看着也不像痴茶呆傻，怎么说话净犯冲呢？你上哪买豆腐不好，偏上这买？"

"大哥，那门不是敞着吗？"

"敞着是敞着，没人，懂不？快走吧，哪凉快哪待着去。"

满仓不再磨叽，他已经确定李记豆腐坊附近没安插暗探，转身往回走。满仓回到福康药铺，王子祥还在午睡，满仓的开门声惊醒他，这么快就回来了。满仓胡乱应一声，蒙混过去。王子祥也不再问，抻抻腰，踱到屋檐下晒太阳，预备迎接下午的生意。满仓拿起鸡毛掸子，也跟着出了屋，隔着王子祥几米远掸身上的浮灰，对王子祥嘀咕："抚顺城的灰就是大，出门转一圈，浑身煤渣子味。"

王子祥说："成年累月的挖煤，还好得了？"

"小日本子什么时候把咱的地下挖空了，什么时候能消停。"

"挖空？你没听日本人说呀，咱抚顺城的煤够他们挖一百年！"

"一百年？还想赖在咱这世代相传呀？"

"照这话唠吧。清王朝封禁二百多年，保护龙脉，保护一溜十三招儿，合着是给日本人守矿呢。哎呀，想当初，光绪皇帝要是不准奉天将军的折子，兴许这矿啊也开不了，开不了矿，老毛子和日本子的战争也牵连不到咱们，就算牵连了，抚顺城没什么油水，日本人也不会死皮赖脸不走，千方百计霸占大煤矿。掐指算算，从日本人占煤矿到现在四十年光景，咱抚顺城从一大片野地变成一座大城市，日本的学校、侨民、银行、报馆，你也都看着了，你觉得他们有走的意思吗？"

"它不走，咱赶它走。"满仓把鸡毛掸子使劲往身上拍。

"对喽，它不走，咱赶它走。哎，满仓啊，那天来咱药铺的人再来没来？"

"哪个人？"

"你这孩子，就那个。"王子祥嗔怪道。

"没啊。这些天你也在家，来了你能不看着吗。"

"倒也是。哎呀，这情报递进去有日子了，也不知道里边到底咋样。"

"没准儿许大哥没给递呢。"

"你咋知道？我看那个老许不像办事没跟梢的人呐。"

"我也就这么一说吧，咱光急也没用，咱们进不去矿，进去了找不着人。"

"满仓啊，要不，你去许大哥家访听访听？"

"他一个卖土豆萝卜的，访听他不是瞎子点灯白费蜡。"

"那个人不是认识许大哥吗？他怎么认识许大哥的呢？"

"认识人家也不能把这么要紧的事告诉他，再说了，咱也没说这是重要情报，许大哥当时要知道，说什么也不能帮咱传，没准儿去日本人那儿告发咱呢。"

满仓一嘴巴的理儿，王子祥辩不过，不再和满仓费口舌，进屋去了。

2

下午，药铺来了几个老主顾，也有新面孔，满仓照样抓药包包，生意料理得头头是道。天傍黑时，药铺打烊，满仓和王子祥结完账，放下木窗，别拴上锁。满仓出了药铺，朝着家的方向走去，累了一天，他很想回家歇息，但摸摸怀里的小布人，他忘记了疲劳。满仓走了一段路，天完全黑下来，卖吃食的铺子点亮灯，招徕南来北往的食客，满仓看也不看那些油汪汪的猪蹄、烧鸡，朝鲜人拌的红通通的辣椒咸菜，折身沿另一条街往回拐，他埋着头，甩开步子，因为走得急，脑门沁着一层汗珠。满仓走到李记豆腐坊，停下来，身子隐在一个檐角的影子里观察，巷子里行人来往，个个着急忙着回家去，这时就算天上猛不丁响个炸雷，炸哪座房子个大窟窿，谁也没兴趣看了。满仓断定没人留意他，掏出怀里的小布人，狸猫似的窜过去，一伸胳膊，小布人悬在院门槛上方一个不太惹眼的位置。这组动作一气呵成，没有半点拖泥带水，之后，满仓气行丹田，用力向外一呼，回家去了。

满仓专注于这件事，浑然不知另一条小巷里的一个人将一切尽收眼底。这个人就是王子祥。满仓走后，他从阴影中出来，仰视红身子白脸的小布人，看着看着，忽然觉得小布人白煞煞的面部动了一下，他夹夹眼皮，细看，这一看不要紧，吓得他噔噔后退几步，拔腿就走——黑暗中，小布人的白脸竟变成范书记的脸，王子祥怕得要死。

王子祥疾疾奔走，浑身拱出一层虚汗，黏糊糊地沾着肉皮，鬓角也淌下两溪汗来。他根本不看脚下的路，只顾倒腾着两只脚，走着走着，猛听得一声吆喝："王老板，黑灯瞎火的你干啥去？"王子祥收住脚步，寻声抬眼，来人一身黑制服，一条皮带束在腰间，衣襟裙子样扎撒开，便道："高署长？"

"王老板，急忙下呛的不瞅道儿，别摔跟头啦。"高林茂笑眯眯说着暖人的体己话。

"没事，没事，多谢高署长。"

"王老板关了铺子不回家，你这是往哪去呀？"

王子祥支支吾吾，他不想讲心里的秘密，又寻不出什么合适的理由。

"怎么，不便讲？"

"是……不，不是，我想去……"

王子祥犹疑着该不该把事儿告诉高林茂，高林茂抢过话茬："去宪兵队吧？"

"不，不是，我正想找你呢。"王子祥听出高林茂话中有话，不敢惹这位抚顺地界的大爷，将话拉了回来。

"找我？有什么要紧事？"

王子祥即使情知高林茂会抢头功，也不敢跃了锅台上炕，便不再隐瞒，实言相告适才的事情。高林茂果然两眼亮得灯泡样，竖起大拇指夸奖："王老板，你立大功啦。这事儿，我马上跟小川队长汇报。"

王子祥佯作感激，心里却道，前几次都被你篡夺功劳，这回指不定怎么跟小川扒瞎呢，真是夜黑走路怕见鬼。王子祥心里犯堵，高林茂大大方方："王老板，我替小川队长奖赏你，请你喝酒！"

王子祥哪有兴趣喝什么酒，推脱道："哪有让署长破费的道理。"

"唉，烟酒不分家嘛，何况我也馋酒了，你权当陪我。"

高林茂硬拉着王子祥，朝路边一家酒馆走去，王子祥违心跟进。逢着晚饭高峰，酒馆里座无虚席。高林茂凭着在抚顺地头的名声，一露面便被跑堂伙计认出来，脸上堆满殷勤的油烟熏制的笑："高署长，您老快请进。"高林茂环视一圈，做出不屑的姿态："散席太闹哄，雅间还有没有？"

眼观六路耳听八方的店老板迎到外间："高署长，您来了？实不相瞒，雅间订满了，我马上给您腾一间。"

高林茂双手交叉放在腹部，做满意状。

店老板亲自引了高林茂和王子祥上二楼，挑开一间向南雅间的帘子，高林茂目不斜视，踱着方步，四平八稳地入座。王子祥也坐在他对面。店老板候着高林茂点完菜，转身下楼安排厨房赶紧炒菜烫酒，伺候好两位贵客。这会子，摆足架子的高林茂掏出裤兜里的烟，弹出一根，王子祥摸出洋火，"嚓"的一声划着，伸到高林茂的鼻子底下，高林茂略一低头，凑着火吧嗒几口，烟卷便冒出袅袅青烟来。高林茂呛得睁一只眼，闭一只眼："王老板，你也来一支。"烟盒移给王子祥，王子祥道声谢，抽了一根烟。陆续上菜，高林茂摁灭剩余的半根烟，吩咐店伙计斟酒，店伙计捧着酒壶，每只酒杯斟满，高林茂端起杯，和王子祥碰了一下，仰脖喝了一半。王子祥动作拘谨，喝下一扁指。

"王老板，满仓知道事不少啊，我怀疑他还有事瞒着你。"高林茂挥手赶走店伙计，切入正题。

王子祥说："那小子看着傻了吧唧的，实则精着呢，他的心思看不透。那回矿里来人的事我就觉着蹊跷，套他几次也没说。"

高林茂惊诧万分："矿里来过人？"

"范书记被捕后，有人来过药铺，问起刘营长的事，那天我没在家，满仓接待的。开始我怀疑是满洲省委，后来觉得是矿里的。"

王子祥把我到药铺之后的事情讲了一遍，高林茂听完，眼珠子叽里咕噜转半天："看起来，我得下手了。"

"怎么下手？"

"这你还不懂？我不对满仓下手，你就暴露了，你不怕挨共产党的枪子儿呀？"

王子祥眨巴眨巴眼。高林茂岂不知王子祥所想，频频举杯，给他晾宽心。王子祥深知高林茂满嘴蒙人话，他心里清楚得很，等他再无利用价值，小川就会一脚踹开他，那时共产党知道他叛变，也不会给他好果子吃，他现在提心吊胆地过日子，活一天少一天。王子祥越想越窄，一杯接一杯喝着闷酒，没多久醉得脑袋瓜子耷拉在桌子上，嘴里乱七八糟磨叽着酒话。

3

高林茂叫酒馆送王子祥回家，自己返身去了警察署，派人找来李海峰。

高林茂格外温和地说："海峰啊，这么晚把你找来，是有急事。"

"什么事，署长？"

高林茂说了满仓去李记豆腐坊悬挂小满族布人的过程，李海峰："署长，你的意思是……"

高林茂胸有成竹："小布人继续挂着，你在周围布下暗哨。至于满仓，神不知鬼不觉弄来。"

李海峰痛快地说："好。我这就去办。"

"手脚要利索！"

高林茂放大嗓门，冲着李海峰的背影说道。

李海峰叫上几名弟兄，也没说什么事儿，全副武装地过了奉海铁道，深一脚浅一脚往满仓家摸去。此时，满仓别了院门，熄了灯，躺在热乎乎的被窝里，他困得眼皮打架，却总觉心不安稳，怎么也睡不着。满仓卷着被筒，想理清什么，思摸半天，越理越乱成一团麻，就在这乱麻样的思绪里，满仓的意识模糊了，渐渐滑入梦乡。

砰砰砰，外面三声脆响捶打门板，满仓一激灵醒了，他凝神静听，又是砰砰砰三声，满仓这次听清了，有人敲自家的门，便翻身坐起，披上棉袄，套上棉裤，匆忙拦了两扣，趿拉着鞋，拽开房门栓："谁呀？"

院外吆喝："开门！"

满仓听是陌生的声音，心里一惊，恐生了意外，心想是不是王老板又出事了，还是许大哥他们大祸临头，牵连上自己。但他很快镇定下来，胳膊伸到棉袄袖筒里，打开院门，外头的人呼啦一下涌进来，不由分说，一左一右架起他，胳膊往背后一拧。"你叫满仓吧？"其中一人问道。

"是。"

"福康药铺的伙计？"

"你知道了还问。"

"那也得问，万一冒牌货呢。"

"我一个穷小子，谁冒充我干什么。"

来人不阴不阳地哼哼两声："人不大，嘴挺刁。"

满仓看不清来人相貌，更不知是谁，便不再作声，他的手臂因为反背着，有点酸麻疼。他听到问他话的人说："带走。"满仓就被人架出家门。他没有反抗，知道反抗也没用，他一个人抵不住五六个人，抗拒是徒劳的，只是他心里打定主意，不管到哪里，见到什么人，自己心里的事打死也不能吐半个字。

第二十五章　诡秘的春天

1

李海峰既没有押满仓到警察署，也没关进高尔山监狱，而是一路往东，到了荒草野岭的城郊，进入一家挂着幌子的大车店，把他推进一间屋子里。

那间屋子盘着通炕，一南一北，铺着破苇席子，毛边和漏洞缝着布补丁。南炕设一黑漆炕桌，摆着白搪瓷水杯，一把盖子瘪了坑的大茶壶，水杯里的茶水冒着热气。李海峰敞着怀，穿着棉鞋，盘腿坐在炕上，一只手圈住杯子，咕嘟咕嘟喝下一大半温开水，不紧不慢地开腔："满仓，你去李记豆腐坊干什么？"

"买豆腐。"

"哈哈"李海峰干笑两声："很好，嗯，买豆腐。"突然，他一拍桌子，喝道："李记豆腐坊早倒了，你没听说？"

满仓理直气壮："我要是知道还去干吗？"

李海峰吊起嘴角，脖子一歪，略带嘲讽："臭小子，嘴挺硬，挺能堵人。"

"爱信不信，不信拉倒。"

"那我再问你，你认识那个卖菜的老许吧？"

"认识。"

"怎么认识的?"

"买菜呗。"

"你让他传过情报吧?"

"是药方子。"

"前些日子,矿里来人找过你是吧?那个人是谁?"

"长官,我们开的是药铺,人吃五谷杂粮,什么病不得呀?上我们药铺买药的什么人没有?我哪知道他是矿里的,还是矿外的,我只知道买药给钱。"

"嘴皮子功夫不错呀,卖药练的吧?甭跟我绕圈子,快说实话!"

李海峰步步紧逼,满仓不卑不亢,磨蹭到半夜,李海峰打声呵欠,伸伸腰:"看来你和我兜圈子兜到底了,好吧,你就在这儿给我好好待着,什么时候想明白了再说!"

李海峰跳下炕,手一挥,留下两人看守,其余人睡觉去了。

满仓接受李海峰审讯时,我在为他的安全担忧,我非常后悔自己的鲁莽,如果满仓有个三长两短,我一辈子心难安宁。几天后,我的担忧变为现实,在诊疗所,苏排长和我说了满仓被绑架的经过,我脑袋嗡嗡响——满仓出事,我要负百分之百的责任!而且我预感,会有更惊人的事情马上发生,于是,我提出再进城一趟。苏排长反对说:"团长你不要命了,现在城里这么乱,日军加强了盘查,万一你有什么不测,谁来指挥'猎日'行动?"我说:"就因为乱,我才必须进城,我话说在头里,如果我回不来,由何牧代替我。"姚丽的眼里溢满泪水,声音颤抖着说:"你要注意安全,我……我们等着你回来,谁也不代替你。"苏排长阻止不了我,以退为进,说:"团长,你非要去的话,征求一下何团长和老马他们的意见吧。"

何牧知道我要再次进城,跟我瞪起眼睛:"你又要去玩命?"

我说:"我去最合适,我熟悉城里了。"

"要去我去！"

"你不能去！许大哥不认识你，他不会轻易相信你的。"

"你给我信物，许大哥会信的。"

"你给我听着，何牧，如果我出事了，你要接替我！懂吗？"

"我为什么要接替你？你给我自己回来！"

第三次进城，我发现的确如苏排长所说，城里的气氛格外紧张，虽然日军没在路口设哨卡检查过往行人的证件，但城里的流动巡逻增加了，伪警察、宪兵穿梭大街小巷，那种如临大敌的状态，让我第一时间想到，视察团一定快来了，日期在16日或18日附近，流动哨就是明显的信号。

我躲避着巡逻警察，走进许大哥家。

许大哥见我的身影出现在街巷中，扔下手里的菜，撇下主顾朝我奔过来，一把扯住我，低声埋怨道："哎呀，这时候你来干什么！"我打趣他说："不欢迎我来呀。"许大哥说："我盼还盼不来呢，哪能不欢迎。可你来得不是时候啊，你没见街上到处游动着鬼火吗？一连串地出事，城里的风声越来越紧了。"我说："越风声紧越能捞到真实情报，只是许大哥，这回更要你受累了。"许大哥与我并肩走着，目视前方对我说："再别说受累不受累的客套话，你许大哥是实诚人，认了你这个兄弟，咱们就是生死之交！"我说："好，许大哥，咱们家里细说吧。"

2

我心里打定主意，这次向许大哥和盘托出，于是，我和许大哥说了刘营长、苏排长和我的真实关系，包括范书记的死，均牵连着"猎日"计划。许大哥凛然说："兄弟，不，熊团长，你许大哥的底细你知道，只要打小鬼子，你怎么安排，大哥就怎么跟着你干！"我为许大哥的大义凛然再次感动，于是对他说："许大哥，我们现在阻碍重重，我想尽快找到满仓，与满洲省委恢复联系。"许大哥说："苏排长临走时托付我找满仓，昨儿我还寻思，抚顺城乱马人花的，一个半大孩子丢了，上哪找呢。我往药铺扑了一下，觉得不妥，又退了出来。稍后我一寻思，上次在满仓家，你不是提小布人这茬儿了么，我琢磨着，去哨听哨听（打探），这一去，真有些收获。"

许大哥给我说了经过：天傍黑时，许大哥去了福康药铺，见铺子里只有王子祥一人，本想假装买药顺便问问，又一想不妥，他怕王子祥缠住他，追问往矿里递情报的事，便转身走开。许大哥在城里转到天擦黑，仍无满仓的半点音讯，许大哥万分焦急，怕不及时找到满仓，恐他遭坏人陷害，又辜负了重托。许大哥走着走着，竟路过李记豆腐坊，一愣，索性停下脚，在一户人家院墙根的一块石头上坐下来。

许大哥也不知道自己为什么坐在那里，想干什么，他抽出别在后腰的烟袋，掏出衣兜里烟荷包，舀了一锅烟，拇指按两按，叼在嘴上，再抽紧烟荷包的线绳，绕两绕，揣回衣兜，这才划根火点着烟。这时候，街两旁的灯光亮起，巷子暗黄幽深，墙缝中的衰草抖动着几分寂寥，女人召唤孩子回家吃饭的声音此起彼伏，夹带着东北娘们的泼辣："二驴子，你死哪去啦？""大麦子，快点死回来吃饭！"女人们长长短短的唤儿声唤醒许大哥空落落的肠胃，它们叽叽咕咕地抗议。许大哥吧嗒几口烟，烟火"哗哗"轻响，他没走，也没动，雕塑般倚墙坐着。

一锅老旱烟抽完，许大哥又装上一锅，这次没抽几口，不知哪里钻出条黑影，"噌"地蹿到他脚跟前，"啪！"照头顶就是一掌："好啊，你跑这来了！"许大哥雷击一般，从来人脚尖、脚踝、小腿膝盖大腿一溜儿看上去，借助幽暗的光亮辨清他的五官，便把脸皱巴得苦瓜样——来人许大哥认识，他在警察署四大队当差，姓胡，全名胡一棍。胡一棍话特多，唠唠叨叨一碎嘴子："老许，干啥玩意儿呢，一个人儿跑这受穷凤？跟老娘们干仗了？"

许大哥吐出嘴里的烟，辛辣的烟草味弥漫开来："胡兄弟，你说我上辈子做了什么损，娶这么个败家娘们！"

胡一棍猜准别人的心思，言语愈发近乎、放肆："干啥玩意儿，老许，被窝里伸进一条腿了？"

许大哥窝囊得快哭了："胡兄弟，家丑不可外扬啊。"

胡一棍说："老爷们摊上这事儿，好比灌一身大粪汤子，不过，干哈玩意儿，老许，手插磨眼里，捱也得捱，不捱也得捱，你觉着亏了，你也上外边划拉一个。"

许大哥猛劲抽烟，猛劲吐烟，恨不得五脏六腑的窝囊一下子全吐净。胡一棍搬块石头，挨着许大哥坐下来，再三劝导。许大哥不愿意谈私事的样子："胡兄弟，你咋也撩这边来了，我记得你不住这旮旯呀。"

胡一棍环顾左右，街上空无一人，就说："这不替人执勤吗。"

许大哥神色紧张："执什么勤，抓人呐？"

胡一棍眉眼挤成一条线："干啥玩意儿，老许你慌什么，又不抓你。我这两天呐，代魏警官执勤，等在这儿抓共产党！"

"噢，这么大的事儿，魏警官咋不亲自来，让你替呢？"

胡一棍艳羡地说："魏警官那人，嘿嘿，有相好的，家里那个是母夜叉，平常他不敢去，这会儿借着执勤，跟相好的办事呢。"

"共产党抓得有眉目没？"

"屁！抓一手毛吧。我看是让共产党泡了，要不就是王……反正吧，这两天白蹲坑。不过我也没赔着，魏警官说了，他的执勤费有我一半。干啥玩意儿，老许，这年头混个肚子饱得了，什么他妈抓这个抓那个的，咱奉命守着，他来咱就抓，他不来咱有啥招你说对不。"

"是这么个理。"

两人唠了大半天，许大哥想，空等也不是办法，何况警察署暗探在，估计满洲省委来人也会察觉，满仓更不能自投罗网。想到这里，许大哥和胡一棍告别，胡一棍嘲笑他离不开老娘们，许大哥装作软弱，也不还嘴，抬起屁股要走人。这时，一个蹒跚的身影走近，遮蔽了半条街的亮，狭长的街把那人的影子拖得细长，朝许大哥和胡一棍飘过来。走到近前，许大哥愣了：竟是个衣衫褴褛的叫花子。那叫花子旁若无人，走到残存着许大哥体温的石头上坐下，棍子往旁边一戳，没戳住，砸在胡一棍的脚面子上，胡一棍飞起一脚，把叫花子的棍子踢出老远："犊子玩意儿，倒霉催的你？"

许大哥劝道："算了算了，一个要饭的，别和他一般见识。"

胡一棍说："你不知道，这要饭的多硌硬人，他妈的，这几天白日下晚的来，你说这不搅局吗。"

胡一棍说者无意，许大哥听者有心，他想，要饭的穷，脑子不傻，抚顺城这么大，为什么赶这时候来这是非之地？许大哥特意瞄他几眼，记住特征，和胡一棍说两句客套话走了。

"我心里老犯嘀咕，觉得那叫花子有点怪。他老在我眼前晃来晃去的。"

"许大哥，你的敏锐是对的，明天咱俩再去一趟，看那个要饭的还在不在。"

3

抚顺城的太阳冲破空中飘浮的煤尘颗粒，把攒了一夜的辉光红彤彤、无边无涯地铺洒下来，浑河的冰面仿佛熨平的丝织品，泛着蓝莹莹的光泽。辽东对春天的感知总要迟缓一些，去冬拴在浑河岸边的船还冻在冰层里，渗进浑河的血肉里，滋养着浑河，也有了浑河的灵性。

我和许大哥吃罢早饭，迎着旭日，朝李记豆腐坊走去，我心里盘算着，今天跟踪昨晚那个要饭的，弄清他究竟什么路数。

我和许大哥拉开一段距离，他在前，我在后，没走多远，要饭花子真出现了，居然和许大哥走个顶头碰。许大哥一着他面，闪进一片临近房屋逼仄的胡同，我也隐进一家门旁。待他过去，许大哥原路折回，不远不近跟着他。那花子背后生了眼，许大哥盯梢的技术也不咋样，走到一段僻静处，花子突然转身，横着棍子冲许大哥直扫过来，许大哥躲不及，那棍子携带风声落上肩膀，许大哥只觉鹰啄一般，肩膀火辣辣一疼。这时那花子已欺到近前，闷声喝问："你跟着我个要饭的干什么？"

许大哥已从花子的身手和目光断定，此人绝非寻常意义上的花子，做出无辜状："这路又不是你家的，兴你走，也兴我走。"

花子目光如炬："别人走路用脚，你走路用眼。"

许大哥不急不恼："走路只用脚不用眼的是盲子，我又不是盲子，当然用眼走路。"

花子不愿费口舌，把许大哥逼到两栋房子之间的折角，拽出匕首，抵住许大哥："你到底是什么人，为什么跟踪我？"

跟在不远处的我心里明白了八九分，走出来，坦然道："想麻烦你帮我找个人。"

"找谁？"

"一个认识小红布人的人。"

"为什么找他？"

"我一个亲戚走丢了，想找他问问。"

"这跟我有什么关系？"

"我想你可能认识我亲戚。"

"你凭什么说我是你要找的人？"

"凭小红布人，认识它的人，除了我那个亲戚，就是他了。"

"你拿什么证明？"

我说出了范书记和刘营长的名字，叫花子面露兴奋，握住我的手。

许大哥判断是正确的，扮作叫花子的人，正是我苦苦寻找的满洲省委的人。抚顺县委出事后，满洲省委焦急万分，后经秘密调查，确认王子祥叛变，却与我们联系不上，特别是日本视察团到抚顺的情报无法投递给我们，于是派老沈潜入抚顺。老沈在抚多日，四处寻觅满洲省委与抚顺县委的特殊接头暗号——满族小红布人。找遍抚顺城，小红布人也没找到，老沈陷入迷惘，以为小红布人随着范书记的被捕失踪自然消亡。就在老沈绝望的时候，竟然在李记豆腐坊发现了联络暗号神秘出现，他想，小红布人既然还在，证明抚顺还有党内的人，采取守株待兔的方式，每天去附近等。功夫不负有心人，那天晚上，老沈终于等到了许大哥。

老沈讲完，我和许大哥喜出望外，许大哥说："老沈，这就是你要找的'猎日'小组的熊团长。"

老沈更高兴了："熊团长，终于找到你们！"

我说："我们也非常着急呀，可算找到组织，知道该怎么干了！"

老沈说："熊团长，王子祥已经叛变，只是现在不到除掉他的时候。我们要利用他完成'猎日'。"

我把王子祥提供给我们的日本高级视察团的视察日期告诉了老沈，老沈说，我们要针对王子祥，制订一套行动方案迷惑敌人，确保"猎日"顺利实施。与此同时，设法拿到矿里的日程安排表。我说这个我们正在努力，有同志在煤矿内部，她有机会接触到核心秘密。老沈又欣喜又惊讶。我就介绍了姚丽，老沈听了，深沉地说，姚丽是一名值得敬佩的好同志，将来完成任务，她功不可没呀。

我当时心里只顾高兴，没想到日后姚丽为"猎日"付出了那么大的代价。

4

已到谷雨节气，辽东没来由地下了两场春雪，罩得山地白茫茫的，衬得树木苍黑消瘦，河流也密封着，山野与冻水的寂寞中，酝酿一场浩荡春潮。西露天矿被黑暗主宰，春天给我的感知，就是一日暖似一日的阳光和漫不经心的风。扎根矿壁的小灌木更显羸弱，孤零零地伸展着枝，立在各种矿物质构成的岩层中。

随着日本视察团到达日期的临近，干活的时候，我常想着姚丽，想到她陷入危险之中，心里七上八下。

姚丽在梅野那间日式风格的办公室讲课，那天她讲一种叫"猫骨朵花"的药性植物，这种春天开紫色的丝绒般花朵的植物，具有清热解毒凉血的功效，医书中，把它和黄檗、紫草、苦参、五味子、龙胆草等配为一组药方，描画了猫骨朵花盛开和开谢后的形状，写出它生长的环境及习性。姚丽解读这种草药的时候，意念中有了山冈、葱翠的树林、一簇簇盛开的猫骨朵花，情不自禁地怀念祖先的故乡，夺回《纳鲁草集》的信念也愈发坚定。

梅野认真听着，一边记笔记，如果抛开入侵者角色，姚丽很佩服他的好学精神，甚至幻想，她和梅野之间没有复仇和掠夺，没有民族和国界的隔阂，他们是在进行医学领域的学术交流。但这仅仅耽于姚丽心中的美好，她讲到兴致处，王秘书敲门而入，给梅野呈上一份文件，姚丽撩起眼皮飞扫一下，是煤矿方面最后敲定的视察团视察安排日程。王秘书刚欲开口，梅野搓了搓唇上的豆粒胡，王秘书立马反应过来，放下文件，将姚丽领到自己办公室，返身和梅野议事。

姚丽站在窗前，她头脑中跳跃着那份文件，她知道，按时间推算，应该是煤矿敲定接待顾问团的安排日程了，拿到它，我们"猎日"小组就能如期完成任务，离开抚顺，返回部队，重新在战场树立起五十六团的旗帜。但是，如何拿到这份文件，姚丽全无底数，更没有妙招，她只有横下心冒险。

门吱呀一声开了，姚丽转回身，垂手站立，王秘书瞟也没瞟她，径走到办公桌前，拉开抽屉，放进去一份文件，咔嗒落锁。才说："姚医生挺有兴致么，看什么呢？"

"一个丧失自由的人，何谈兴致。"

王秘书锁了文件，眼里射出鹰捕食小鸟儿似的光："姚医生，两者可不能往一块儿混。"

姚丽不愿意和他再纠缠："可以继续讲课了吗？"

"当然。"

王秘书领着姚丽欲走，电话铃响了，王秘书回身抓起电话，嗯嗯啊啊几句，对姚丽说："我有点事出去，你稍等。"说罢，匆忙走了出去。

王秘书这一走，姚丽求之不得，她不知哪里迸发的胆量，直奔王秘书办公桌，她想试试运气，因为她发现，王秘书锁了抽屉，钥匙没在他手里，那就有两种可能，一是他放别的抽屉了，或揣进衣兜，另一可能是他忘记拔下钥匙，就像他忙中出错不锁车门一样。

事情真是巧，王秘书抽屉锁了不假，钥匙却在锁屁股上晃荡着，闪着银亮的光。而在姚丽看来，那金属质感的钥匙，是通往胜利的出口，她没有犹豫，立即手脚麻利地扭开锁，拉开抽屉，取出夹子上的文件——她没有抄写的时间，只有直接偷走。

姚丽把文件纸折了几折，揣进衣兜。这时，王秘书折回，拔下抽屉钥匙，一双眼睛在姚丽身上犁了两遍，见姚丽镇定自若，什么也没说，做个走的手势。

第二十六章　谁念温情

1

春天的脚步离我们越来越近，夜晚短了，白昼长了，我们的心也像萌芽的春草一般返青，怀着近乎舒畅的心情在西露天矿劳动，不知姚丽已偷出文件，使我们离成功更近一步。王秘书骑着摩托车，卷着一屁股黑烟送姚丽回到诊疗所时，距天黑还早。但我想见她必须等收工，吃完发霉的饭菜才行，如此一耽误，又是点亮灯光的黑夜。正因为这般心思，我渐渐喜欢上西露天的夜，尽管它像地狱，但只要穿过无边的黑暗，前面就是我向往的光明，这黑夜，是我在西露天最深的温暖。

姚丽似乎知道我要来，她没有插门，这是我和她之间的默契。我拉开门，她在灯光下归拢熬好的药汁，把那些褐色的，散发着苦香的浓稠汁液倒进破铁锅里，我没有惊动她，看着她消瘦的背影，她的头发长了，披散着，我想起在乌梁冈逼她剪掉长辫子，她眼圈发红的样子。现在，她不在乎女孩子的形象了，皮肤不再白皙，说话声音也不再像风摇塔铃。我真的很心疼她，到了这种鬼地方，她忘记了自己的性别。

"你来啦。"姚丽没回身，背对着我说。

我说："是。"

姚丽倒完药汁，嫣然一笑："坐吧。"

我坐在破木头凳子上，捡起一根掉在桌子上的药梗，闻了闻，正欲说话，姚丽攥住我的手，低头微笑。姚丽从来没对我这么神秘兮兮的笑，让我一头雾水，我说："你笑什么？"

"你猜！"姚丽的眼睛亮亮的。

"日程表拿到手了？"

姚丽使劲点点头："嗯。"

我高兴地握紧姚丽的手，催促道："快告诉我，怎么拿到的？"

"哎呀，你把我的手捏碎啦。"姚丽的口吻中带着撒娇成分。

我不好意思地松开手，说："太着急了。"

姚丽给我讲了拿到日程表的经过，我越听神色越凝重，姚丽见我这副表情，心里忐忑，问我："怎么了？"

我思索着说："姚丽，我觉得这份表拿得太容易了，好像不太对劲。"

"怎么不对劲？"

我逐一给姚丽分析情节，首先，王秘书不是那种大大咧咧的性格，他锁了抽屉，就意味着防着姚丽，可他为什么锁了抽屉钥匙不及时拔下来？诚然，中间出了接电话的岔子，但他可以边接电话边拔钥匙，这完全是举手之劳。我问姚丽，扭开锁的时候有没有注意锁头哪一面图案朝外，姚丽说没注意。我说，这事不排除王秘书在试探她，没准儿他暗中记住锁头朝外一面的图案，如果锁头朝外一面的图案变了，就证明姚丽动过。还有，王秘书当真一下午没再开抽屉取放东西吗？一旦他取放东西，不会不发现日程表不翼而飞，那他为什么不声张？是害怕担责任受日本人惩罚？姚丽是偷走日程表的重点嫌疑，王秘书第一时间即可抓捕她，顺便扯出我们，"猎日"行动到此流产，梅野、小川毫发无损就笑到最后。我越想疑点越多，越想越觉得王秘书深不可测，姚丽的脸都白了，颤抖着问我："要是王秘书引我上钩，我们不全在敌人的手掌中了吗？嗨呀，我太麻痹大意，太想着拿到日程表了。"我安慰她说："姚丽，别急，事情也未必如我所想，这里头还有不妥的地方，那就是王秘书发现丢了日程表，第一他怕日本人惩罚不敢声张，因为这事即使抓捕了你，甚至破获'猎日'小组，他也逃不脱干系。第二，他明知道丢了日程表却不动声色，一定另有原因。至于什么原因，我们必须问他本人！"

"怎么问呢，难道把他抓起来？"

"你说得对，就是抓起来问。他明天几点来接你？"

"他说近期梅野事情多，上课的时间往前提，早晨七点钟来。"

"好。明天我就那个时间来。"

"啊？"姚丽抓紧我的手："要不让何牧他们帮你一把，你一个人有危险。"

"人多目标大，我对付得了他。"

姚丽不再说话，神情忧郁，为自己的鲁莽，更为明天的事情担心。我抚摸着她的头发，柔声安慰她，她抱住我，脸贴着我的胸膛，我觉得胸前一片湿热——姚丽的泪水顷刻间奔涌而下，轻轻啜泣。我柔声说："姚丽，别哭，没事的。或许事情没那么严重，这些都是我的猜测，你别想太多。"姚丽应着，哭得更凶了，我揽住她，拍她的背，哄孩子似的哄她。姚丽哭了一会儿，平静下来，喃喃说道："我觉得，王秘书那个人挺怪的，说不上他的好，但这么长时间了，我也没看出他的坏，除了把祖传医书送给梅野之外。他还鼓动梅野送礼物给我，时不时地拎包喇嘛糕，挺替人着想的。"姚丽一提喇嘛糕，我才注意到墙根一溜的纸包，原来我以为是草药包，没想到里面居然包的点心。

"那些是王秘书送的？"我努着下巴颏问道。

"嗯。我讨厌是梅野的钱，一包没动，也忘了告诉你。"

"傻,什么梅野的钱,全是咱中国的钱!他们霸占了我们的煤矿,用我们的煤提炼石油,炼钢炼铝造飞机大炮轰炸我们,用的是我们同胞的生命和血汗!"

"那,你拿回去给大家分了吧,大家都熬坏了,补充点营养。"

姚丽挣脱我的怀抱,捧几包点心,放在桌子上,打开其中一包,谁知,纸包四角一摊,我和姚丽倒吸一口凉气:里面根本不是什么乌记喇嘛糕,而是黄色粉末!

"炸药?这是炸药!"姚丽目不转睛。没错,是炸药。我依次抽开其余几包喇嘛糕的纸绳,竟然还有炸药!有本事调包喇嘛糕的人,唯有王秘书!他为什么暗中调包,为什么把日程表泄露给姚丽,前前后后联系起来看,王秘书千真万确是刻意而为,确切说,他在帮助我们!一个亲日派知识分子,他怎么知道我们需要炸药,怎么知道我们需要日程表,难道,他早已断定我们是"猎日"小组吗?如果是潜伏在抚顺的地下党,他一开始就会主动与我们接头,那样许多麻烦均可避免,徐德厚也不会白白牺牲。从这一点来判断,他不是地下党的身份,他究竟是什么人呢,扑朔迷离的王秘书让我陷入困惑,我想,当务之急,尽快弄清他的真实意图,有益于"猎日"行动。

姚丽还愣在那里,我对她说:"我向你检讨,我把王秘书看成居心不良的坏蛋,实在冤枉他。"

姚丽破涕为笑:"检讨什么呀,'猎日'小组有了新帮手,我们应该高兴。"姚丽说得对,我们意外有了新伙伴,原先的担心变为天降之喜,我得告诉老马他们,让大家分享快乐。心怀喜悦的我与姚丽告别,拽开门欲走,姚丽突然从背后抱住我,女性特有的气息瞬间淹没了我。我真想陪着她,哪怕这辈子只和她度过这一个夜晚。但我硬起心肠,掰开她环住我的手臂,拍拍她的手背,推门离去。

2

老马他们得知姚丽拿到日程表，兴奋不已，张永和往手心吐口吐沫："狗日的，老子非送他们见阎王下十八层地狱！"王一民松开肌肉紧绷的脸，不停地做狙击的手势，老马直夸姚丽聪明，见我神情大有深意，便收住话茬儿，问我怎么了。我说："有一件事情很蹊跷，但更乐观。"王一民和张永和眼睛瞪得溜圆，异口同声问我，咋回事？老马敲了我一下："别卖关子，快讲。"我故意咳了一声，说了喇嘛糕调包成炸药的事。老马他们听得直了眼，张永和使劲掐王一民大腿，王一民疼得还他一掌，斥道："你掐我干什么？"

张永和嗤嗤地乐："这事儿是真的。"

我和老马笑张永和的幽默。笑够了，老马说："王秘书这人藏得太深，他到底是什么人呢？"

我说："解铃还须系铃人，所有的疑问得他来解释，明天他来接姚丽进城，我在诊疗所等他。"

"我看行，明天由你来揭开谜底，我负责联系何牧，准备随时调整原计划。"

"老马，这事交给你，哎，那家伙知道了，指不定多乐呵呢。"

四个人又笑起来，当了几个月的苦力，我们第一次笑得开心、真切。

一觉醒来，晨星已稀，东方未白，黎明前的黑暗时刻，我虚闭双眼仰躺着，乌梁冈的情景又在记忆中浮现，钟团长失血的脸，逼我撤退时凶狠的目光，呼啸的炮弹和掀飞的土皮碎石，重叠交替……

嗖——

嗖——

尖利的起床哨吹响，战俘们机械而迅速地翻身坐起，穿鞋，如厕，洗手，吃馊饭烂土豆的早餐，之后排队上工区干活。我没有去，谎称生病，磨蹭到王秘书快来接姚丽的时间，去了诊疗所。

我和姚丽说几句话，王秘书就骑着摩托车来了。冬天时，他开梅野的黑轿车来，现在天暖了，他喜欢飚摩托车，风驰电掣，城内城外耀武扬威。姚丽望着窗外："他来了。"我示意姚丽镇定，姚丽舒口气，拢着两手，站在屋子中央等候。王秘书把摩托车停在院子里，哼哼着《月牙五更》的小调，晃悠悠地边走边喊："姚医生，到点儿啦，走呗。"也没管姚丽回应不回应，拽开门，自顾自地道："姚医生，走啦！姚……"当他看到姚丽身后的我，愣了愣，旋即似笑非笑："8659，你又生病了？你怎么老生病啊？"

我微笑着说："王秘书，我这个病人在等你这高明的医生。"

王秘书脸上闪过一丝复杂表情，倏忽即散："8659，生病找姚医生。"

我说："对症下药，我的病，目前只有你能治好。"

王秘书挑了挑眉梢："你想让我治什么病？"

我摊开桌上的纸包："王秘书，相信你熟悉它吧？"

"呵呵。硫黄么，中药里头，硫黄是味常用药，配芒硝、冰片、大黄等，治小儿尿床或皮肤湿疹。"

"那么这个呢，中医理论中如何解释它？"我拿起对折的日程表。

"它么，治心病。不过，你得问姚医生，她怎么在我不知情的时候盗走这味药。"

"王秘书，话说到这份上，也无须再隐瞒，你到底是什么人？为什么帮助我们？"

我一句顶到王秘书的心坎上，他痛苦地一声叹息，给我讲了一段忧愤的往事：

王秘书祖居辽东深山，祖上杨古尔精通草药医理，在清军旗下做医官，入关后，誓与结拜兄弟库尔丹吉将多年积累的草药学理编撰成书。书尚未完结，结拜兄弟随清军平定中原，不意客死他乡，杨古尔亦因不习惯北京的溽热天气，思念辽东，请旨返乡为清高宗守陵。清帝念其有功，恩准杨古尔偕带家小和医书书稿返回辽东，经年累月守护高宗陵墓，并苦熬苦思，终将与结拜兄弟两人的心血汇编成两本《纳鲁草集》，此书辑录长白山脉辽东区域野草药共一百多种，特别介绍了红伤疗效显著的草药及配伍。书成，杨古尔年老病死，死前嘱咐家人，将来一定要找到库尔丹吉的后裔，把属于他家的书还给他们一本。杨古尔死后，许多不良之徒想将这本奇书据为己有，其后人更名改姓，将药书一代代珍藏下来。

到了清末，八国联军入侵北京，被迫签订《辛丑条约》，清政府为筹措巨银赔款，同时为举新政振兴国家，取消东北龙脉的封禁政策，王秘书伯父王鹤声欲开办抚顺煤矿，愿纳报效银一万两与朝廷，时奉天将军将折子呈给光绪，获准后，王鹤声多方集资，兴办抚顺华兴煤炭公司。谁也没想到，封禁二百多年的龙脉，一经开采，便掘开了一条金矿，短短三年时间，王鹤声成了地地道道的资本家，抚顺煤矿也成了闻名东北的大矿。本是为子孙造福的大好事，王家却因此遭难，1904年，日俄战争爆发，俄军急需煤炭保证其西伯利亚到大连的供给线，派兵强占华兴煤矿，1905年日俄战争结束，王鹤声欲恢复煤矿生产，不料日本人横插一杠子，硬赖华兴是他们继承的俄军财产，王鹤声不服，上书朝廷，请索回煤矿。自此，中日之间围绕华兴煤矿权属问题展开长达六年的谈判，最终在日本威逼之下，清政府被迫同意转让抚顺煤矿的采矿权。王鹤声惊闻结果，悲愤难抑，郁郁而死。王秘书的父亲为兄死所恨，将儿子送往日本留学，学成后通过关系把儿子送到抚顺炭矿事务所谋职，命儿子委曲求全，等待复仇之机。

王秘书在抚顺炭矿周旋经年，苦于日本人将这座天下难寻的大富矿攥在手里，共产党建立的抚顺县委屡遭破坏，抚顺城凄风惨雨，王秘书势孤力单，只得咬牙俯首，甘于听命。当他得知"猎日"行动后，自认天赐良机，并通过种种观察、分析推理，确定我们就是"猎日"小组，于是暗中施以援手。

3

听了这一大段往事，姚丽早已泪流满面，王秘书只道她为家国命运忧患，岂知姚丽话一出口，令他呆若木鸡，姚丽泣不成声："王秘书，我……我就是库尔丹吉的后人……"

王秘书失声叫道："你说什么，你再说一遍。"

"我就是库尔丹吉的后人……"

王秘书什么也没说，一把抱住姚丽，泪水簌簌而下："妹妹，我终于……终于找到你们，这些年，我一直在找你们，你们去了哪里？"

"我们那一族人奉命留守山西，靠着祖传医术一代代活下来。数月前，踏上抚顺土地的那一刻，我就对自己说，你回家了，你回家了。可是我在自己的国土上，从北方重返故乡，胸前竟别着一枚俘虏的编码，供人奴役驱使。我在祖先魂牵梦绕的土地，像牲畜一样活着，我不再是这块地的主人。"

压抑已久的姚丽崩溃了，瘦骨嶙峋的双肩剧烈抖动，我没有阻止她，任由她哭。哭了一会儿，姚丽恢复理智，抹干眼泪。王秘书也平静下来，说："其实原来我不知道你们就是'猎日'小组，伍元一次次的报告，引起我对你们的注意，尤其伍元怀疑姚丽是女的，我更加怀疑，我怕伍元泄露姚丽的性别伤害她，也为了证实她的身份，通过她侧面了解'猎日'小组，推荐她给梅野讲课。徐德厚出事乃伍元捣鬼出卖，他死时服用的药丸是我给的，我知道他落到小川手里断没有活路，不如让他死得痛快点，少遭罪，就怂恿梅野矿里出人陪审，那天晚上，我假装弯腰试探他气息，将超纯度吗啡塞给他。你们屡盗火药库，说明急于搞到炸药，日军封锁这种东西，我就想到调包的办法。昨天在我办公室，是我事先安排人打电话，给姚丽留出时间。你今天和我摊牌见面，在我料想当中，我知道，你迟早会和我面对面。"

我说："王秘书，感谢你，'猎日'小组的全体同志感谢你！你帮了我们大忙！"

王秘书说："叫我兄弟吧，国破家亡的时候，只有大家用命，洒这一腔子血，叫小日本还我锦绣辽东，还我泱泱中国！"

戴着斯文眼镜的王秘书一番慷慨激昂，令我热血沸腾，我想起许大哥和他的义勇军兄弟，想起屡次冒险顶替我的工友老谭、范书记及牺牲的抚顺县委的同志，这些血性的辽东汉子，哪一个不是在为从日本人手里夺回锦绣辽东而把个人生死置之度外，有的甚至献出生命啊。

第二十七章 真假随你想

1

为迎接顾问团视察，梅野好几天没找姚丽上课了。姚丽乐得待在诊疗所给战俘们熬汤药。春天本来是万物生长地季节，但在西露天矿，春天越近，死亡越近。去冬冻僵的病菌，趁着莺飞草长的回暖也猖狂起来，挨个工棚游窜，去冬冻死的战俘没及时掩埋，肉体腐烂滋生病菌，感染了活着的人。被感染者的明显症状就是拉稀，矿区为了顾问团来视察，先隔离生病矿工，然后破天荒地给发点药，吃好了放人，吃不好自消自灭。人没了命，日本人穿着防护服，戴着防毒面罩，开来大卡车，逼活着的矿工用大铁钩子把死人钩上车，运到炼人炉火化。那些天，西露天矿南山的火化炉日夜不停地喷吐滚滚黑烟，曾经鲜活的生命随着乌黑乌黑的烟化为乌有。我们国共战俘更惨，连药物也享受不着，得了病治疗不及时，只能等死，死了火化的待遇也没有，直接扔到附近山沟，狼撕狗扯了事。

雪上加霜的是，矿区又流行了鼠疫。

没有人知道鼠疫从哪里先开始的，起初，染上鼠疫的矿工浑身发热，伴随恶心呕吐等症状，煤矿方面对此未加理睬，但很快，各大矿均发生这种情况，感染人群越来越多，煤矿方面这才慌了手脚，派防疫人员喷洒消毒药物，给矿工检查身体注射疫苗。

有一天，日本人来我们宿舍挑选了几个体格健壮的战俘，说给他们做检查。回来之后，我问他们做了哪些检查。他们说，日本人拿着针管，从他们的脊椎里抽了些东西就放了回来。我觉得有些蹊跷，检查身体为什么要抽骨髓呢？跟鼠疫一点儿不挨着啊。过了几天，被抽脊髓的战俘精神萎靡，又过几天，竟然陆续死去了。我对日本人的检查起了疑心，我和老马说，这场鼠疫是不是日本人故意弄的呢，借着这个事儿做活体试验。老马点头称是，他说，方便时问问王秘书吧，或许他能知道一点内情。

何牧那边也出现了相同的情况，莫名其妙死亡的战俘当中就有他手下的士兵。何牧咬碎牙，却无处申冤。类似的情形不断出现，何牧也疑心这次鼠疫是日本人背后捣鬼，让我向王秘书讨个底。

王秘书在我们干活时告诉我，鼠疫是从长春传来的，那边的细菌部队培养了一批变异病菌，种植在老鼠身上，然后放出病毒老鼠，四散传播。现在，辽东、辽西都发生鼠疫，抚顺是大煤矿，人集中，更是高发区，矿工急剧减员影响了生产，梅野急得火上房。偏又赶上视察团即将到来，若看到煤矿的现状，肯定对梅野不满意，那梅野这些年的辛苦就打了水漂。这几天，梅野心气儿不顺，动不动就咒骂细菌部队一群蠢猪。对那些害怕死于非命争相回家的矿工，采取围堵加哄劝加工资的办法拉拢。我说："多行不义必自毙，小鬼子机关算尽，总有一天搬起石头砸自己的脚。"

我和王秘书对话的时候，抚顺火车站乱成一团。

来自山东、河北一带的矿工惧怕死亡，呼朋引伴买车票逃回关内，车站拥挤着穷苦工人，等待发往关内的火车。小川发令，矿区巡警加强巡逻，发现逃跑者严加惩戒，拒不回矿者，就地枪毙。自己亲自率领宪兵、日本警察、伪警察到火车站搜查，把逃离矿区的华工赶羊似的往回赶。高林茂也少不得上街执勤，现在他身边除了老逑子，还多个李海峰,高林茂神气活现,提搂着手枪,在火车站咋咋呼呼,扯着嗓门恐吓:"矿里发瘟病,人死了不老少,正缺人手呢,谁他妈也不兴跑,谁跑老子毙了谁!"

小川听这话不像话,面色不悦,跟于翻译交头接耳。于翻译顶风一溜小跑,被风掀掉的蓝呢子礼帽,贴着地皮滚几滚,滚到一垃圾堆里。于翻译心疼地拾起来,胳膊一缩,拽着袖子使劲擦。一边数落高林茂:"高署长,你说话讲究点行不,抚顺城都让你说成阎王殿了。"又望望小川,捅咕一下高林茂,低声道:"你咋净往他肺管子上捅,找不自在呀?"

高林茂嘿嘿一笑:"老于,我说话到头不到头你也知道,得,我装哑巴。"

于翻译一跺脚:"你也别给个尿壶就往里呲,我意思让你留神,少惹麻烦。"于翻译不爱听高林茂南朝北国的扯乎,转身走了。

在这无序之中,梅野筹备接待视察团到来的事情,忙得脚打脑后勺。那天,他叫上王秘书等人,要巡视西露天矿,亲自考察视察团行程路线。一行人乘车驶出城区,向西经松岗桥,逆古城子河走几里路,再右转,就到了矿区。其实进入矿区还有另一条线路,就是走浑河岸边,过望花寮桥,再向西到瓢儿屯车站往北拐,沿途有铝厂、特钢厂、制油厂,梅野设计为视察团从矿区返回时走这条路。

梅野等一行人到了西露天矿,车子一停,王秘书麻溜下车,替梅野拉开车门,西装革履的梅野下了车,副矿长、庶务课长们紧随其后,一起朝采煤场走去。

2

梅野现身在采煤场,在上面比比画画,我们在下面什么也听不见,其实是，他发现无论站在哪个角度俯视，也无法观瞻到西露天矿整体的宏伟，这使他心里不舒服。梅野的本意，要借视察团的嘴巴，给他树立兢兢业业经营抚顺煤矿，为帝国尽职尽忠的口碑，不枉自己在抚顺打拼多年，任期一满，回国后像后藤新平那样加官晋爵。这一来踏看才发现，现实距他的想法差着一截，所以他要抢时间，选择最佳位置搭建观礼台，便于视察团观看整个矿区的生产作业情况。

梅野和副矿长、庶务课长目测了一下西露天矿，一致认为在运输场边缘，即何牧他们工作区的西斜角搭台视野效果最佳。但因鼠疫流行，华工无心工作，每日逃亡，搭建观礼台腾不出多余劳力，而时间又有限，梅野挺生气，一向不苟言笑的脸愈发阴郁。王秘书脑筋转得快："矿长，咱们建一个木制观礼台，再加以装饰，既别致，又结实漂亮，工期也赶得开。"梅野点点头："我正是这个意思，可是，王，工人呢？一时之间，去哪里集中这么多的工人？"王秘书见他赞成，又说："矿长，实在不行……抽调一些能干的战俘上来，他们常筑工事，修桥架梁，干这样的活绝对不成问题。"梅野眼珠转了两转，喉咙里发出"唔"的一声。王秘书烧足了火，便不再多言，多年跟日本人搅和，他知道什么话该说，什么话不该说。梅野正等着王秘书下文，他倒来个徐庶进曹营，就扭头瞅着他，鼓励他继续说。王秘书又正色说道："矿长，这事您决定，调动战俘是您的权力，其实调动战俘也影响工作的正常进行。"

梅野理理被风吹乱的一绺头发，拿牙齿咬咬下唇："王秘书，这件事情由你负责。"

王秘书迟疑道："矿长，这，这万一出点啥事，我担当不起呀。您还是让米仓矿长做吧。"

"米仓矿长忙其他的事情。"

"矿长，我不是推脱，实话说，矿里秩序不好，我担心他们当中有人勾结普通华工跑了。"

梅野铁了心要做："给他们戴着脚镣，防止过于自由违反纪律。"

"这……矿长，你看，锯木头抬木头组合安装，锛凿斧锯的，这戴着脚镣没法干呀。要不，您多安排矿警，全程监视？"

梅野手指头一勾，叫过副矿长米仓，命他马上增调矿警，搭建观礼台期间，全天候监督战俘劳动。

下晚班时，何牧磨蹭着等我们过来，路上，他喜笑颜开的，兴致特高。我说你乐什么呀。他面向远方，憧憬地说："哎呀，快走啦，能不高兴吗。"我捅他一拳："都知道啦？"他说："老马全告诉我啦，真没想到，我拿当狗屁的人竟然是块金子，让我刮目相看。"我说："是啊，假如这次行动没有他，我们还不知要费多少周折。"何牧压低声音问我："下步怎么办？"我说："找机会埋炸药，这事儿，咱俩要亲手操办了。"何牧说："好。咱们仔细想想，炸药埋哪里威力最大，我们可控的最佳距离，等等。"我说："日程表你有了吧？"何牧说："姚丽抄写一份给我了。"我说："那好，这两天，咱们抓紧研究一下。"

我们的机会很快就来了，当然，机会是王秘书创造的。

王秘书腋下夹着一卷图纸，在庶务课长的引领下，到了我们的作业区，甩开胳膊在空中划一圈："你们这些人，从今天起，不必在这里工作了，跟我到上面去！我警告你们，新工作有时间限制，还得干好，干漂亮，谁想偷懒耍滑，或者想玩邪的，老子就让谁死得难看！听到没有？"

人群中鸦雀无声。

王秘书很威风地追问一句："听到没有？别以为我找不到人干活了，是我特别关照你们，让你们从事点清闲的工作，你们要领情！"

张永和吐吐舌头，一语双关："王秘书真能装。"

我和老马都笑了。

搭建观礼台开始了，我们依照设计图逐步施工，首先清理场地，测水平，挖基础，削木头皮，等等，工作进行得有条不紊。期间，梅野来看过两次，挺满意，夸奖了王秘书。之后，大概他是放心了，再没露面。施工有王秘书监督，我与何牧放心大胆在一块，借干活之便商量事宜。我、老马和何牧、陈校按设计图比例尺，计算观礼台到何牧工作区的实际距离有多少米，炸药放在哪个位置直线距离最短，威力最大，操作起来减少误差，中间环节不出岔子。

这期间，王维业，就是王秘书，给我们秘密搞来了遥控爆破装置、引线，等等，并与我们合议糊弄日军的爆炸和逃亡计划。按照我们的假爆炸计划，本月16日，"猎日"小组暗杀成功，趁乱离开矿区，乘车到抚顺火车站，登上一趟恰好那个时间出发的火车逃走。这份计划将由苏大方进城时交给老沈，老沈再拿他去骗王子祥。

3

老沈与王子祥接头，上演了一场将计就计的戏。

且说小红布人一挂多日，硬是不见什么形迹可疑的人来，王子祥不免着急，高林茂也急得够呛，派李海峰把王子祥叫到警察署，鼻子不是鼻子脸不是脸地问他："我说王老板，这小布人挂了不是三朝两日了，咋到今儿连个兔子大的人影都没有啊？我告诉你啊，小川队长可急了，催问我好几回。"王子祥哪有听不出高林茂责怪他的意思："高署长，说实在的，我比你们更急呀。可腿长在人家身上，他不来我有啥法儿呢。"高林茂眼一瞪："嘿，你个王老板啊，我看你脖子上那颗脑袋长结实了是不？"王子祥说："哪敢，哪敢，高署长，我是说，是不是来接头的人发现咱设的暗哨了？要不然，咱把哨撤了，我去等两天怎么样？"高林茂翻愣着眼睛，半晌说道："妈个巴子的，死马当活马医吧,今晚你早点去。"王子祥脸上浮起笑意:"是,我知道。"高林茂一挥手:"赶紧滚吧,看着你我就烦。"王子祥没有急于离开:"高署长,满仓吐口没?"高林茂一拍脑门:"那瘟灾孩崽子,我知道的他全说了,我不知道的,他一点儿没漏口风。"王子祥说:"那,啥是你知道的?"高林茂说:"就你们前面那段事,他说的和你说的能对上,再往深问,他就哑巴了。他妈的,也难怪,有些事你都不知道,他一孩崽子还能比你知道得多?可我总琢磨着不对劲儿,我觉得那孩崽子有时候装彪。"王子祥说:"高署长,你不妨再套套他。"高林茂说:"废话,这些天我就套呢,哎呀,你快滚吧,别烦我了!"

当晚,王子祥去了豆腐坊,隐在既能让人发现又不太惹眼的地方。巧的是,老沈也去了,两人的"撞"也成了自然而然。老沈一袭长袍,头戴礼帽,一看就是个知识分子,外貌上就符合上级党组织的人。王子祥岂肯放过机遇,盯了一阵儿徘徊在街巷中的老沈,终于按捺不住,从暗影中走出来,低声问:"先生,您丢了什么东西吗?"

老沈说:"我是外地人,来这里寻亲,可是他们好像搬家了。"

王子祥说:"先生来之前,没和亲戚通信吗?"

老沈说:"寄来了信,亲戚一封也没回,不知道怎么回事。"

王子祥说:"您的亲戚住在附近吗?他们姓什么,叫什么?或许我能帮上你的忙。"

老沈说:"我表姐会做握笤帚扫地的布人,每年端午节的时候,她都做一个,挂在家门上辟邪。"

王子祥一把抓住老沈:"同志,我可等到你了!"

老沈故作惊讶:"你说什么?"

王子祥说:"同志,我知道你要找的东西在哪。"

王子祥摘下豆腐坊的小红布人,问老沈:"是它吗?"

老沈做出欢喜的样子说:"同志,我终于找到你了!"

就这样,两个人"接上了头"。

那一段时间,王子祥按高林茂吩咐,不惊扰老沈,老沈也不想在"猎日"行动前除掉王子祥,扰动小川。两个人各怀心思,各动心机。那一天,老沈怀揣我们设计的假计划,来到福康药铺。

满仓失踪后,王子祥没再雇人,对于老主顾的询问,他推说满仓去山里购药,过些日子就回,自己当老板又当伙计,因而较为忙碌。老沈踏进药铺,王子祥手持戥子称药,柜台的四方黄表纸里已摊着虫草根叶,一着布衣的乡下人候在那里,不错眼珠地盯着黄表纸的草药,仿佛一股脑吃下去,就百病俱除,一身健康。王子祥一搭老沈面,说道:"客官,您稍候。"

老沈漫不经心:"店家,您忙,我不急。"

王子祥打发走顾客,给老沈倒杯热茶水,搁在茶几上,两人分别落座。王子祥挽挽衣袖,对呷茶的老沈说:"老沈,里面有信儿没?"

老沈努嘴吹漂浮的茶沫:"有。"放下茶杯,掏出怀里的计划表,往王子祥那边一推:"在这儿呢。"

王子祥迫不及待地拾起,上下左右仔细读几遍,抖搂着纸眉飞色舞:"老沈呐,这回妥妥的!人家正规部队素质高,出手不凡。'猎日'小组厉害呀,时间把握准准的,你看,日本视察团4月16日到达,17日上午10点半钟视察西露天矿,届时'猎日'小组在视察团停留处引爆炸药,把他们一窝端喽,再与我们会合,乘车马不停蹄进城,11点45分刚好长春过来一趟火车,这趟车只停5分钟,5分钟之内只要他们上了车,车门一关,火车一开,小鬼子干瞪眼。哈哈。"

老沈盖上茶碗:"同志们也是绞尽脑汁呀,老王,这份计划你保存着,再仔细推敲推敲,有什么漏洞没有。"

王子祥假意谦虚:"老沈呐,我能看出个啥子丑寅卯,我看挺好,别跟着瞎掺和啦。"

老沈说:"老王,你多年潜伏白区,工作经验丰富,我相信你能发现问题,及时调整。"

老沈一夸,王子祥有点儿得意:"经验丰富谈不上,无非经历多一些,脑子里的弦绷得紧一点。"

老沈站起身:"好,老王,计划你推敲推敲,回头我再来。"

王子祥一迭声说:"老沈你放心,放心,我今晚熬夜琢磨琢磨。"

"那好,我走了。"老沈说完,扣上帽子,离开福康药铺。

老沈前脚走,王子祥后脚就跑到伪警察署找高林茂,高林茂一看"猎日"小组动了真格,再不和他拉架子,遂出了警署,踹着墙根那辆破摩托车,一路驶过永安桥。永安桥南正对着东公园,偏西一点是山咀子,山顶有日本人为纪念日俄战争中战死在抚顺的日本军人竖立的战绩碑,每年春天,抚顺城的日本人都要在此举行隆重的祭奠仪式,悼念死去的日本军人。高林茂骑着摩托车,朝山咀子山顶的战绩碑望了一望,心说道,再过些天,又到了纪念日了,还不知日本人怎么办呢。

4

虽然离花红柳绿还早着,东公园的日本人也日益增多,穿着和服,迈着小碎步,怡然自得,就像在他们的东京大阪似的。高林茂骑着摩托车驶到东公园,迎面吹来一股风,嘴里灌进沙子,他啐了一口,加一脚油,摩托车忽地蹿出去,拐向东,驶进东公园尽头的宪兵队。站岗宪兵拦住高林茂,指着王子祥问:"他的,什么人?"高林茂说:"线人。"站岗宪兵听不懂中国话:"闲人的,统统不许进!"高林茂说:"线人,小川队长的线人。"宪兵云里雾里,但小川队长四个字他听懂了,里外搜遍王子祥,手一摆,放他们进去。

王子祥自逮捕释放后，第一次进宪兵队，这个苍蝇都绕着飞的方形院落，是他的噩梦之源，不由自主地哆嗦，牙帮子上下磕，脚底无根，高林茂揶揄道："王老板，你咋害伤寒啦？"

王子祥哪有心思扯皮，低声道："高署长，你也吃了他的亏，你不知道这阎王吃人不吐骨头啊？"

高林茂脸皮红一阵白一阵，呵斥王子祥："瞎咧咧什么玩意儿，你活腻啦？"

王子祥自知失言，不敢作声，两人踏上台阶，推开那扇厚重的紫檀色木门。宪兵队楼梯是木制的，涂淡黄色漆，栏杆粗细匀称，扶手饰雕花，由于楼体狭窄的原因，楼道较窄，王子祥借机落在高林茂后面，两人差着一脚阶蹬。高林茂岂不知王子祥心里打怵，放松了筋骨，给王子祥做榜样，鞋跟敲响楼梯。

小川僵尸般端坐着，听高林茂汇报，王子祥适时掏出我们的假计划，双手奉上。小川看着看着，竟浮现一丝笑意。王子祥提在嗓子眼的心咕咚回归原位。刚消停几秒钟，忽地一下又提起来，一直以来，他情愿不情愿地被小川牵着，不敢不为小川做事，又怕有一天遭我们锄奸。现在的事情明摆着，小川高兴了，我们必受损失，这笔账记到他头上，他定死无疑。

小川挤出来的那点笑意，就像挨了烫的乌龟，倏然间收缩得剩张硬壳："不对！"

这两个字犹如晴天霹雳，吓得王子祥险些跌坐在地上，他太了解小川的阴狠了，一见到他，就神经性地抽搐，小川一暴喝，他立马有死到临头的感觉。高林茂说："小川队长，您看出漏洞啦？"

小川点点头："高署长，共产党诡计多端，不能上他们的当！"

高林茂不解地眨巴着眼睛："您的意思是？"

"要提防他们虚晃一招，不乘火车，走水路。"

"噢。"高林茂似有醒悟："4月中旬浑河开化了，带着冰碴的水流又急又快，完全可以顺流而下。"

"他们一定会搞到一条船。唔，一定是这样。如果车站封锁，他们只能乘船。高署长，你布置人巡防浑河南岸，防止'猎日'小组乘船逃跑。"

"嗨！"高林茂双腿并拢。

高林茂回到警察署，已是午后1点多钟，老述子给他买来两个油炸糕，半斤酱牛肉，半斤猪头肉，三两千台春白酒，高林茂懒洋洋地斜靠着椅背，有滋有味地吃喝。老述子在旁边伺候着，两人时不时聊几句。老述子说："姨夫，你也……不好老在警署待着，隔三岔五……回家一趟呗。"

高林茂咂了口千台春："咋的啦？那败家娘们跟你说啥啦？"

老述子说："不……不是，姨她不是……惦记你么。再怎么说，那也是你的家呀。"

高林茂仰脖喝了一大口千台春，鼻子一辣，眼圈就润开水雾，他拿手揩干净，咳嗽几声。老述子知他借酒掩盖内心的悲伤："姨夫，事儿就那样了，你往宽处想。你回家……才是一家人。我姨她……她不嫌你。"

高林茂终于忍不住，吸溜吸溜鼻子，淌下眼泪："老述子，你姨夫我不是男人了，呜呜，我是没蛋的废物。呜呜。"

老述子耐心劝导："姨夫，你这么……想就不对了，家是什么，家……就是不管你在外面混成什么爷爷奶奶样，它永远为你敞着门。"

高林茂止住眼泪，夹了一筷子牛肉："述子，不说这些了，你去，把李队长给我找来。"

老述子说："剩下……的酒你就别喝了，完了李队长来……一看你醉醺醺的，还唠什么唠啊。"

高林茂一挥手:"去吧去吧,别磨叽啦。"

李海峰来的时候,高林茂背着手,叉着腿,面窗向外眺望,傍晚的抚顺城烟雾迷蒙,千台山怀抱几大煤矿,隐约间烟筒高耸,屋瓦成片,高林茂喟然一声长叹,好半天,转过身来,说:"海峰,坐下唠。"

李海峰坐在椅子上,腰板挺直,他始终保持在东北讲武堂上学的习惯,那时候他还年轻,而现在,他已经人到中年了。他说:"署长,我正在按你的意思办。"

"今天有新情况。"高林茂将我们的假爆炸方案大致说一遍。

李海峰皱眉:"瘸子屁股,两拧啊?"

高林茂一副火眼金睛的样子:"你以为共产党那么好骗?也就小川鸟(巧)蒙眼了吧,他妈的小日本精明过度了。"

李海峰问:"那咱们怎么办?"

高林茂高瞻远瞩地说:"咱们也来他个有备无患!海峰,咱们这么办……"

高林茂附耳私语,李海峰边听边点头,之后,高林茂问那边咋样了,李海峰说人全找好了。高林茂一拍桌子,好!老子一不做二不休!李海峰亦站起身表决心说,署长,属下愿效鞍前马后之劳,掉脑袋也乐意!高林茂嗤之以鼻:"扯淡!命多金贵,一大老爷们,别动不动就掉脑袋,活不起死不起的德行。"谈完事情,高林茂想起满仓,一提满仓,李海峰气不打一处来,说那小子简直榆木脑袋不开窍,油盐不进。高林茂说不进就憋着他,看他有多大尿性。

第二十八章 观礼台

1

观礼台即将竣工，我们打扫了木屑、废料等杂七杂八的东西，收拾完杂物，再将宽大结实的观礼台铺上猩红的毯子，四周边框装饰苍绿的油松枝，弄得壮观一点，给单调的大矿坑营造了喜庆气氛，我们的工作就结束了。观礼台不是正对矿坑，而是东南朝向，站在这个斜角，才能俯瞰西露天矿全景。观礼台的一部分悬空，底下用粗大笔直、削了皮的青冈柞支撑，我们根据观礼台的朝向，预备将炸药放在东南角的几个位置，这样子引爆炸药，随着爆炸的冲击波，台上的日本人全部掀到大坑里，防止他们侥幸活命。

这最佳角度是何牧测出来的，他不愧在德国接受过特殊训练，一些细枝末节的事考虑比我周密。本来，我们想在施工期间把炸药放进去，但宪兵和矿警虎视眈眈，没有下手机会。而且人多眼杂，我们也怕其他战俘发现，走漏了风声，商议夜深人静时干，不料阴差阳错，王维业带来令人吃惊的消息——视察团的原定行程改变了，临时取消了去长春的安排，改成16日到达抚顺，17日参观视察，然后才由奉天到长春。梅野和小川现在正抓瞎呢，他们掉进了自己给自己设的陷阱——换句话说，他们伪造的假日期成了真日期，接待工作被迫重新调整，其中保卫工作尤令他们头疼，因为他们早已放出风，"猎日"小组的爆炸实施也恰恰在17日,这一下,变成假戏真做了。

王维业告诉我们这件事的时候,陈校听乐了,他呸了一口随风灌进嘴里的煤渣,说:"这才叫搬起石头砸自己的脚,这回,我就等着过瘾的那一天了!"

我说:"咱也别太乐观,这一来,日军的力量都压在这两天,再有些什么变数,会更加困难。"

何牧说:"你说得对,原先日军是做戏,会故意在一些环节上出漏洞,这下动真格的,他们就如临大敌了,一定强化防守。"

王维业说:"是啊。我来的时候,他们正在研究措施,不知道怎么变动呢。"

梅野、小川,还有煤矿的高层管理人员正在炭矿事务所会议室召开紧急会,梅野两手交叉,放在下巴颏前,挡住半张脸,使人看不清他的面部动态,但那双镜片后的眼睛,泄露了内心的不安。他环视着在座的人,良久才说:"我担心'猎日'小组获得了最新情报,届时,他们将不惜一切代价谋杀视察团。而我们在明处,他们躲在暗处,这件事情,太棘手了。小川君,你怎么看?"

小川没有思路,问而不答。

副矿长米仓说:"我建议,先抓了那个满洲省委的接头人,从他嘴里掏出'猎日'的全部人员,然后一一抓捕。"

梅野有些生气,他一直不喜欢米仓矿长,认为他只能胜任煤矿的专业工作,除此之外,比如说管理方面和谋略方面的才能,他的智商低得可怜。梅野说:"事到临头,我们更不能贸然行事,要吸取教训。共产党和矿区战俘单线联系,万一掐断满洲省委那条线索,想从几万名战俘中一个不剩地搜出'猎日'小组,无疑大海捞针。"

这时,小川说:"既然日期变不了,我们就把视察团到矿时间等等在错时安排一下,打乱'猎日'的步骤。关键防范部位外松内紧,甚至故意制造破绽吸引他们,给他们造成错觉。"

梅野点头赞赏。

小川说出了他的具体想法……

王维业从矿里回来,梅野把他召到办公室,大致说了接待视察团的时间变化。梅野说,原定的一些程序维持不变,但视察团到矿区视察的时间定为17日下午2点半钟,上午视察铝厂、钢铁厂和制油厂。梅野要求王维业,按照修改后的接待方案再写一份,近日内照此执行。

另一边,小川也招来高林茂,异常和气地说:"高署长,视察团到抚顺的日期提前到16日,你的保卫工作十分艰巨,车站、铝厂、钢铁厂和制油厂那边,一定要加强盘查,不许任何可疑人等混杂其中。你的明白?"

高林茂说:"小川队长,你放一百个心,这项工作我滚瓜烂熟,哪里该怎么干,我有数。"

小川又交代了一些事宜,高林茂走出宪兵队。

2

王维业将视察团到矿视察的时间给了我们,他还弄来两套矿警服,让我们捆绑炸药包时穿上,他说,梅野和小川已下密令,矿区增设暗哨,让我们多加小心。当天晚上,我和何牧从宿舍溜出来,按约定时间到观礼台集合,然后把炸药放到预定位置。

我和何牧学两声蛐蛐叫,没走几步,碰上一队巡逻矿警。巡警咔咔的皮靴声在夜晚显得极响亮,我和何牧放缓脚步,何牧扯扯我的袖子,示意由他来应付。矿警走近时,何牧主动用日语打招呼,矿警拿手电筒上下晃一遍,叽叽咕咕地嘟囔,我一句没懂,何牧哇啦哇啦回话,直到矿警走了,我问何牧,那群鬼哇啦的什么话,何牧说,问口令。还问我干什么，我说矿长不放心观礼台，派我们去看看。我惊讶这家伙什么时候盗的矿警巡逻口令，何牧神秘一笑，至于他到底怎么弄到的口令，最终也没说，那天晚上他跟我玩高深，后来没机会说了。

我俩扒出事先埋在土里的炸药，把分散的小包改成大包，捆行李卷似的捆扎好，然后挖个浅坑，何牧找一截木棒，把炸药包顶在观礼台底部，我用绳子、木板固定炸药包，弄完这些，我俩原路返回。

我们埋炸药的事情，到底没瞒过伍元的眼睛，他急于报告王维业，王维业因张罗接待视察团，没空来矿里，让他少安毋躁，等他忙完手头的事再听汇报。伍元邀功心切，竟利用特殊身份出了矿，跑到城里找王维业。伍元第一次进城，东南西北晕头转向，不巧，遇上巡视的四大队队长李海峰。李大队长见伍元眼神发飘，行踪诡异，断他不是正常行人，上前一把薅住他棉袄领子："站住，你鬼鬼祟祟地想干什么？"

伍元吓得一激灵："我……我是外地来抚顺做工的，和同伴……走……走散了，我又不认识道儿，正找他呢。"

"做工？来多久了，在哪做工？"

"这……这……"伍元不敢泄露自己的底细，硬着头皮支吾。

伍元吞吞吐吐，李大队长更生疑心，吩咐手下警察押走伍元。

不多久，伍元来到警察署，审他的正是高林茂。高林茂端着肩膀，两腿架在桌子上面，歪着头瞅伍元，伍元硬被他瞅出一脑袋汗。

"老实交代，你人不人鬼不鬼地在城里溜达什么？"

高林茂突然一拍桌子，喝问。

伍元一哆嗦："长官，刚才我都说了，来抚顺做工的，和同伴……"伍元瞄了一眼高林茂，见他没什么反应，接着说："走散了。"

"放屁！你以为我看不出你来是吧？告诉你，你肚子里长几根肠子老子都看得真亮儿的，不信剖开试试！你是矿里偷跑出来的，我现在就打电话，让他们来人接你回去，怎么样啊？"

"长官长官，千万别，我说实话，我说，我是矿里跑出来的，我来找王秘书。"

"你找他干什么？"

"这……长官，我，我不便说呀。"

"我看你他妈的活腻了，来人，把他的皮给我扒了！"

李大队长等人冲上来，架起伍元往外走。伍元杀猪似的叫唤："我说，我说！"

伍元断断续续说完，高林茂眼睛瞪得牛铃铛大："李大队长，这才叫踏破铁鞋无觅处，得来全不费工夫啊，想不到抓个盲流，一家伙抓到正腰眼子上，这下可有他王大娘唱的了。"李海峰说："署长，那咱下步怎么办？"高林茂撸了撸脑袋："好办。咱们找小川去，就这么说……"

高林茂和李大队长出了警察署，往宪兵队走去。

这两人并不着急，优哉游哉地上了永安桥，吹着暖风，边走边唠。高林茂放眼四望，感叹地说："哎呀，老高我在抚顺城祖辈住着，到今天才发现，这抚顺城怪他妈好看的。"李大队长说："那是署长平时太忙了，没留心。"高林茂点头道："说得没错。"两人闲唠着，到了桥南，走到山咀子附近，正巧遇上王维业。

王维业手里拎着捆什么东西，匆匆从山上石蹬下来，一抬头："哟，高署长，李大队长，你俩这是往哪去？"

高林茂打个哈哈："王秘书，你这是？"

"这不视察团快来了吗，临时添了项内容，要祭奠一下日俄战争的阵亡将士。梅野矿长派我来看一下，哎，都是些杂七杂八的事，不像高署长，哪件活都是脸上见光的事。"

高林茂说："王秘书别谦虚了，我跟你比起来，那是洗脸盆扎猛子,不知深浅高低。咱抚顺城谁不知王秘书在日本人那边儿红得发紫呀,老哥我还指望着你多关照呢。"

王维业说:"咱都是自家人,客气个啥,有事用得着兄弟的,喊一嗓子。哎,高署长,我看你这是往那边去呀,有啥事了?"

高林茂明白王维业指他要去宪兵队:"在街上抓了个盲流,一审问,是矿里跑出来的,要找你汇报,说里头有人在鼓捣炸药,我觉着这事儿不小,就……"

"你就来向小川队长汇报了?"王维业打断高林茂,让他好生为难,接茬不是,不接茬也不是:"高署长,实话实说,那个人是我和小川队长插的暗线,情报传递归我管,你们抓到他,为什么不和我联系呢?你现在要去和小川队长邀功吧?"

"王秘书,你误会我的意思了。"

"不是就好,你请回吧,事儿我知道了,我会进一步核实,和小川队长商榷对策。"

王维业没给高林茂好脸,高林茂热屁股贴个冷板凳,甚觉无趣,悻悻地说:"王秘书,看来这事儿我狗拿耗子,管得宽了。那行,我就候着,你和小川队长有什么需要我的,我万死不辞。"

王维业笑了,亲热地说:"高署长,你说的哪里话来,多显得小家子气。咱们兄弟有什么坎儿不过去?好啦,这事儿我知道了,其实事先他给我打过电话,但我没接着,整天在外东跑西颠的,身不由己呀。不过还得多谢高署长,若不是碰到你,这事儿就歪歪了。"

高林茂一拱手:"自家兄弟,不客气,我还是那句话,有什么事儿吱一声,不敢保全管用,但能顶一阵。"

高林茂望着王维业的背影愣神儿,李大队长说:"署长,咱还去不去宪兵队?"高林茂说:"让他得瑟好了,骑驴看唱本,走着瞧。"

3

我、何牧、老马和陈校商议怎么干掉伍元,何牧和陈校主张他们出手,我考虑到他俩出手不如我们来得便利,主张由我们四个干。于是特意设骗局——王维业说有点活儿要加班,点了我们几个人的名,每人发一张临时出入的条子,便于盘查。晚饭后,王一民和张永和聊安放炸药遇到问题的事。伍元听到,心里窃喜,但他和我们一块加班,黑灯瞎火的没处报告,他也想弄清我们捆绑炸药的地点,到时候人证物证俱在,不怕我们跑掉。当晚,我们出了宿舍,一起去观礼台加班。到了选煤场附近,我咳了一声——这地点是白天我们选好的,那么大一堆煤,塞进去一个人神不知鬼不觉。王一民和张永和听到我的暗号,突然一个苍鹰捕蛇,扑过去按倒伍元,卡住脖子掐死,我们四个就把他埋在煤堆里。

伍元被杀的事天明后就泄露了,速度之快,让我们后悔都来不及。张永和直拍大腿,早他妈知道这样,就应该把他剁了,塞到选煤机里绞碎。

那天早晨,梅野不放心,想在视察团到达之前再来一趟西露天矿,亲自检查一下观礼台的布置。梅野还约了小川,两个日军由王维业陪着,九点多钟来到西露天矿,登上观礼台,东张西望,挑挑拣拣。梅野认为有些活不细致,比如楔子不够紧密,有的钉子卯露在外头,脚底下有不平之处,等等,命令王维业返工。王维业愧疚地致歉,承诺马上召集人重修。也就在这时,梅野发现,选煤厂的一堆煤有碍观瞻,遂问几位庶务课长,那堆煤为什么不运走。庶务课长说,在等车皮。梅野说,别等车皮了,马上挪走,否则妨碍视察团的视线,影响视察效果。庶务课长岂敢怠慢,吩咐下去,马上挪走那堆煤。

监工调来二十几名华工，把那堆煤装上三轮车，推到不碍事的地方。随着煤堆的减少，我们紧张的心透不过气，毫无疑问，伍元的尸体藏不住了，如果梅野和小川发现伍元尸体，我们就是最大的嫌疑对象。我们没有退路，只有做好最坏的心理准备，我想，即使梅野和小川下令捕杀我们，还有何牧在，他一定会将"猎日"进行到底的。我这样想着，老马凑到我身旁："糟糕，事情露马脚了。"

我握下老马的手："只有拼到底了。"

王一民负疚地说："怪我和锁匠，把他填粉碎机里就好了，我俩也动过这念头，可一想他曾经是自己人，这么干太残忍，便把他就近埋了。"

张永和说："一会儿我和'闷棍'顶下来，团长，你和老马、何牧都别认，保存力量，跟日军干到底。"

我态度坚决："一民、永和，别自乱，看情况再说，要顶也由我顶，你们替我完成'猎日'。"

向来深沉的老马动了真情："言顺，我一直叫你团长，现在我叫你声言顺，这绝不是一人顶的事，要顶，我和你一起顶！"

王一民和张永和异口同声："不行，'猎日'不能没有你俩，由我俩顶！"

我说："大家别争了，注意上面。"

其实我心里已做出决定，如果梅野和小川追查凶手，我第一时间站出来掩护同志，就像钟团长在乌梁冈把生的希望留给我们一样。

大家屏住呼吸干活，偷瞄着上面很远的那堆煤。何牧离那堆煤近，比我们更纠结，他心不在焉地领着陈校他们往运输带传煤块，边观察梅野和小川，眼睛围着渐渐塌陷的煤堆转。陈校急火火的口吻："团长，拼吧？"

何牧往传输带上倒了一锹煤："再等等，熊团长那边动了，咱就不能动。咱们动,他们就不能动,总之这种时候绝不能一起上。"

何牧话音未落,陈校惊呼:"团长,露出来了!"

何牧循声望去,果然,伍元的尸体被戳到,露出两只脚,华工吓了一跳,待在原地不敢动,小川从华工的神色中觉察异常,离开观礼台,朝煤堆疾奔过去。梅野反应快,喊了一声:"王,快!"两脚捣蒜槌似的,走向那堆煤。王维业急忙跟上。

小川和梅野、王维业及宪兵到煤堆前,伍元已经被扒出来,撂在露天地仰面朝上,僵硬的尸体沾满煤灰。小川用戴着白手套的手指定华工中的一个咕噜——小川一急,操起岛国的鬼语念咒,华工惊怕,愈发不敢乱动。小川抽出刀,气咻咻作势要砍,幸好王维业赶到,喝骂那个华工:"还不快去把死人擦一擦,认认是谁!"

华工战战兢兢,蹲在伍元尸体旁,喃喃自语:"哥们,得罪了啊,我也是为你好,日后你可别吓我。"王维业踢他屁股一脚:"麻溜点儿,啰唆什么!"华工再不敢怠慢,哆嗦着手,一点一点地捡取伍元脸上的煤渣,擦去煤灰,现出一张灰白的脸。

4

王维业做出大事不妙的慌乱状,跟梅野和小川说:"矿长,小川队长,坏了,死的是伍元。"梅野的脸立时刮阴风似的,但他把持得很有分寸:"不必大惊小怪。"小川则嘴角斜吊到鼻子底下,一言不发。王维业轻咳一声,低声说:"好像他杀。"梅野点点头,小川哑了一样不吭气。王维业见俩日军这等神态,再也不作声,看他们下面干什么。果然,梅野和小川交头接耳,其他人不懂,王维业听得一字没拉。梅野说:"小川队长,你认为伍元死于何因?"

"'猎日'小组。"

梅野说:"你的判断和我一样,那么谁有最大嫌疑?"

小川说:"8659。"

梅野的目光转向工作区的我们,小川这次出奇稳定:"梅野矿长,一个战俘死了,抓另一批战俘问罪,等于我们在战俘中安插眼线的事情不打自招,可能引发战俘暴乱,造成不可收拾的局面。反正'猎日'小组死期将至,不如暂且稳住,一网打尽。"

梅野说:"好吧,我遵照小川队长意见,但这几天绝不允许他们太放肆了!"

小川说:"请梅野矿长相信我!"

小川转身面朝采煤区,扯开嗓门声嘶力竭:"15364号工作中不慎死亡,这纯属一次意外事件,炭矿将按规定妥善处理。你们不要惊慌,安心工作!"

梅野装出痛心疾首的样子说:"我为这次突发事故表示遗憾,为15364号惋惜,并向他和你们致以敬意!长久以来,你们良好的素质及奉献精神,作为炭矿长,我铭记在心,也为此感动,你们是炭矿的灵魂,15364意外离去,我深深哀悼!"说完,郑重地给伍元鞠躬。

战俘和华工听着梅野动听的言辞面无表情,或不屑一顾。离我们不远的一个华工朝地上啐口痰:"蒙鬼呢。这抚顺煤矿哪天不死人,哪条山沟不埋人?还他妈哀悼,我看你等着挨刀吧!"

华工这一骂,犹如油锅撒盐,华工一阵骚动,有人接着骂:"早晚让这帮畜生挨千刀,剁碎了他们!"

梅野和小川两两对视,小川一挥手,上来三四个宪兵和矿警,七手八脚地抬走僵硬的伍元,他的尸体丢到哪里,我们无从知晓,也懒得多问。

伍元事件就这么平息了,战俘和华工们继续工作,西露天矿貌似恢复了常态,但我却感觉到这平静中隐藏着巨大的漩涡。显而易见,梅野和小川不追究事实真相，背后隐藏着大阴谋，那就是要挖出"猎日"小组，他们也明知道伍元死于"猎日"小组之手，那么能轻易杀死伍元的人，一定就在他身边，等于说，"猎日"小组就在伍元的后脖颈呼吸。再往深里追溯，伍元实际上很久没提供什么有价值的情报了，"猎日"和他朝夕共处，难道一点破绽没有吗？还是伍元的情报渠道不畅通？想到这些，我脊背生寒："老马，恐怕维业遭怀疑了。"老马把一锹碎煤扬在煤堆上："我琢磨着，他们故意遮掩，是不便追究，一追究，自然不打自招，自己承认往战俘中派奸细，引起战俘公愤，如果有人烧旺这把火，在视察团来时举行大罢工，梅野的脸就丢到家了。另一个，我们现在肯定被梅野和小川认定为'猎日'小组，梅野和小川不傻，他们现在不动的原因，是怕有漏网之鱼，他们在等我们自己暴露，而且他们笃信，一旦我们付诸行动，就会一个不少地钻入圈套，那时他再收网不迟。你的分析没错，维业被锁定了，但他们缺乏证据，今后，他们会加强防范维业，让他留点神。"

梅野和小川走了，王维业留下来召集人到观礼台返工，理所当然的，我们被叫了去。这种时候，王维业必须叫我们，叫别人恰好证明他有问题。此时天近中午，太阳光暖暖地晒着西露天矿，偶尔有一只黄色小蝶翩跹飞过。我们领了锛子凿子、斧头手锯，叮叮咣咣又凿又锯，张永和担心那包炸药，老是瞅那里，害得何牧拿胳膊肘拐他，窃窃低语："锁匠你把眼睛挪挪，死盯着那儿干什么。"张永和说："我吊线呢。"何牧给他噎得直瞪眼，陈校在后头举起锤子，凌空做出砸张永和的姿势，王一民"扑哧"一声乐了，张永和回头说："闷棍你捡什么乐？"王一民嘴里叼根钉子："没，没乐什么。"张永和又看看陈校，陈校一本正经地干活。张永和晃晃脑袋解嘲："这帮子人，真没辙。"何牧被惹笑了，冲着张永和一语双关："专心干活，别胡思乱想的。"

王维业来到我们中间，瞭了一眼何牧，又踱到我这边来，何牧拎着刨奔子随之走过来，刨我脚下一根木头的节子，雪白的木片像花瓣一样四溅开来。在"唰唰"的响声中，何牧说："这家伙危险了，让他小心点。"王维业说："你在告诫我吗？"何牧刨平木头节子，又去刨另一个，细碎的木片再次迸溅："日军精得后脑勺开花，伍元死了，你说他们第一个想到谁？"

王维业说："我进矿那天起，我没把自个儿的命当条命。"

何牧"唰唰"刨两下木节疤："想死呀？那可不算好汉，好汉不轻言死。"

我真奇怪何牧居然说出和钟团长一样的话，使他在我心里的形象陡然升高一大截，我想，这样的男人爱姚丽，而姚丽与他多年失散不忘，皆因其人格魅力。我续着何牧的话题说："维业，你与虎狼为伴，当关照自身安全。"

王维业搓搓手："放心，日军一天不归还抚顺煤矿，我一天不死。"

何牧"咣"的一声刨掉木节子，声音脆响。

第二十九章　别为我流泪

1

　　我们都关心王维业的安危，不料想，姚丽遭了厄运，这不仅使我，也使王维业深受情感打击，甚至我们三人之中，王维业和我的痛苦大于姚丽，因为我们有负疚感，我们没有保护好她。这件事，成了我和王维业永远封锁的秘密。

　　梅野把王维业留在西露天矿监督观礼台返工，自己回到炭矿事务所，吃完午饭，打个盹，然后到办公室里泡杯茶，慢慢呷着提神。或许是喝茶的缘故，他有点发热，松一松脖子底下的领带，解开深灰色暗条纹的羊毛呢西装扣子，露出里面套的一件浅灰羊毛针织马甲，他坐在那里，目光落在做工细致的酒柜上，其实神思天马行空。愣了好半天，梅野给行政部庶务课长打电话，命他接姚医生来上课。

　　当日本人闯进诊疗所，请姚丽进城，姚丽亦觉不好——女人的第六感总是灵敏的，尽管她尚不知伍元的事。

　　一路上，姚丽心里不断画着问号：为什么王维业没来，而换了一群日本人，梅野为什么这个时间要听课，是心血来潮呢，还是别有用心？那一天，他们走望花寮的路进城，四月初的浑河已开化，幽蓝的冰层垮塌，浑浊的春水迅疾西流，灰白色水鹳在潮湿的岸边引颈张望，寻觅哪一角滩涂栖落。姚丽见了那鸟儿，愈发心神不定，把那天地间的精灵视为自己，因迷途而前路渺茫。

姚丽到了炭矿事务所，日本人将她领进梅野办公室，梅野坐在下午的日光中，保持着一贯的风度，等着她。桌上放着两杯茶水，袅娜着热气，姚丽却觉得袅娜着鬼魅。梅野挥挥手，其余日本人下去，随着房门咔嗒一声，姚丽的心如同一只脱绳辘轳，沉入万丈深井之中。

"姚医生，请喝茶。"梅野总是一副谦谦君子的和蔼。

姚丽淡然道："今天接着讲第二百三十五页，天罗星。"

梅野忍不住称赞："姚医生记忆非凡！姚医生，其实，我内心一直有个想法……"梅野观察下姚丽，见她没什么反应，顺着思路继续说下去："我的任期快到了，不久即将回国，我希望，呃……姚医生考虑一下，能否和我一起去日本？呃，你不必担心，你的档案问题由我全权处理。到了日本，我将为你提供一流的学习环境，保证你在医学事业上取得辉煌的成绩。"

姚丽微微一笑："条件呢？你对我提出的条件呢？"

梅野以为姚丽动心，眼睛一亮："你做我们日本国的公民，用你的医学才能为日本国做贡献。"

"呵呵，梅野先生，非常抱歉，我无法满足你的愿望。"

梅野说："难道姚医生愿意在这种恶劣状态下生存？你不想过一种舒适的生活？最重要的是，你拥有自由、平等和体面。"

"梅野先生，我坚信这一切都是暂时的，总有一天，我是说，当你们被赶出中国，你说的这些都属于我们！"

梅野一点儿也不恼："姚医生，在我们没有来之前，东北是什么样子呢？荒芜、破败、落后、野蛮，是我们栉风沐雨开发了这片古老的土地，让它们变成美丽的城市，从抚顺到哈尔滨，莫不如此，你不承认这个事实吗？"

"梅野先生，请慎用中国词汇，你们强占东北近四十年，应该称为'掠夺'，是你们让广袤沃野、无际的丛林失去宁静，逼迫可爱的动物和善良的人民无家可归,你们经年累月盗走白山黑水间的宝贵资源,请问,在这些事实面前,你还好意思谈开发东北吗?"

"姚医生,我们最好抛开政治,只谈人类文明的进步与发展。"

"可是梅野先生,你们日本人心中的文明,建立在践踏我们的国土之上,沾染着中国人的血迹。"姚丽越说词锋越锐利。

梅野再好的涵养,也架不住姚丽的抨击,他抽搐着面皮,强行克制住内心的驿动,这段简短的谈话亦让他知道,姚丽不会随他东渡日本。因此,他不想纠缠下去,拿起《纳鲁草集》,翻到第二百三十五页,交给姚丽。姚丽也不愿和梅野做无谓的争辩,逞口舌之快,调整情绪,讲了起来:"天南星,独立性强,生长于密林,叶似马蹄,互生,果实红色,粒状团聚,深秋则果实褐红……"

或许是痛斥了入侵者的快感,姚丽讲得流畅精彩,全然忘记身处之地,一口气讲完天南星的药理药性,并加入自己对中医学的见解。梅野早已如痴如醉,姚丽停下来好长时间,他才幡然醒悟,击掌赞叹。

"姚医生,你真的不考虑我之前说的话吗?"梅野再次争取。

"梅野先生,我身受羁绊,但精神就像一棵独立密林中的天南星,我尊重我自己的选择,尊重我的国家和民族!"

梅野十分遗憾地摇头。

姚丽站起身:"梅野先生,今天的课讲完了,我可以走了吗?"

"等等,姚医生,我想最后问一次,你真的不跟我去日本?"

姚丽静若止水。

梅野颓丧地操起电话,姚丽看得出,他有些抑制不住狂躁。

2

几分钟后,几名日本宪兵围住姚丽。这时,西斜的阳光洒在室内,洒在姚丽的后背,光里的姚丽金子一样闪亮,她镇定地站着,她不怕梅野取她性命,她心里只有一个念头,那就是不能和我,和何牧,和五十六团的人死在一起,是她此生最大的遗憾。但接下来发生的事,对一个心中满溢着爱情,充盈着家国情怀的女孩子,比让她赴死更难受十倍百倍。

梅野看着姚丽几分钟,脸扭向窗外,凝视着那抹温润的斜阳。几名宪兵没费什么力气,反绑了姚丽,她没有反抗,她清楚一只羊反抗群狼的无效性,她只想着死。二十多平方米的办公室里,静得仿佛太虚世界。许久,梅野颤抖着声音说:"姚小姐,我喜欢你的聪慧,但中国有句老话,叫聪明反被聪明误。你想知道我怎么猜到你的实际性别吗?呵呵,是你深厚的医学知识,当然,也包括你的个人修养。一个受过良好教育的人,不管在哪里,都会散发出一种不同常人的气息,这一点你伪装不了。我承认,一开始你骗过了我,不过,不久你的内在气质就引起我好奇,后来我从一本契丹人的医书里,找到一个合理的解释,让我彻底明白了,为什么你的皮肤呈一种奇怪的黄色。姚小姐,你想听我解开谜底吗?"

姚丽淡淡一笑,心里对梅野又敬又恨,没想到梅野对少数民族医学研究得如此精深,这么长的时间以来,他不露声色地在她身上用了这么多功夫,一个多可怕的对手啊!

梅野继续说道:"据我所知,契丹女人在冬天喜欢把一种叫作'栝楼'的草药捣碎,取汁液涂抹在脸上,防止坚硬的北风皲裂肌肤,到了春天,再用另一种配制的药汁洗掉,保养了一冬的皮肤会格外白净细腻。涂上栝楼汁液的面庞会呈现一种金黄色,仿佛高贵庄严的佛陀菩萨一般,故而,契丹人称为'佛妆'。姚小姐,我说得没错吧?"梅野说到这里,停下来,得意地看着姚丽,又说:"我查明白这种'佛妆',费了很大的心思,只是我至今没查到另一个令我困惑许久的问题，那就是，你不仅使用了栝楼，还添加了别的草药，这样你美丽的脸才现出奇怪的黑黄色。姚小姐，说真的，我佩服你的智慧，我想这是你的发明，所以我在草药学的理论中查不出记载。我非常想知道，你配制了哪几种药，骗过这么多人。"

"梅野先生，你为什么不把你的智慧用在医学研究领域为人类健康造福，而处心积虑用在侵略上呢？"

"姚小姐，我赞成你的观点。但我是大日本帝国的一分子，国家需要我的时候，我会全身心地服务国家。你是人才，我们大日本帝国急需你这样的人，所以，我仍然希望你再认真考虑一下，我可以等你的决定。"

"梅野先生，你的国家重用你，是用你以掠夺方式创造财富。我的国家也需要我，需要我捍卫寸土山河。基于此，我和你永远站在对立面，请收起你的真诚。"

"姚小姐，我钦佩你的勇气。你知道，我为什么今天叫你来讲课吗？"

"这是你的权利。"

"姚小姐，今天西露天矿死了一名战俘，他叫伍元，你认识这个人吗？"

"西露天矿被你驱使奴役的战俘何止他一人，我不知道你说的是谁。"

"姚小姐机智。你可能不认识他，但我估计你一定听说过，他是8659宿舍的，而你和8659同属一支部队，我没说错吧？据我猜测，8659正在谋划制造一次可怕事件，这个你知道吗？"

"梅野先生，在这里，你拥有一切权力，可以让一个人死，也可以让一个人生，你认为谁妨碍你所谓的事业，尽你所能处置便是，你说的这些我一无所知，如果硬逼我说，那也是胡说八道。"

"看来，你我之间很难做心灵上的沟通了，姚小姐，此乃我今生最大的憾事。"

梅野转过身来，朝宪兵一努嘴，宪兵把姚丽按倒在地，撕扯她的衣服。姚丽惊恐万状，挣扎呼喊，梅野掏出丝质手帕，塞住姚丽的嘴巴。姚丽的衣服质量低劣，只几下就被撕开，露出油膏质的肌肤，她仰躺在地上，像一枚深秋的树叶凋零风中，睫毛上挂着霜，她闭紧眼睛，思想一片空白，梅野的手指在她身体上游走，像蛇滑行青草，游过她的乳房、肩胛、腹部、私处，她唯一的感觉是凉，凉得透骨，凉得她牙齿咯咯响着，抖动出错乱的音节。之后，更多的蛇游上来，游过她的血液，她的骨头，她的灵魂……

王维业回到炭矿事务所，他看到赤裸、半昏迷状态的姚丽，心如刀绞，他向梅野射去剑一样的目光，梅野开始还示威似的迎着，后为王维业所逼，盛气凌人的神态弱了，像黑影隐遁在黑夜中。王维业如同一头悲愤的狮子，脱掉外衣，裹在姚丽身上，扶起她，让她依偎着自己，走出门去。

3

从城里回矿区的路上，天色向晚，暮雾轻纱般笼罩着早春的景物，成片的油毡房、弯曲的道路影影绰绰，融冰的浑河轰隆隆滚卷，发出雷霆般的声响，千山台丘陵横卧着，如一条受伤的苍龙。这条封禁了二百多年的山冈，当清王朝十几代人打拼下的基业呼啦啦倾倒，就失去它原有的沉静，蒸腾着妖魅之气。王维业缓慢地驾驶摩托车，风迎面吹来，掀乱他的头发，吹得他的眼泪如冰雹，他咬住嘴唇，咬出晶莹的血珠来："姚丽，你恨我吧，事情都是我搅出来的。若我不自作聪明，用你来试探'猎日'小组的存在，不用这种馊主意让你脱离伍元的视线，就没有今天的噩梦。可是姚丽，这是一辈子的噩梦啊，我要背负一辈子的良心债……"王维业说不下去了，发出男人绝望的呜咽。

"维业兄，你不必内疚，我们从乌梁冈撤下来的时候，钟团长说，要活下去，才有复仇的资格。我要活着，维业兄。"

王维业轰了一脚油，摩托车的噪音大起来，掩盖了他的呜咽："姚丽，你当时答应讲课，是不是也为《纳鲁草集》？"

"那是祖上的心血，我们全家人寻找多年，但凡有一点靠谱的，一定要碰碰运气。"

"唉，姚丽，事情是这样的事情，可我给梅野的那本是赝品，真迹保留在我手上，属于你的那一本，也在我这里。"

"我始终纳闷，为什么草集里有的配药药性相反，配方药量也违反常理。"

"可我没想到它害了你。"

"维业兄，我不信命，但今天的事情就是命运，我认了，但我要复仇。这件事情你千万保密，不是为了我个人，是'猎日'行动在即，我不能因为我耽误了这次行动！"

"我答应你。"王维业满腔悲愤，泪水横流。

姚丽久去未归，我心里不托底，收工后，几次出门瞭望，诊疗所漆黑一片，我的担忧就加重一层。掌灯时分，诊疗所终于亮起灯光，我急忙告了假，三步并作两步，直奔诊疗所。因为心急，我忽略了凹凸不平的泥土路，绊脚的石头瓦块，几次险些被绊倒，我在夜晚与灯光制造的黑暗中踉跄行走，周身澎湃着力量，只觉得我的信仰在前面，我的理想在前面，我冲开诊疗所的门，激动地喊姚丽，却与王维业撞个满怀。

"熊团长？"王维业揉着撞疼的部位，声调有种急火攻心的粗哑。

"维业，要回城啊？"

王维业点点头，不再与我搭话，出门而去。我扭身望着他的背影，心里突地跳了一下，这一跳的感觉，就像一个人拿着把剑，隔着时间和空间刺来，从头顶贯穿到脚底。我望了维业几秒钟，关上门，柔声跟姚丽说："怎么才回来？"

"往常不也回得晚吗。今天又多讲了一点。"姚丽稍退，避开我向她伸出的手。

"倒也是，可能是我心急的缘故。"我说着，试图把她揽在怀里。

"今天是最后一课，以后不讲了。"姚丽再次避开我。

"都讲完了？"我心里又突地一跳，问话有点儿跑调。

"你忘了，视察团就来了，他们没空，咱们不也得做最后一搏吗。"姚丽始终垂头看着地面。

"姚丽，你怎么了，能看着我说话吗？"

好半天，姚丽慢慢抬起头，而我看到的，是两潭积存千年的水，水深百丈，暗流涌动。她整个人呆呆的，像暴雨冰雹欺凌的一株玉米，在风中抖着，那么无助。我心疼了，我从来没见过姚丽这样哀伤，不由分说抱住她，我说："姚丽你怎么了，你怎么了。"她把头埋在我胸口，哭得悲戚绝望。顷刻间，我的心那么苦涩，抚摸着她的头："别哭，傻孩子，告诉我，发生什么事情了？"可是我无论怎么问，姚丽回答我的唯有眼泪。

那天晚上，我就是站在悬崖边的孤狼——姚丽的哭让我明白，有人打碎了她的一面镜子。这是世上没有一个能工巧匠可以复原的她珍爱的东西。

4

我终究留下姚丽独陷深渊，我心中盛满苦痛，但我的苦痛是旁观的苦痛，姚丽的苦痛，他者永远介入不了，她将在成千上万个夜晚忧思，那是一种死亡的生。夜里，我枕着一截坚硬的青砖，思绪纷纭，乌梁冈战役再次重现，灼热的石头、燃烧的茅草、钟团长的断腿、阵地前横七竖八的日军尸体，让我周身燥热，持续到天露晨曦，起床哨吹响。

春天的清晨带着些微凉意，离太阳冒红尚早，空气中夹杂着浓重的煤烟味，制油厂、钢铁厂和铝厂喷吐气雾，黄黄白白的烟尘消散在空中，千台山在飘浮的烟尘混合物中半隐半现。路上，老马问我昨晚有什么心思，一夜没睡。我说："没什么，睡得挺好。"老马说："你呀，瞒得了别人，瞒不了我。"我在心底叹息一声，说："走吧。"

上午，我们还在观礼台返工，明天视察团就来了，这是最后一次检修。我和何牧趁干活时，顺便把炸药包加固，防止两天修检乒乒乓乓的震动造成挪位。九点多钟，王维业来了，他凑到我们跟前，蹲下身子假装检查："都弄妥了吧？"

何牧说："保证没问题。"

王维业说："仔细点好，不怕一万，就怕万一。"

我说："那边有什么动作？"

王维业说："照原计划进行，宪兵队主要负责视察团保卫工作，高林茂的伪警察署分成两拨，一拨在车站，一拨随护视察团，车站那里也有部分宪兵。老沈他们已经找好渡河船只，不过这几天浑河水流湍急，渡河困难。小川暗中抽调兵力，布置在浑河岸边。"

何牧说："维业，你说的非常重要，咱们真得防着小川一手。"

我说："你和老沈再商议一下，毕竟小川不能沿浑河岸边都布满兵力，给他制造个假象，引开他。"

王维业说："回去我找老沈详细谈这件事。"

我说："维业，这几天你一定多加小心，提防他们暗下毒手。"

王维业嘴角绽出一丝微笑:"我会的。"

交换完"猎日"行动,我扯了下王维业:"维业,你过来。"王维业面色稍变,之后提高声音,对何牧说:"别磨蹭,快点儿干。"又指着我,呵斥道:"你,跟我过来,把这边检查检查,怎么他妈的干得饿毛饿刺。"

我俩走到观礼台南角,问他姚丽昨天发生了什么事,王维业顾左右而言他,王维业的不自然,让我愈发想知道底细,一再追问,王维业把目光放在西露天矿渺远的东方,高空之上,几只归来的燕子欢叫着,追逐着几朵流云,他皱紧眉头,眼里汪着一汪水。我咽了咽干燥的嗓子,艰难地说,维业,其实你不说我也预感发生了什么,是我没有保护好她。王维业的眼泪唰地掉下来,那是一个男人的眼泪,一个男人脆弱、崩溃的眼泪,他不去擦,一任它们奔泻脸颊,流进嘴巴里,用绵绵无尽的苦涩冲淡内心的痛楚——王维业终于讲了姚丽遭到施暴的经过。我心里刀剜一样疼,尽管有思想准备,事实一旦浮上水面,仍把我淹没了,我吼他:"你他妈的那工夫干吗去了,啊?你干吗去了?"我失去理智,抑制不住暴怒,不讲道理,我知道梅野是特意选的那个邪恶时间,这是他精心算计好的。如果王维业在,他没机会干出这种事,他会选择别的方式祸害姚丽。我也知道梅野在故意激怒'猎日"小组,让我们跳出来,现在,他不必再顾虑太多,一切尽在他掌握之中。

"请原谅,是我的责任。"王维业向我致歉。

"原谅个屁!我们连求她原谅的资格也没有,她跟着我们从山西到东北,躲过那么多劫难,却在逃离虎口前夕遭遇一个女人最惨痛的事!"

"熊团长,自认下姚丽那天起,她就是我的亲人,我一心想着保护她,可这该死的战争,该死的战争把人变成魔鬼!"

"是贪婪。如果他们不贪婪，会觊觎我们几百年，最终踏上我们的国土，祸害我们的父母妻子儿女兄弟姐妹吗？"

"熊团长，言顺，我叫你一声兄弟，这件事情永远埋下吧，让她好好活着，享受女人应享受的一切。姚丽很坚强，她严禁我告诉你们，怕你们性急去复仇，误了大事。"

我什么都不能再说了，胸腔里塞满痛苦，长久无言。

第三十章　道别夕阳

1

日本视察团终于来了，梅野在车站举行了盛大的欢迎仪式，由伪商会、伪抚顺县、学校等组成迎接团体，打着彩旗，喊着口号，制造一派热烈的氛围。视察团一下车，就处于一级保护状态，宪兵、警察夹道持枪，护送出站台。副矿长米仓率煤矿一干人等候在广场，梅野引导着视察团人员上车，驶向炭矿招待所。

视察团稍事休息，在招待所会议室举行会议，听取梅野对抚顺的煤炭钢铁石油等方面的汇报。梅野抖擞精神，介绍了与煤炭有关的各行业产量销售及其他事宜，但他发现，那些要员们并没有露出他期待的笑容，尤其团长狄原，面如生铁，一双玻璃球眼围着梅野转，预备向梅野弹过来，击他个透心凉。梅野一分神，陈述有些不连贯。等梅野介绍完了，狄原开始发难："梅野矿长，据我所知，抚顺煤矿问题成堆，产量连续下降，是这样吧？嗯？"

狄原是个老牌的东北通，早在1905年日俄战争后，他到奉天军政属任职，也是王维业的伯父为索回抚顺煤矿，最早交涉的日本军界人物之一，也正是他一次次胡诌瞎扯，欺骗维业伯父，为日本政府拖延交还煤矿时间出谋划策。后来，狄原调回国内，凭借这份功劳进入军界高层。此次重返东北，时隔三十多年光景，狄原头发已经花白，但他对东北的熟悉，对这片土地寄予的热情丝毫未减。狄原的尖锐，使梅野脊背冒汗，他环顾左右，竭力掩饰尴尬，为自己辩解："狄原长官，煤矿在管理方面竭尽全力，虽然发生了一些令人不快的事情，但煤矿会用典章制度来加以解决。煤矿近年一直存在劳动力不足的状况，经多方努力有所改善，不过，离摆脱困境尚有些困难。"

另一名叫石菀的政界官员语气中包含不满："梅野矿长，军方和满铁总部签订长期合作协议，华北、华中、山西、山东等地已输送数万名战俘给抚顺煤矿，我想知道，有这样的支持，你的劳动力人数为什么还有很大缺口？"

梅野说："石菀长官，抚顺煤矿现有战俘总数四万多人，分布在西露天矿、老虎台矿和龙凤矿，诚然，军人的身体素质比普通华工好，但他们经过严格的审讯和水土不服等原因，体质大大下降。令人不容忽视的，是他们煽动华工与我们对抗，甚至带领华工罢工、逃跑，这都是当初始料未及的。"

军界出身的狄原惯于一手遮天，他挥舞着肥白的手掌："在满洲这片土地上，不存在不听话的国民！"

梅野急忙表决心："狄原长官，我一定遵照你的话做！"

政界的石菀更有城府："梅野矿长，有时候流血比不流血的效果好。你应多动脑筋。"

狄原说："我这次在长春约见了满洲国皇帝溥仪，敦促他重新修订五年发展纲要，在粮食、生铁、煤炭等重要物资生产方面增加指标。满洲国民的粮食分配等也要相应下调。至于抚顺煤矿，也要重新制定生产指标，攫取丰富资源，转化成军工产品，是最终取得帝国圣战胜利的根本保证。帝国的战争，不仅在中国，在东南亚，还将指向苏联，我们要做好充分的物资储备，一旦与苏联开战，东北就是我们巨大的军需仓库，是我们天然的供给基地。"

梅野带头鼓掌。

2

按原定程序，视察团将在下午休息，翌日上午视察西露天矿，下午视察其他工厂。但午饭前，梅野突然通知王维业，饭后视察团不休息，改为当天下午视察西露天。小川也通知高林茂，警察不许解散，随从视察团去西露天矿。高林茂听了，对老述子说："让李队长把人收拢好，谁也不准乱走，下午上西露天去。"

王维业听梅野突变，知他在和"猎日"小组斗智，早就留了一手，让"猎日"小组措手不及，然后全部剿杀。王维业心急如焚，端着饭碗愣神，筷子夹着菜，半道儿掉在饭桌上。一旁的高林茂拿筷子敲敲他的碗边："咋啦王秘书，我瞅着你没心拉肝的，哪个娘们害你掉魂儿啦？"

王维业向来不待见高林茂的奴才相："扯什么王八犊子，我光棍一条你不知道哇？"

"哈哈，我知道了，你是憋的吧？你说也怪了，满抚顺城划拉，有几个你这样的大学问人，可你偏不成家，又不找女人，这何苦呢。"

王维业白他一眼，往嘴里扒口饭。哪知高林茂不识趣，不管王维业理不理，跟着又一句："哎，我说王秘书，你那玩意儿正常不，没病吧？你可别跟我似的，他妈看着像好人，其实是个'二椅子'。"

王维业夹口菜硬塞进高林茂嘴里："吃你的饭，嘚嘚什么。"

高林茂嚼着菜嘟囔："挨狗屁呲了。"

王维业没听清，探头问他："你说什么？"

高林茂笑道："哈，哈哈，没啥，没啥。"

午饭到集合那段中间，王维业怎么也没脱开身，忐忑不安地上了车,引领视察团去西露天矿。一路上,他想找个万全之策,叫我们心中有数,可是直到矿区他也没辙,只好心一横,等着见机行事。

何牧最先发现视察团来了,当一群或西装革履,或黄绿军服的日军登上观礼台,何牧频频朝我这边张望,却苦于相隔甚远,急得直跺脚。本来,我们商定在视察团到来的当天,即明天早晨,我们在上工时和何牧那边的人互换,使人数在数量上相等,麻痹监视宪兵。等视察团来了,我们和何牧一起动手,速战速决,趁乱逃离矿区。可是视察团临场变更,我们来不及统一行动,大大增加了爆破和逃跑难度。何牧焦急的时候,我和老马也发现了视察团,他们一副指点山河的傲慢,对我们指指点点,南风将他们的说笑送入我们耳朵,张永和直起腰,拄着铁锹说:"小鬼子心眼比筛子眼多啊。"王一民对我说:"团长,怎么办?"我说:"等一等,何牧动手我们再动。"

王维业心急火燎,按时间表,视察团在观礼台停留约十几分钟,如果错过这个时间,一切筹备都成了枉费心机。他站在一个显眼位置,频繁抬起手腕看表,希望引起何牧关注。何牧看看王维业,又看看我们,一拉陈校,两人蹲下身,点燃导火线。一直盯着何牧的我们心头一松,转瞬,心又悬起来:导火线燃烧的时候,恰好驶过一辆运煤车,车轮夹的一块三角石头磕断了导火线。我们呆住了。

何牧到底受过特训,愣了几秒钟,立即反应过来,攥紧铁锹,往监视宪兵身边凑,我明白他想夺枪,豁上鱼死网破也要炸掉视察团。事不宜迟,我和老马、张永和、王一民迅速靠拢离我们最近的监视宪兵,准备制造混乱,吸引日军的注意力。在这千钧一发之际,一声惊天巨响传来,紧接着,一股浓烟直冲天空。所有人都蒙了,不知爆炸声来自哪里,愣神的工夫,有人大喊:"制油厂爆炸啦!"

3

制油厂爆炸，唬得梅野脸上惨白，小川拎着枪，不知如何是好。苏大方也如约在矿区放火，高喊着火啦，出事啦，大伙快跑吧！这一喊，华工一下子乱了，扔下工具，四散逃开。小川这下缓过神来，指挥宪兵和伪警察保护视察团，矿警则朝华工跑去，欲抓捕趁乱闹事的人。

何牧果断出手了，他动如脱兔，挥锹贴横砍，一锹砍断监视宪兵的小腿，宪兵只觉腿部一凉，就见自己的一截腿飞了出去，吓得哇呀一声，栽倒在地。何牧就在他倾倒的一刻，抓过他的枪，边跑边推子弹上膛。我和老马他们也夺到枪支，往观礼台跑。宪兵和矿警前堵后追，将我们与何牧隔开，陈校带着团里的弟兄挥舞工具与宪兵和矿警搏斗，掩护何牧。伪警察们慌里慌张，朝天乱放枪，小川气得大骂。

西露天矿混乱不堪时，姚丽突然出现，她很快接近观礼台，朝炸药包位置扑去。何牧见姚丽奋不顾身，唯恐她有闪失，硬是杀开一条血路，高声叫着："姚丽，躲开！"。小川绝不能让何牧接近观礼台，他已经看透了，观礼台是只巨大的火药桶，一旦点燃，后果不堪设想。他跳着八字脚，指挥宪兵射杀何牧。一心记挂姚丽的何牧穿行在枪林弹雨中，听不见姚丽叫着："不要过来！"，而终于被流弹击中跌倒，他躺在地上，手伸向姚丽，艰难地朝她笑着，姚丽哭喊着，把他抱在怀里，眼泪滴落在他失血的脸庞上。何牧断断续续："姚丽，我……我真想永远……被你抱着，可惜不成了……来世……我，娶你……"

关键时刻，我和老马、张永和、王一民被宪兵阻截，离观礼台尚远，视察团已仓皇后撤，我真急了，大呼："老马，掩护我！"然后奋力摔倒几名宪兵，试图冲出包围圈，引爆炸药。这拼命的过程中，发生了惊人的一幕：高林茂突然举起枪，击中炸药包，观礼台轰然一声，顷刻间土崩瓦解，情景正如我们设想的那样，视察团被掀下西露天矿坑，惨叫声不绝。火焰和飞扬的尘土中，高林茂哈哈大笑："你爹个尾巴的，老子叫你们长点记性，看你们谁还敢来东北！"

小川嗷嗷嚎叫，开枪射击高林茂，高林茂躲闪不及，中弹倒地，笑骂着"老子死也他妈拽上你狗日的"绝气身亡。老逑子一见高林茂死了，也不结巴了，哭号着："姨夫，姨夫，老逑子给你报仇！"端枪射杀宪兵。

我和老马他们跑过去，拽上老逑子往矿区外跑。老逑子趔趄着，掏心掏肺地哭："我姨夫还在里头呢。"

张永和薅着他："再不跑，你也得在里头。想死就回去。"

老逑子说："我要活着报仇。"

张永和说："那就快走！"

我和老马断后，阻击小川。小川疯狗一样追赶我们，子弹蚊虫般在我和老马身前身后飞，而小川也不得不躲避我和老马的还击，就这样，我们从矿区跑到古城子岔路口，苏大方、王维业和老沈已备好车子，在路边等着，王子祥也在车上。大家跳上车，绝尘而去。

小川见我们上了车，命宪兵把摩托车骑过来，一路狂追。子弹擦着我们耳边呼啸，

王子祥缩着脖子，几次欲跳车。苏大方按住他："哎，老王，你要干什么？"

王子祥战战兢兢："不，不干什么。"

"老王，刘营长和抚顺县委的同志是你出卖的吧？"

王子祥瞳孔放大："不是，苏排长，不是我。"

张永和在旁边说："大方，别和他耽误工夫。"

王子祥听出张永和的弦外之音，突然用肩膀撞开苏大方，身子一

挺跳下车去，苏大方喊："王子祥跳车了！"我寻声看去，见王子祥在地上翻滚着——他的一条腿摔断了，我不忍他活活死在日军枪下，毕竟他曾经为革命做过许多事情，在宪兵队遭受过非人性的酷刑，于是，我朝他补了一枪，王子祥胸口润开一朵鲜艳的桃色，抽搐几下，不动了。

车开到浑河岸边高湾村一段，许大哥和他的几个义勇军兄弟正焦急地期盼我们，许大哥见了我，解开缆绳，招呼我们上船。小川也抄近道追上来，离我们越来越近。而东面的河岸上，又跑来一群日本警察和伪警察，许大哥说，坏了，快上船！情急之下，我把陈校、苏大方、王维业和姚丽几个没有枪的人推上船，姚丽说什么也不肯走，非要留下和我在一起，我急了，一把把她夹在腋下扔上船，恶狠狠地说："走！"

许大哥摇着船，朝浑河深处划去，奔流的河水眨眼将小船冲出老远。姚丽趴在船头，回望着我，眼里涌满泪水。我在心底与她诀别："再见了，姚丽。"她仿佛听到我的话，大声说："我等着你！"我的胸口像被利刃刺了一下，疼得钻心。此时，河岸剩下我和老马、张永和、王一民四个人，我和老马迎击小川，张永和和王一民迎击东面来的日本警察和伪警察。光溜溜的河岸无遮无拦，我们四个背靠背，互为掩护，我和老马朝宪兵开枪，而他们射来的子弹，击碎我们脚下的河卵石，火星四溅。张永和、王一民那边有点怪，日军警察越来越近，伪警察落在后面，眼看只有几十米了，伪警察中有人喊："给我打！"

日军警察纷纷倒地。

领着伪警察打宪兵的人是四大队队长李海峰，他刚从西制油厂那边赶来，和小川一见面，搂火就打。宪兵原以为李海峰来援助的，没有心理防范，一下就被冲乱。小川叫嚷着连续射击，一颗子弹击中老马的胳膊，王一民见老马负伤，一错身位，瞄准小川，手指一勾，正中小川眉心。

这时,许大哥他们从对岸划回来,接我们上船。

摆渡到浑河北岸,我们下了船,和李海峰握手感谢。李海峰道出高林茂突然动手的内情:高林茂住院期间,彻底想通一件事,那就是日本人豺狼本性,永远也喂不饱。出院后,他找到李海峰,凭借对李海峰的信任和两人的交情,谋划借我们"猎日"小组行动之力,干掉梅野和小川。两人根据获得的消息,制定了另一个不为人知的秘密行动,即视察团到西露天矿视察之际,李海峰派人炸西制油厂储油罐,暗中协助'猎日'小组行动。小川和梅野中途改变策略,高林茂只好让老述子去通知李海峰,让他赶紧炸西制油厂,李海峰正在车站执勤,一接到通知,急忙带人以搜查通共分子为名进入西制油厂,和沟通好的工人点火崩了储油罐。我们唏嘘不已。老述子抹着眼泪说:"我姨夫说,他……不给日本人干了,怕死后进不了祖坟。"

我说:"老述子,你姨夫是个英雄,他腰杆挺直,高家的坟地,不,抚顺这块地埋葬他,是这块地的福气。"

李海峰说:"满仓也是高署长明抓暗保护的。王子祥害怕满仓与满洲省委的人接上头,暴露他的叛徒身份,央求高署长暗杀满仓。高署长就让我把满仓带到郊外一处安全的大车店,制造满仓失踪的假象。李海峰说到这里,穿着伪警察服的满仓挤出人群,我一下抱住他:"满仓,你小子让我好生惦记。"满仓孩子气地说:"你看,我浑身上下汗毛没少一根呢。"

老沈在一旁说:"时间差不多了,大家上路吧。"

我说:"李队长,你跟我们一起走吧?"

李海峰说:"我要和我的兄弟们在一起,进山打游击。"

老沈说:"李队长,我现在代表满洲省委告诉你,今后,你就是共产党领导下的抗日队伍,满洲省委将给予你有力的支持!"

许大哥也说:"我再年轻几岁,就跟着你海峰遥山没岭地跑,像当义勇军那会儿一样打日军了,你去吧,大哥我在抚顺城里,你什么时候用着我,我头拱地给你干。"

李海峰会心地笑了,挨个拥抱我们,天边落日斜晖,映着奔流的浑河和绵延的千台山。